U0903388

奢侈贫穷

[日本] 森茉莉 著

吴季伦 译

译林出版社

图书在版编目（CIP）数据

奢侈贫穷 /（日）森茉莉著；吴季伦译．—南京：译林出版社，2022.6
（森茉莉作品）
ISBN 978-7-5447-9070-3

Ⅰ.①奢… Ⅱ.①森… ②吴… Ⅲ.①随笔 - 作品集 - 日本 - 现代 Ⅳ.①I313.65

中国版本图书馆 CIP 数据核字（2022）第 016646 号

著作权合同登记号 图字：10-2018-451 号

奢侈贫穷 ［日本］森茉莉 / 著 吴季伦 / 译

责任编辑 王 玥
装帧设计 ZUOE
校 对 蒋 燕
责任印制 颜 亮

原文出版 讲谈社，1992
出版发行 译林出版社
地 址 南京市湖南路 1 号 A 楼
邮 箱 yilin@yilin.com
网 址 www.yilin.com
市场热线 025-86633278
排 版 南京展望文化发展有限公司
印 刷 江苏凤凰新华印务集团有限公司
开 本 890毫米 ×1240毫米 1/32
印 张 8
插 页 2
版 次 2022 年 6 月第 1 版
印 次 2022 年 6 月第 1 次印刷
书 号 ISBN 978-7-5447-9070-3
定 价 48.00 元

序　少女与恶魔之间

新井一二三（日本作家、明治大学教授）

在我曾经一个人漂泊于世界的日子里，手边总是有森茉莉写的几本书：《记忆的绘画》《父亲的帽子》《奢侈贫穷》《甜蜜的房间》。每逢遇到什么不如意的事情，我都翻开看看里面的华丽文字，从中得到了无穷的安慰。

《记忆的绘画》和《父亲的帽子》基本上是她回想父亲森鸥外，以及自己早年生活的随笔集，后者更成了她五十四岁得到日本随笔家俱乐部奖，从此登上文坛的契机。日本读者认识的森茉莉，从一开始就是已过了中年的文豪女儿，外貌则犹如西方童话里的少女加上巫婆除以二。直至三十年以后，在独居的极小公寓里她的遗体被发现，那之前，她精力充沛地执笔发表了许多散文、评论、小说等。日本最多人记住的是她从七十六岁到八十二岁，每周都在《周刊新潮》上连载的电视节目评论Dokkiri Channel（吃惊频道）。在日本文学史上，森茉莉所占的位子是完全独特的。看《记忆的绘画》和《父亲的帽子》，我们便能知道，她小时候多么被父亲宠爱，并且后来一辈子都引以为荣。虽然日本文坛上有的是作家二代，但是太宰治的女儿津岛佑子也好，幸田露伴的女儿幸田文也好，即使可说继承了父亲的文才和创作动机，但能够津津乐道曾坐在父亲腿上被抱着的感觉的，就唯有森茉莉一个人吧。

森茉莉最重要的属性是：公认的曾被伟大的父亲疼爱过的女儿。加上，父亲给她提供了当年日本最优良的西式教育，让她十六岁就嫁给年轻有为的法国文学学者，也忍辱请求亲家让十九岁的茉莉跟夫婿一起去欧洲游学。谁能打赢这么一个女作家？她不仅有很好的血统，而且有很好的教养，加上每说两句都要显摆父亲对自己的爱。而那父亲，竟然是日本学校的语文教科书一定收录其作品的文豪兼高级军医、一等官僚的森鸥外。

让人乍看感到意外的是，在女儿眼里，森鸥外却不是完美的英雄。《父亲的帽子》一书，就以这么一个句子开始："我父亲的头很大，帽子比起一般人的来得扁平宽大，形状格外独特。"由于头很大，他被帽子行的伙计嘲笑。茉莉也证言：嘲笑他的远不止帽子行伙计，还有电车乘务员、餐馆服务员、人力车夫等。由那些东京劳动阶级看来，鸥外一看就像乡下老头，而确实在他十岁到东京来求学之前，是在如今也算是日本最偏僻县之一的岛根县出生长大的。

一九〇三年出生的森茉莉，是在鸥外做医生、去德国留学、因发表众多评论及小说出名后出生，在二十世纪初繁华的东京，穿欧洲进口的衣服、听格林童话、吃上野精养轩的西餐长大的。森鸥外在东京帝大附近盖的房子，通过窗户能看见东京湾，因此命名为观潮楼。换句话说，小时候的茉莉是天天睥睨着全东京过日子的。

令人一样感到意外的，是她对鸥外文学的评价并不很高。茉莉反复地写：“别人说是鸥外代表作之一的《涩江抽斋》等历史小说，叫我闷死。”相比之下，她喜欢跟鸥外并肩的文豪夏目漱石写的《我是猫》，收录于这本《奢侈贫穷》里的《黑猫朱丽叶的自白》就借用了漱石作品的格式。关于鸥外小说的本质，茉莉在《记忆的绘画》里的《鸥外》一篇最后，一针见血地说道：“我不大喜欢他作品里没有恶魔。”这句话说穿了父女俩在文学志向上的分歧。茉莉后来发表的小说，就是篇篇都有恶魔的。

恶魔处于人心中。森茉莉所有作品里最重要的一篇，大概就是《记忆的绘画》收录的《恋爱》。她十九岁出发前往欧洲跟丈夫团聚之际，来车站欢送的父亲，虽然知道自己寿命已不长，却对即将远走的女儿什么也不说，只是静静地站在月台人潮中，默默地点了两三次头。茉莉看到他的表情，就放声大哭起来。她写道：“那生嫩的蔷薇刺，在我心脏正中间，至今仍扎着。这是我简直可怕的恋爱。”

森鸥外和女儿森茉莉之间，显然有类似于恋爱的感情交流，至少在茉莉看来是绝对有的。他们之间的恋爱是茉莉高高在上，让鸥外尝到可望而不可即之悲哀的。写《恋爱》一篇的时候，她已过花甲。在森茉莉的散文作品里，她比作恋爱对象的男人，始终只有父亲鸥外和分离了多年以后，过三十岁才再会的大儿子而已。她的年谱上写：“一九五一年，跟长男再会，一时犹如情侣一般频繁见面。”然而，茉莉在多篇散文里，却把他写成缺乏责任感的花花公子，最后在妻子和岳母的暗示下，骗取了茉莉为盖房子储蓄了多年的钱。

优秀的编辑有眼光发掘小说家。看了《父亲的帽子》和第二本散文集《跫音》以后，当年做文学杂志《新潮》月刊总编辑的斋藤十一，对部下小岛千加子（小岛喜久江）说："好厉害的文章啊。你看看，约她写小说吧。"那是一九五八年底，茉莉五十五岁的时候。

她十九岁在欧洲时，收到了父亲的死讯，二十岁回到日本，二十四岁留下两个儿子离了婚，二十七岁再嫁东北帝国大学医学部教授做填房，却不到一年又回娘家。那段时间里，森茉莉便开始翻译莫泊桑等法国作家的小说，亦写剧评发表在各杂志上了。她三十二岁的时候，母亲去世，娘家只留下她和弟弟森类了。六年后，弟弟要娶媳妇，茉莉搬去浅草庶民区独居，未料发现，同为大都会居民，浅草人跟巴黎人一样活得很潇洒。那是一九四一年，不久太平洋战争爆发了。美军空袭开始后，茉莉随弟媳去福岛避难。这期间在东京，鸥外修建的观潮楼被彻底烧毁。战后回东京的茉莉，在东京新开发的西郊找单间公寓住下。一九五一年，她四十八岁时搬进了即将成为《奢侈贫穷》背景的东京世田谷区下北泽的仓运庄公寓。

晚年森茉莉的独特性格，大概跟从少女时期到中年时期，在社会地位以及经济水平上的彻底沦落有关系。一方面战争空袭让整个国家蒙受了破坏；另一方面因失去了父亲母亲、抛弃了丈夫儿子等，没有了家族制度曾提供的依靠，单枪匹马的中年妇女，在战后不久极为混乱的社会上，跟泥浆里漂泊的浮萍一般。从前二十世纪初期的东京，有过茉莉姐妹那样只懂享受不懂劳动的悠闲阶级的千金。战后的日本，却接受了美国基督徒式的劳动致富观念。可以说，战后日本的现实里，没有了属于茉莉的角落；她只好去想象的世界里寻找，并创造属于自己的宫殿了。

被眼光锐利的《新潮》月刊总编辑派去见森茉莉的小岛千加子，从此开始了跟她长达三十年的来往。五十五岁的森茉莉，早已有素材要写成小说。第二年在该月刊上断续发表的三篇小说《黑暗的眼睛》《秃鹰》《浓灰色的鱼》，都涉及早年在婆家以及娘家发生的事件。当时的茉莉没有电话不说，连手表、闹钟都没有。小岛只好通过书信催稿。未料，茉莉爱写信爱到疯狂，犹如今天的人写电邮短信一样，把生活中发生的种种事情都写下来寄给小岛看。年少的小岛惊讶地发觉，书信内容反映出来的日常生活根本不像是事实，反而极像小说，具备超细心的安排，天然的幽默和讽刺、诙谐。

一九六〇年六月的《新潮》上刊登的《奢侈贫穷》成为这系列小说的嚆矢。两年以后第二篇《从红霞满天的清晨写起》发表，一九六三年五月单行本《奢侈贫穷》终于问世。同一时期，她也在其他杂志上发表了《恋人们的森林》《枯叶的寝床》两部以男同性恋为主题的小说。到了一九七〇年代，日本少女漫画界开始出现竹宫惠子、萩尾望都、山岸凉子等女性漫画家画男同性恋故事的作品，一九七八年小说家、评论家中岛梓（栗本薰）竟创刊了专门以男同性恋为主题的杂志*JUNE*。如今，森茉莉往往被视为这股潮流的先驱。她曾经说过，鸥外小说的缺点是没有恶魔，她自己写的小说果然充满恶魔了。

她花十年时间，七十二岁才完成的，由新潮社刊行的《甜蜜的房间》是以父亲和女儿之间的类似于恋爱的感情为主题的长篇小说。茉莉受到了三岛由纪夫的赞扬，可见他也是恶魔的支持者。另外，她也通过小说结识了如今还在日本媒体上活跃的女装艺人美轮明宏。

可以说，这本《奢侈贫穷》是森茉莉在从随笔家化为小说家的过程中生下的作品。编辑小岛清楚地写道，《新潮》杂志跟她约的是小说，而小岛自己也鼓励茉莉把书信内容改造为虚构作品。尽管如此，如今流通于日本的讲谈社版《奢侈贫穷》，却在封面上写着：现代日本随笔。个中的原因，笔者估计是部分读者非常喜欢森茉莉的随笔，却受不了充满恶魔的几本小说。以著名散文家群羊子为例，她自我标榜为茉莉粉丝，写了一本传记叫作《贫穷奢侈的玛利亚》，然而在找参考数据的过程中，却公然排除了恶魔系列小说。但有些人恰恰相反，作家中岛梓（栗本薰）就写道，先看《奢侈贫穷》非常喜欢，再看了《枯叶的寝床》以后，森茉莉便成了对自己来说唯一特别的一个小说家。

于是我回想，曾经独自漂泊于世界的时候，我看森茉莉作品得到的安慰，到底是来自哪里的。《记忆的绘画》和《父亲的帽子》乍看像少女童话，浪漫得讨人喜欢。可是，我印象最深刻的文字，倒在《奢侈贫穷》中。主人翁魔利好比是沦落的公主，根本没有料理家务的能力。她买了颜色合意的毛衣，但不会叠起来收在衣柜里；给虫子蛀了，也不会拿针线去补，只好扔到附近的河流里。“魔利公寓附近的那条河里，沉了不少衣料上等但穿了孔的毛衣。尽管比不上沉在泰晤士河底那颗嵌在骷髅眼窝里的女王宝石，可料子还是挺不错的，应该值得专捡破铜烂铁的人每年到河里打捞一次吧。”

这句话究竟起了什么样的安慰作用，我说不清楚。不过，当现实不如意的时候，埋怨环境，埋怨别人是没有用的，唯独改变自己的思想才是出路。扔掉毛衣是败北，想象出嵌在骷髅眼窝里的女王宝石是胜利。果然，森茉莉小时候过的公主般的生活，使她一辈子都有坚定的自尊心。正如，前些时候过世的《上海生死恋》作者郑念，在“文革”中被关在“牛棚”里仍拿出面纸来收拾四围，在尽量舒服的环境里睡觉。

《奢侈贫穷》里出现的许多人名、作品名、商号等，读者可以当那是魔利为做梦使巫术所发出的咒语。现实中，中年以后的森茉莉住的公寓房间，既小得无法放桌子，又旧得不能在里面用电、用瓦斯。到了寒冷的冬天，她只好钻进被窝里去，抱着热水袋取暖，一点一点写小说。但，那是编辑等人报告的现实。我们看着森茉莉的文章，她的房间正如意大利佛罗伦萨的美第奇家族给少女住的房间，不是吗?

目　录

奢侈贫穷

倘若要对牟礼魔利[1]的居室细数从头，可真是怎么也说不尽。

牟礼魔利非常重视自己房里的摆设与装饰。经过了一番细心的布置后，她终于感到一切均已安排妥当，不禁露出了称心如意的微笑。房间里的一切物什，全都让她感到十分合意。即便是一只空瓶、一支铅笔、一块香皂的颜色，皆是按照她严格的标准挑选出来的。尽管没人会送花给她，可要有人真买来了，她也只好扔掉；若有人送了她红茶杯、茶匙或玻璃杯之类的餐具，她也只得卖掉。总的来说，原因就在于魔利这个人的脾性实在古怪极了。倘要再深入分析，那是由于魔利的生活虽然几近赤贫，但她打从心底比什么都痛恨所谓的穷酸气。相应地，魔利对奢侈与华丽所散发出来的璀璨光芒，可比什么都喜欢得紧。

所以，魔利最热衷于改造她位于破陋公寓楼里的那间六铺席的斗室，把原有的那股穷酸气味彻底扇去，让华丽的芬芳萦绕在整个房间里。至于摆饰的规则，全都根据魔利独到的美

1　牟礼魔利读作Mure Maria，与作者本名森茉莉的读法Mori Mari十分相近。本文采用私小说文体，主角即为作者自身的投射。——译注（本书脚注如无特别标明，均为译注。）

学，尽管乍看之下委实难以分辨这房间究竟哪里称得上富丽堂皇。如果前来造访的客人从事的是艺术工作，或许还会对这个房室赞上一句饶富奇趣；可要被问到什么地方显得豪华气派，只怕也得歪着头想上好半晌。魔利总是躺在各色心爱的对象中央，让清晨的天光、困意袭人的午后烈日和罪恶渊薮的暗夜烛火，轮流映洒在她的身上。房里的鲜花和玻璃壶，尤其是那一只饰有紫罗兰浮纹的白色陶器，随着光影的变幻而隐隐泛着温润的光泽。魔利常将视线移向墙面，驻留在波提切利与亨利·卢梭的图画上，静静地享受着醉人的时刻。假如有人发现了魔利正耽溺在这一切当中，想必会忍俊不禁地问："有什么好陶醉的？"旋即狐疑地端详着她的表情，以确定她的精神状态是否正常。

魔利以巧手酿出的这股华丽气息——只有魔利一个人看得见那谜样的华丽——的范围，并没有将天花板包括在内。一来是魔利鲜少抬头望向屋顶，二来即便从上头飘下了些许煤灰，魔利心中的堂皇仙境亦不会黯然失色。不仅如此，四周原本浅黄色的墙壁已蒙上了一层旧褐色，草绿的榻榻米也褪成了仿佛被茶汤浸染过的茶褐色，还有不少地方已经膨胀变形，可魔利根本没把这些搁在心上——魔利先在榻榻米上铺了深绿和暗红双色交织的衬垫，再摆上桌椅——依照魔利的经济窘况，倘若真要更换榻榻米，她也只买得起最便宜的等级。那种廉价榻榻米特有的刺鼻蔺草味，简直就是最为熏臭难当的穷酸气。至于墙壁的情况，也没好到哪里去。当初，魔利把原来淡绿色的墙壁，那好似在浅草演出的低俗戏剧的舞台背景，改漆上现在的颜色时，也曾被那股同样猛烈的穷酸味冲得险些窒息。在写下这段文字的时候，积黏着浅绿水垢的微雾玻璃瓶里，插有十枝嫩绿的粗茎，宛如十条青蛇从瓶里向上昂首挺立，而前端则分别顶着浓红、泛黄的粉红、宛如掺入牛奶的甜白淡绯，以及柠檬黄等五彩花瓣的anémone……

——Anémone就是银莲花。在这里写成anémone，并非故意炫耀法文，而是要呈现出深藏在魔利脑海里的欧洲之梦。魔利在写小说时，总爱把她晓得的所有法文和意大利文全都使上，间或夹杂几个罗马拼音。她甚至曾经在文章里，插入了长达半页的法文段落。魔利喜欢套用外文的癖好，看似暗自展现精通外语的能力，其实仅只略知一二，幸好迄今还不曾有人就此批评过她。魔利的父亲欧外[1]也有同样的习气。他会这么做，除了和魔利基于相同的理由以外，还多少有些卖弄才学的意味。毕竟，文章里的外语有时可为行文添香增色，未必尽是刻意彰显，若是由此把欧外归类成弄笔之辈，也未免有失公允。欧外对高雅的嗜尚，以及脑中犹如透明矿体的精密机械构造的运转，感到无比快乐，几近陶醉醺然。这是他生命中妙不可言的喜悦。为了将这份喜悦转化为极其优美的文字，他便在文中嵌入罗马字等外语，如一个躲在门后的维也纳舞者，从门缝间露出了秘恋中的微笑。可以说，欧外这位男子，不仅钟情于巧克力的浓香，也醉心于罗马字的秀逸。

1　作者用“欧外”做父亲森鸥外的化名，有时也直接写“鸥外”。

从玻璃窗透入的薄暮余晖，披笼在方才提到的anémone上。这瓶缤纷花束左后方壁板的色泽，虽已成了脏扑扑的土黄，倒还不至于使魔利的美梦破灭。Anémone的绚丽颜色，让魔利联想到西欧的古老屋舍，而搁在花束后边的锅子的亮银、苦艾酒空瓶的浅青、葡萄酒瓶的雾白，以及摇曳着微弱的烛火、堆积在白色陶瓷花瓶瓶口边缘的蜡泪，这些色彩，比魔利梦境中的更淡，比幻想中的更浅，几乎让她当作颜色的影子了。魔利感到十分舒心惬意，连提笔写作都倦懒了起来。

于是，魔利不去理睬天花板、墙壁和榻榻米。在她的房里，最惹眼的就属那张略宽的单人床了。那是美国驻军部队淘汰出来的旧货，连着小边桌成套卖三千五百元，便宜得很，只是不免残留了一些用过的污渍。这张上了亮光漆的木头床没有任何雕饰，仅加了一圈厚框而已。既然没法弄来魔利最想要的样式——那种像在法国湖畔别墅里的胡桃木雕床架，她也只得将就这一张了。若是花上好几万，买来家具店或百货公司里的昂贵床台，可以想见这房间立马就成了那种穷酸新兴阶层的新屋卧室——屋里摆着好看的书柜和碍眼的时钟，地上铺的大红地毯活脱脱像魔术师用的道具布。如此一来，一股空虚的氛围必会冲灌而入，使魔利感觉仿佛有股无色又乏味的东西在舌头上蔓延开来，继而彻底粉碎了她的美梦。魔利的床上叠铺着厚厚的睡垫，上面裹着的白底厚棉质床单，缀有两道红色细条纹。既然魔利买不起铺在阿拉伯富豪床上——就是四个床角竖有长矛状床柱的大床——的床单，即在白色的粗布上绣有金色星星和红黑交织的太阳图案的那种，她只好拿这个凑合着用了。床上铺着两条盖被，贴身盖的那条铺棉衾被[1]是橄榄绿的，上面以浅褐色勾绘细腻的纹样，从袖筒与下摆内侧翻折上来的里布则是淡黄色的。至于和这块里布同色的另一条铺盖，由于经过了洗涤，已经褪成魔利想要的柔和的明黄色了。魔利运用带着浅褐纹饰的橄榄绿与柔黄色的两条棉被，把整个房间晕染成波提切利宗教画里的色调。至于枕头套同样采用棉质的布料，白底上缀着红色的粗条纹。魔利常窝在波提切利的棉被里欣赏花朵，眺望玻璃。各款各色的玻璃，全都蕴含着谜样的流霞彩影，任凭魔利凝目细审亦不解其所以，深深吸引着她浸淫在这无上的新生天境。时序入夏，魔利便收起盖被，不论是暑热闷蒸的白昼，抑或被浓暗围拢的黑夜，她一径躺在只铺着白底红纹床单的床上，冥想着窗外远方那片沙漠的静寂。在令魔利深受感动的《皮埃尔·洛蒂[2]的信》里，夜晚的沙漠遍地冰冷黄沙的情景，浮现在她幻想的微暗影片中，甚至还有阿尔及利亚的女子吟唱情歌的歌声飘送而来。

魔利的床铺两旁摆着一对扶手椅。靠近内侧墙壁的那把，是用来搁放物什的；另一把供人坐用的椅子上，铺着一条折成四折的暖桌专用薄被，印花棉布上染有深浅相间的茶色。椅子的后方，挂着一幅威尼斯运河和桥梁图案的编织壁毯。在魔利看来，这幅壁毯和巴黎的豪华房室里的哥白林织毯一样美丽，

1　一种日本传统的棉被，像大号的宽袖棉袍，双手可以穿入袖子，套盖在身上。缝制时，有时会预留较长的衬里，反折至表面的袖口与下摆处，做成宽绲边。

2　皮埃尔·洛蒂（Pierre Loti, 1850—1923）：法国小说家。海军服役期间的东方见闻，成为他日后作品的一大特色。森茉莉曾于一九三二年翻译其作品《皮埃尔·洛蒂与母亲》。下文亦提到该作者的其他作品《菊子夫人》《梅子太太的第三度青春》。

恰和她挂在对面墙上那幅波提切利《春》的局部图里那些文艺复兴时期之前的贵族女子侧脸相互辉映，使得魔利满室皆是意大利的生香活色。当她在涩谷的一间小店的墙上发现这幅挂毯时，甭提有多雀跃欢喜了。法国的精巧手工编织挂毯极具立体感，以各类图画和照片作为染织题材。那挂毯大抵是从某幅西洋画中截取的图案，看来已在店里挂了许久都未卖掉。在长久的曝晒下，原先的鲜艳夺目已然褪色，却正合魔利的心意。那朦胧的橄榄绿、微浊而浓淡有致的黄色，搭配浅灰蓝与柔和砖红的色调，恰恰与古老的哥白林织毯毫无二致。每当魔利觅得了心爱的对象，便再也顾不上其他事情了。她根本没想到该杀个好价钱，便喜滋滋地买下了这幅颜色已褪去大半的挂毯。男店员的脸上掠过了一抹无以名状的笑意，那表情仿佛在说：瞧这女客一脸眉飞色舞！他能理解这位客人很高兴购得了非买不可的对象，也明白她买不起百货公司的高价品而屈就这便宜货的心态；可他委实不懂，这女客分明嘴里叨念着“这东西都褪色了呀”，为何还喜形于色呢？对于自己做的事受到嘲笑，魔利已是习以为常，她很习惯眼角的余光捕捉到人们的窃笑，也不再往心里去了。年轻时，她对此曾十分恼怒，可长了年岁多了气量，现在反倒同情起那些笑她的人了。

映照出奇妙奢华氛围的那盏台灯，就站在枕畔的小桌上。魔利不知道那是铜制的还是铁造的，或是由各种合金铸成的，总之是用金属打造出来的台灯，整体呈现出意大利的美术馆里展示的铜版画的那种色泽，雕刻成一个长着翅膀的年轻天使搂着少女起舞的造型。台灯虽是用便宜货常用的二模灌组方式制作而成，却不像在一般裱框铺子、稍高级些的文具店或百货公司常卖的诸如米勒的《晚祷》啦，或是看来憨头愣脑的贝多芬，抑或水车磨坊之类的工艺品那般俗气，足以在魔利梦想中的园地发挥画龙点睛的功效。这盏台灯已相当老旧，将灯泡座和台座固定起来的焊料都剥落了，以至于蔫着脑袋瓜一摇三晃。魔利只好拿来托利斯[1]的大瓶子灌上水增加重量，压在勉强撑拉着台灯头部的电线上。这条危险的电线，屡屡让来到魔利房间的少女和太太们瞧得心惊胆战。魔利自己虽也相当困扰，但洋溢着意大利风情的对象并不容易觅得，她也只得由着这组危险的装置在那个角落长久待下去了。只是这东西看在别人眼里，想必十足扎眼，甚至有人对她说："拿个五百元来，我去帮你买盏新的回来！"可魔利明白，若把缘由解释清楚，对方必会感到错愕，她干脆只露出神秘的笑容，带着歉意答道："我只是嫌麻烦，过阵子就会去买了。"接着便引开了话题。这盏灯当初花了八百元买来，用了八年之后虽已濒临解体，仍是魔利的宝贵财产。每当看到它，总会令魔利想起《即兴诗人》的开篇第一行，"凡是到过罗马的人都非常熟悉巴贝里尼广场"，而魔利的耳畔，亦旋即传来马车在罗马与佛罗伦萨的石板路上奔驰的轰鸣。至于装在那只深皿里、花冠仰抬的anémone，展现出仿佛连绽放都倦惰似的慵懒的粉红和黄色、牛奶白的橘色，还有深红色。也唯有在这盏天使台灯的照耀下，这群anémone的美女们，才会翩然出现在魔利深夜的梦境里。

对向墙面的书柜上，有着魔利梦想中的房间——尽

1　日本三得利酒厂生产的一种威士忌，适合掺入苏打水饮用。

管其实称不上是房间，仍是魔利最美丽、最梦幻的屋子。“现实，那是‘悲伤’的别名。唯有在幻想中，幸福方能与人们相伴左右。或许有人自认为在现实中也过得十分幸福，可那些人大抵是误会了。当幸福的人们在现实中感到幸福的时候，那股幸福的感觉乃是存在于其幻想之中，抑或至少带有些许幻想的成分，而绝不会是存在于现实之中。直白地说，倘若有谁认为仅仅待在现实中就能感到幸福，恐怕只有我们远祖的猿类，以及进化未臻成熟的人类罢了。”魔利俨然一副哲学家的伟岸神情，在心中如是说道。室生犀星曾在《女人》[1]中提到“牛排的粉红色与油脂”。自从读过这句话以后，每当魔利想起牛排的时候，脑中总会浮现出这句话来。手持刀子切下一块牛排送入嘴里是一连串“现实”的举动，牛排本身亦是一个“现实”的物体；然而，尝牛排时感到美味、觉得开心的感受，何尝不是那浓腴的牛油香气蒸腾、油亮焦褐而微微渗血的粉红肉块在心中奏鸣的交响乐，更是脑海里的一场豪华盛宴，亦犹如背靠大片森林的西欧别墅里，回荡着优雅的古典乐，间或传来柴火燃烧的毕剥爆裂声中的那份寂静。比方有个男人酷爱像置于古坟上的陶偶那样的土制人偶，或许他对那种土制人偶所投注的爱情，远比对活生生的女人还要深。假如爱情和快乐只存在于现实之中，应该就没有其他的东西藏匿在现实的另一个深处里了。魔利为了要使

1　室生犀星（1889—1962）：日本诗人、小说家。此处应指其《随笔·女人》《续随笔·女人》。森茉莉相当景仰室生犀星，在文章中经常提到他，也和其长女朝子颇有深交。室生朝子（1923—2002）亦是知名的散文家。室生犀星于本书中常以萤平四郎的化名出现，室生朝子则以萤杏子的代称现身。

自己脑中的梦幻房间的“存在”合理化，极尽所能地做出了这番申论。“唯有梦，才是这世上真正的现实，以及瑰宝。”暂且搁下魔利的真知灼见，回到本文吧。不过她的这番见解，绝非不值一哂。

现在，回到魔利的书柜上吧。魔利的书柜其实是房里的摆饰柜，里面站着书挡。欧外的《德国日记》的书脊上印着灰色图案，白底黑字；罗登巴赫的《死城布鲁日》、都德的《雅克》、皮埃尔·路易的《女人与傀儡》与其另一部作品《精灵们的黄昏》，这几本的书封都透着黄色；还有深红底与白底黑字的两册《福尔摩斯》，或许是依照英国版的书皮印制的；再加上洛蒂的《菊子夫人》和《梅子太太的第三度青春》；全都依照魔利属意的色调依序排列整齐。她希望能在《福尔摩斯》的旁边再摆上一本亮浅绿的书册做搭配，眼下仍在物色当中。书挡旁的玻璃牛奶瓶里还插着上一个夏天的花。橄榄绿的花萼和花茎上顶着已泛黄的小花，花芯像蓟花那样有着纤细的淡米色软毛。早已干枯的花朵像泛黄且变得虚薄的dentelle（蕾丝）的颜色，而花萼和花茎则像意大利运河的色彩。在那只有着金黄色的金属盖子、瓶身如宝石般的四方形合利他命[1]小瓶子上，还留着墨绿色的蜡泪残堆，其后方有一只落满尘埃的Dom[2]的空瓶，搁在淡蓝色的资生堂空罐上。而在蜡堆和空瓶之间，还站着一枚迪恩[3]头戴西部牛仔帽、身穿西部牛仔衣和背心的相

1　合利他命（Alinamin）：日本十分畅销的维生素补充锭剂。

2　此处可能指唐培里侬香槟王（Dom Perignon）。

3　詹姆斯·迪恩（James Dean, 1931—1955）：美国影星。

片，整张相片呈现橙红的色调。另外，还有两只绿色的玻璃瓶，深浅各一，其中一只是带有金属光泽的绿色，好似里面有着萤火虫。至于上了灰色油漆的相框里的，是身着军医服的欧外，而象牙白相框里的，则是襟上别着法国骑士荣誉勋章（文化艺术勋章）的普鲁斯特。在魔利的心目中，普鲁斯特正是寻觅到真正现实的不朽作家。在相片里，他依然审视着精神层面上的具体事物。洁白的翻领，一条看似白绸的领巾围到领子的下方。那枚胸绶章像只雪白的蜥蜴，又像是天上的白鸽，停驻在他的黑礼服上。魔利对于自己无缘拜会普鲁斯特，感到十分扼腕。现如今，要想在这东京见到足以代表法国的睿智人物，只能去观赏让—路易·巴伦特[1]的作品了。在现代的新浪潮之中，同样充溢着法国风格的智能、洞悉内心影像的眼神，以及优雅的风韵。那些巴黎的年轻人制作的新电影（比方《情人们》[2]《二重奏》[3]《一个为夏日而生的女孩》[4]），不仅在复杂纠葛的人物关系中，呈现既具备智慧又带有古典高雅的心理影像，即便在《筋疲力尽》[5]里谈情说爱的场面，亦保有《红与黑》[6]

1　让-路易·巴伦特（Jean-Louis Barrault, 1910—1994）：法国知名话剧导演、演员。

2　《情人们》（*Les amants*）：又译《移情记》《孽恋》，法国新浪潮电影导演路易·马勒的作品。

3　《二重奏》（*À double tour*）：又译《两次旅行》，法国新浪潮电影导演克劳德·夏布洛尔的作品。

4　《一个为夏日而生的女孩》（*Une fille pour l'été*）：法国新浪潮电影导演埃德沃德·莫利纳罗的作品。

5　《筋疲力尽》（*À bout de souffle*）：又译《断了气》，著名导演让-吕克·戈达尔的作品。

6　此处指电影版《红与黑》，由法国新浪潮电影导演克劳德·奥当-拉哈据司汤达原著改编。

里生命的重量。在《狂乱之夜》[1]里有个镜头，一位裸体入睡的女子身上的盖褥被猛然掀扯开来，此时放在她枕边的三支蜡烛的烛台，仅将后方墙上一幅挂画的画框映得隐隐发亮，而图画本身是晦暗不明的。现代的东西一定是干燥的，古典的、优雅的东西都是“旧时的遗物”——这样的观点有些可疑。当米琳娜·德蒙若[2]穿着泳装时，依然流露出路易王朝的优雅；而让-保罗·贝尔蒙多、劳伦特·特兹弗、让-克劳德·布里亚利、热拉尔·布兰[3]这些年轻人，让人感到既有《茶花女》时代的甜美，又透着几分含有苦味辛香料般的青涩。而干燥在有些场合也是好的，比如洗过的衣物、焙过的盐，以及某些体裁下的文体。

——写到这里，忽然有个声音传来警告：最好别把自己脑袋里难登大雅之堂的浅薄学养，包括在小学校和女学校[4]习得的日文、从欧外诸位作家空茫文风中受到的潜移默化、略微涉猎过的法文，以及嗅过的些许西欧文学与美术的气息，一股脑啰啰唆唆地塞进文章里。

1　《狂乱之夜》（*La notte brava*）：意大利导演莫洛·鲍罗尼尼的作品。

2　米琳娜·德蒙若（Mylène Demongeot, 1936—　）：法国女星。

3　四人均为法国男演员，出生于二十世纪三十年代。

4　第二次世界大战之前的日本学制，于“小学校”（正式名称为“寻常小学校”）实施六年制的初等教育，于“女学校”实施中等至高等的女子教育。作者于一九〇九年至一九一三年就读东京女子高等师范学校（现今之御茶水女子大学）附属小学校第二部寻常科，一九一三年转学至私立法英和寻常小学校（现今之白百合学园小学校），一九一五年毕业后升上私立法英和高等女学校就读，并于一九一九年毕业。

叠放于书挡旁的欧外全集上面，摆有登山用的红色马口铁烛台、圣母子的明信片，以及一张色彩纷呈宛如教堂彩绘玻璃的写生画，也同样是以圣母子为主题的画像。充满回忆的托利斯威士忌的塑料瓶盖与火柴盒。两只厚重的杯子并置在前面，一只颜色像淡淡的葡萄酒，另一只是仿佛会溶在水里的水绿色，魔利爱不释手，都买了回来。魔利最喜欢编织的华丽梦境，也在她床脚前的一张茶几上实现了：静静地搁放与堆叠起来的西式盘子、红茶杯和西式杯子。印有金色文字与商标的天蓝色红茶罐，与透着暗红色的覆盆子果酱瓶。白盘子上散落着波提切利风情的蔷薇与紫罗兰的柔嫩紫花，在轻歇于盘上的玻璃杯下绽放着芬芳，与杯子后方勾勒着小鸟图案的玫瑰色陶器相映成趣。几只浅蓝饰边、绘有橄榄绿与玫瑰红纹样的深底盘子叠放在一起，上面搁有淡红的西红柿、银白的匙子、开罐器、胡椒、装有大蒜的小瓶、防蚀铝的雾金色小盘子等，浅柔的美丽色彩，金色，与玻璃的晶莹相互交织，使魔利的美梦得以成真。陈列在这些物件后方橱柜上的是沙拉酱的浅黄、西洋醋的透明、牛油的亮黄、猪油的润白，殷红的水果篮里搁着嫩绿的包心菜。牛乳浓稠的白色与西红柿汁的浅红，对比着深绿色的草莓果酱罐。白昼的阳光和夜晚的灯光，把这些陶器、瓶罐、蔬菜、玻璃的周身反射得熠熠生亮；到了午夜时分，则闪耀着一个个微小的星形光芒。

从早到晚，这些淡彩的绮丽物什兀自闪耀着光辉，悄然无声地把魔利围在中间，即便在魔利沉睡的夜里，光明依然不曾稍减。那是因为魔利房里的电灯，除了朝阳直射入室的三十分钟以外，总是不分昼夜地散发着光亮。每当有人在夜里或黎明时分，经过魔利房间旁边的走道时，总被她房里流泻出来的亮晃晃的七十瓦光线给吓一跳。魔利没关灯，有时是因为在写稿，或是通宵耽读推理小说，可即便她察觉忘了熄灯，也根本懒得伸手扭灭电灯的开关。魔利恣纵地心想，就算省下晚上开灯的电费，也买不了几块英国巧克力。能让魔利亲自起身动手的，只有烹煮自己喜欢吃的料理，把穿戴在身上的衣物清洗干净，装扮成自以为漂亮的时尚模样，在窝身的房室里布置上精挑细选来的东西，还有为了快乐的联翩浮想而出门逛一逛、瞧一瞧。倘若每天清晨破晓时站在没人的空地上，天上就会飘下一张千元大钞的话，恐怕魔利连一张稿纸也写不出来了吧；即便心里很想写，却实在懒得提起笔来。如果有人笑她，幻想个区区一千元，未免太小家子气了吧。魔利应该会这样回答：花费超过一千元就是奢侈，就失去幻想和创作的快乐了。

魔利也不关木板套窗，嫌麻烦，不过还有另一个理由是她讨厌碰触木板套窗，这得追溯到她早在战争之前过的生活。老家平素只掸扫尘灰，至于讲究些的打扫，全交由园艺匠每个月来两趟帮忙处理，当然更别提清理库房和厕所了。当园艺匠打扫客厅时，家里人全挤在餐室里；若是遇上每年一度大扫除的那天，他在堂屋里清扫的时候，大家甚至躲到厢房避难去了。魔利以前过的便是这般从不沾脏的娇贵生活。她是荑手纤纤的金枝玉叶。刚搬来这里的两三个星期，魔利根本没发现有木板套窗，待她察觉的时候，已经太迟了。别说套窗上满是雨泥风尘，她更怕会摸到蜥蜴、壁虎，或蝎子、桐虫、蜘蛛等虫子，干脆让窗板继续收在墙边的窗箱里了。魔利住的公寓这一带十分潮湿，一连下个几天雨，榻榻米便会发霉，因而蜥蜴、壁虎，或天牛、蜘蛛等各种虫类，可说是多士济济。厌怕虫子的魔利，每回见到的刹那，总像被浇上冷水般全身僵直，苦思着这回该去央谁来帮忙才好，又暗忖着受托的人们会在心里嘲笑她的没用，就这么烦恼上十来分钟。

魔利开不了罐头，更提不动重物。平常惯穿毛线衫的魔利尽管已是美人迟暮，外表像个随处可见的中年妇女——当然，若是仔细端详，她身上仍流露出与其说是尊贵，毋宁说是拖拉磨赖的样态来，明摆着就是不济事——可她的举手投足依旧慢悠悠的，俨然是王朝时代的公主。说得托大一些，若是让魔利挪桌扫地，简直堪比紫式部或和泉式部亲手洒扫清理了。魔利还记得，第二次世界大战期间疏散到乡下时，有回她穿的草编雪鞋的绑绳忽然断了。她先是站在雪中茫然无措了好半晌，这才慢吞吞地弯下腰去。脚边散落着的两三根稻草映入眼帘。她想用稻草把鞋子绑在脚上，不消说是徒劳无功的。魔利把这两三根稻草捻成一束，试着续上草鞋系绳的断尾，无奈总不如愿，忍不住暗自说道："朕岂可亲系草鞋之绳！"魔利当时的生活样貌，就和出奔至笠置山，在山径里惶然逃窜的后醍醐天皇一样。她没办法点燃薪柴。到河边洗衣服时，内衣常被河水冲走，连人都险些一头栽进水里去。烧柴时总是马上冒出浓浓的灰烟，只得一再扭报纸当火引重新起火。魔利脸上又是灰又是泪的，不禁诅咒起自己这两只无能的手来。更窝囊的是，魔利根本连走路都成问题，纵使套上了特制的防滑雪鞋亦无济于事，从路面往下走到家门口的那段阶梯，她都得伏身弯腰，一级、一级慢慢往下爬。和大家一起去亲戚家借浴室洗澡，就数她的动作最慢，最后只好自己一个人回去。阒黑中，魔利揣着满怀的恐惧，缓缓地走在分不清哪里有拐角的山丘雪地里。但凡农活她都做不来，唯有冷眼旁观弟媳挥汗下田。因此，自从她和弟弟一家分开来住以后，再也拿不到蔬菜，只得向住在二楼的房东家预约黄瓜皮。其实那时她身上有钱，却压根没想到向人买来菜蔬就行了。魔利把鲜嫩欲滴的黄瓜皮拌了盐，想象那是一盘绝顶美味的沙拉。人们曾指责魔利，她和弟媳同样都是出身名门的千金，为何会有天壤之别。可两人的成长过程有些不同。弟媳从小便一肩挑起母亲的职责，家里有八口人，登门做客的人也是川流不息，餐食大抵总得备上十五六人份。弟媳的母亲只负责接待宾客，身为女儿的她不仅善于社交，遇上客人来访时，更得在厨房与客厅之间来回穿梭，可说是入得厨房，出得厅堂，面面俱到。这绝不是趁机报复往昔嫌隙，才故意写在这里的。弟媳可是位经过了自由学园的羽仁本子式教育[1]熏陶的才媛。一旦发生战事，她原本柔和的眉宇之间，便隆起不服输的青筋，不但耕种的本领连农夫也要竖指赞好，连不曾做过的和服裁缝，也像计算数学般仔细地裁剪布料缝制完成。她曾在连空中冷月都要冻僵的夜晚，独自一人把数百颗马铃薯埋进土里，当时恰巧有个相熟的工厂工人经过，被她感动得流下泪来，伸手相助，这段事迹一时传为佳话。她虽心如铁石，硬得拿锤子也敲不下角来，可有部分原因是不足为外人道的境遇所逼，并非她心怀恶意或故意使绊，才这般硬心肠的。她也不会刻意落泪博得同情，或裹着温情的糖衣兜着圈子

1　羽仁本子（羽仁もと子，1873—1957）：日本第一位女性记者，创立了自由学园，于学园中实践其以基督教为基础，强调思想、生活、祈祷三项合一的教育理念。

挖苦。包括蔬菜事件在内的诸多事情，严格来说，过错该归魔利。何况在那可怕的战争期间，带着魔利到乡下避难，简直就和带着身穿裙摆拖地的居家服的布里亚·萨瓦兰、爱德华八世，抑或背着后醍醐天皇逃难没有两样。话说，那是他们把死活不愿离开浅草的魔利一起带了来，而不是她央求一块儿去的。好了，闲话少提。

因此，不只驱赶虫子，魔利办不到的事可多着了。魔利奇妙的奢侈生活，便在这不情不愿的心态上源源不绝地衍生出来，她的“贫穷中的奢侈”渐次往绚烂的境地升华而去。同找来园艺匠打扫一样，老家有好几个女佣打理一切家务，所以魔利既不会烧炭生火，也不会使用煤油炉。于是她只好转而改用桶装瓦斯，问题是桶装瓦斯上面没有炉子，而以魔利的经济能力，又买不起电炉。她只好不分昼夜都在被窝里搁上热水袋，幻想自己是马塞尔·普鲁斯特。魔利从不曾穿经过缝补的衣服，不管是欧美样式或日本传统的服装，她一概不会做，从家居服到和服的窄幅腰带，全都得找裁缝店定做，缝纫的支出成了一大笔开销。第二次世界大战结束后，大家开始在和服里穿起西洋的内衣，于是市面上开始卖起了贴身的里衣，这才免去了她连贴身里衣都委托裁缝店缝制时的尴尬。至于针织衫，虽有店家代为编织，却没有店铺能帮忙修补破绽的口子。魔利连tailleur（套装）和robe（连身洋装）都买不起，却还是很爱打扮，买了不少对襟毛衣和针织衫。配色上，她喜欢用英式风格的深褐搭配米灰，可可色搭配深蓝、纯白、灰色和浅灰蓝。有一回，裙子破了一个大洞，把她吓坏了，赶忙去做了两条：一条是深灰色的，另一条是有隐约细格纹的布料，格纹分别是带点粉红的红豆色，以及带点红豆色的灰色。这裙子配上白衬衫，外搭深蓝色的有领对襟毛衣，穿起来很像谷内六郎[1]画在封面上的女孩。尽管她确实已是五六十岁的老妇人了，内心却始终保持着十三四岁少女的心境，因此这身装扮再适合不过了。深灰色的那条裙子搭配浅灰蓝的对襟毛衣和白衬衫，是她最得意的散步装扮，脚上则分别以浅黄和淡蓝的袜子和衣服做配搭。大部分的对襟毛衣，魔利都一件又一件地往衣架层层套叠后吊挂起来，日积月累之下愈来愈重，稍微一碰，便会掉落到喂猫吃的饭上。其他的毛衣有一部分堆在衣橱上的纸箱里。冬去春来，夏走秋至。到了秋天，把毛衣拿出来一看，赫然发现大概是梅雨时节附着在衣料上的虫卵，已经孵化为成虫大量繁殖，把好些件毛衣啃出了一个个惨不忍睹的孔洞来。在花儿与玻璃的围绕中，魔利日日夜夜幻想得浑然忘我，以至于挂在衣架上的对襟毛衣永远维持着上吊的姿势，而堆在衣橱上的针织衫则任由虫子们大快朵颐。魔利虽曾动过该把这些衣服收进衣橱里才行的念头，可依她的个性，思考与实践之间的距离差了十万八千里。衣裳破了洞她也没法补，干脆扔了来得省心。要是有人在深夜十一点四十分左右经过魔利的公寓附近，就会瞧见有个形迹可疑的女人，捧着一大只用报纸裹起来的包裹，朝河边走去。在旧衣回收商看来，付钱收购这些不算最高级的衣服倒无妨，但他们也并非什么都照单全收。魔利公寓附近的那条河里，沉了不少衣料上等但穿了孔的毛衣。尽管比不上沉在泰晤士河底那颗嵌在骷髅眼窝里的女王宝石，可料子还

1　谷内六郎（1921—1981）：日本画家。自一九五六年《周刊新潮》的创刊号起便负责每期的封面绘制。

是挺不错的，应该值得专捡破铜烂铁的人每年到河里打捞一次吧。

说到洗衣服，也是直到战争结束，魔利一个人住以后才开始学的。虽然大致上手了，可她的步骤过于烦琐仔细，得先用资生堂的橄榄香皂搓出一大桶雪白的泡沫来，实在耗时又费力。由于搓出来的泡沫太多了，反而瞧不清浸在水里的衣物，好几回都因为前一天掉到水桶里的红茶渣把衣物染上了茶色的污渍，只得再洗一遍。那些犹如棉花糖般柔白的泡沫，总是引来孩子们争相向她讨去玩。洗衣服还算不上什么，拧干才是一场硬仗。魔利扭拧冬季长衬衣时的模样，简直就和拉奥孔群雕毫无二致——那是三名男子使劲挣扎着被蛇紧紧缠绞的手臂、腰杆、躯体，极度痛苦地昂仰望天的雕像。她把湿衣的一端绕在手臂上，纳不进手掌的部分则搭上肩头，采取一种诡异的姿势使出浑身解数来扭拧衣物。纵是俄罗斯芭蕾舞的编舞大师马辛，都编不出这般充满艺术气息的特异姿势。有时连她自己想来都忍俊不禁，身边虽没旁人，可邻房还是听得见的，只得紧抿着嘴，强忍着别笑出声来。这副古怪模样的部分成因是魔利不善家务，更要命的是她手无缚鸡之力，倘若她的力气和普通主妇一般大，只消把长衬衣对折拧干便大功告成了。好了，经过这番又洗又拧的孤军奋战之后，变得洁白如新还飘着香味的贴身衬衣和毛巾——除了内衣和小件衣物以外，全都送到洗衣店去。若是连床单都自己来的话，只怕到要扭拧的阶段，得一路披到左右邻家太太的背上才成——都挂在窗边成列的衣架上，晾干以后便移到床铺的后面挂起，好似一道道白色的瀑布。床后面挂满了，就披到扶手椅上。魔利之所以在室内晾衣服同样是由于她缺乏主妇的家务技能。想把湿衣晾到户外的晒衣杆上，必须能够握着前端接有枝杈的长竿子，操纵自如地把衣物顶到晒杆上面晾挂。熟识的太太偶尔会好意让她晾到自己的晒衣区来，可往往连撑竿晾衣都得接手帮忙，几次下来许是嫌烦了，一见到魔利要晒衣服便一溜烟地躲回自家去了。遇上下雪的日子干不了，魔利便把湿衣裹在热水袋上，便可把衣服烘得既干又暖，可谓一举两得。魔利对毛巾的颜色也有严格的坚持，她凑齐了如梦似幻的色彩，即便是挂在床头板上亦须依照一定的顺序，每条露出一部分错开，旁边再挂上洗完的白色衣物。使用的香皂最好是有紫罗兰香气的紫罗兰皂，无奈买不起，只得退而求其次改用理想橄榄牌的紫罗兰色，以及资生堂的白色、蔷薇色、浅绿色皂等。甚至化妆箱和梳发工具箱的颜色，也都挑选和这些香皂一样的黄玫瑰色及淡黄色。这些梳妆箱和去渍油的瓶子、洗发精、无色无味的发油，一起固定摆在罐头空箱上面。

总而言之，喝牛乳长大的魔利，外表看似壮实，其实身子骨弱得很，何况幼时过的是娇宠的生活，不曾需要使力。魔利从小除了左手端碗、右手持筷吃饭，还有在浴室洗澡与穿衣以外，别的事都由旁人代劳。头发是在她默背法语时，女佣为她梳扎的。洗头发时在客厅摆上面盆和一只宛如供奉八岐大蛇[1]的酒壶般盛满热水的水桶，同样由女佣为她洗发，她仅需朝前弯俯。魔利每天从女学校回来以后，必定走进装有自来水管线的客厅，朝着小跑前来迎接的女佣吩咐一句“洗脸的热水”。

1　日本神话中八头八尾的巨蛇，嗜酒，每年要吃掉一个女孩。

上学和放学有人力车接送，远足多半请假不去，连腿脚也鲜少劳动。魔利这般孱弱的体能，使得采买日用成了苦差。只要购物篮里装了一根稍大的白萝卜、两三本旧书，以及五六颗洋葱，她的手就快脱臼了，每走一丁目就得换手提篮。魔利不仅力气小，皮肤似乎也不太厚，只消多洗几件衣服，指甲便会断折剥落流血；若是没穿袜套直接趿上木屐走路，不出一丁目便会皮开肉绽，露出红肉来。除非木屐的夹带用的是上等的天鹅绒，否则甭想悠哉惬意地赤足趿屐散步。

两手轮流提购物篮没什么奇怪的，魔利还自比为分外羸弱的平家[1]宫女，若是能摆脱拉奥孔的样态，她可一点也不想露出那般狰狞的神貌来。因为，纵使魔利没有闭月羞花的容貌，也无婀娜多姿的仪态，可她向来认为自己心地秀美、举止娴雅，只消别成了拉奥孔的化身，就完美无瑕了。近来，社会上所谓姿色和体态兼具的美人有日渐增多的趋势，但拥有美人的心地、美人的态度之人，几乎是凤毛麟角。超过四十岁的女子先不论其心地，不少人拥有美丽的样态，腼腆而温柔。但真正的“美人”，即便是在穿越车道时，亦不会露出丑陋的斜眼，满脸惊慌地冲奔过去；即使在大众澡堂里和同性共浴，也会怀着羞耻心。

——说起女子们近来在澡堂里的举止，简直令人瞠目结舌。墨黑的卷毛头和既粗又红的手臂，会毫无预警地突

1　日本平安时代末期握有政权的平清盛氏族。

然伸到魔利的眼前抢水。即便她就坐在水龙头前的座位上，还得靠隔邻的女子同情她，让她接水过去冲洗。因此，要是瞧见每处水龙头前都坐了人，魔利便直接打道回府了。别说鲜少有人在冲淋时会留神不要泼到别人身上，她们在洗脸时还大模大样地顺便漱口，连伸手挖鼻都堂而皇之，净做一些魔利即便单独待在浴室里也做不出来的举动。原以为男女混浴时，她们会收敛一些，没想到全部照做不误。多数女人只要结了婚，过上五六年，大都变得厚颜无耻了。澡堂里既有青春焕发的年轻女子（这年头小姑娘的好处就在她们裸体时也不害臊，像个少年郎般神色自若），还有恬不知耻的老婆子，在浴槽里盯着其他女人的身子打量。话说回来，这种人可说已成了歌舞伎戏剧里的鸨母，或罗丹那尊娼妇雕像一般，到达另一种美的境界了。魔利上澡堂时，喜欢带着心爱的毛巾、香皂，跟金色的水桶摆在一起，坐在可以远眺镜子的地方，享受洗浴的乐趣。因为离镜子愈远，映在镜中的脸看起来愈小。可惜，自从她站着翻阅了一本杂志，里面刊载了带照片的乳癌判别法的文章以后，她就不敢离镜子太远了。这六七年来，魔利不时怀疑自己罹患了胃癌，只要身体微恙便疑神疑鬼的，生怕患了胃癌、喉癌、食道癌、直肠癌、舌癌、皮肤癌等各种绝症。一旦开始担惊受怕，就变得茶饭不思，人生了无生趣。在那样的日子里，就连花儿和玻璃，亦尽皆化为悲哀和寂寥的梦魇。

其实，真正的美人不憎恨别人，也不会做坏心眼的事。全世界都嚷嚷着现今已是自由恋爱的时代，年轻女孩无不盼能博得众人的关爱，可若真想惹人疼爱，与其把发色漂淡、描上眼线，不如别再羡慕别人、憎恶他人才是上上之策。相由心生，那些欲望会使女孩变得面目可憎。现在连冰店的女侍都染上了这种时髦病，面目可憎的女子充斥在大街小巷里。

再回到正题上。魔利不仅做不了家事，还患了奢侈病，需要施些魔法才过得了日子。魔利的生活费，包含早、中、晚始终大放光明的电灯的巨额电费在内的房租二千八百元，加上买米钱、订三份报，还有瓦斯桶的费用，每个月合计得要一万元。其中，有些日子吃的还是魔利所谓的英国贵族的早餐，包括饼干、天然奶油、产自大不列颠的覆盆子果酱，配上一杯香气浓郁的红茶；而以面包为主食的晚餐，有时会配上一盘芦笋与淡粉红色的西红柿，以及飘着荷兰芹碎末和洋葱圈的牛肉冷汤。偶尔再买瓶苦艾酒或格拉夫干白葡萄酒，家计就更为拮据了。每个月一万元的生活费，就靠一年出一本书的版税支应，奢侈享受所需的开销得另外绞尽脑汁筹措出来。床边桌子下面用红铅笔、蓝铅笔和黑笔写满了密密麻麻的加减法数字，小到得用显微镜才看得见，还有无数的线条从这里画过去、那边拉过来，犹如卡斯巴古城[1]的谜似的。某些时候，魔利会在脑中飞快地计算着复杂的数字，速度快得难以想象这是小学时代算数拿了丁等的人。如有额外收入，或卖掉什么东西赚到钱款时，就能过得宽裕一些；若是遭逢青黄不接，只能挪

1　位于北非阿尔及利亚的卡斯巴城区，街道市集错综复杂，宛如迷宫。

出一星半点做奢侈花费，这时，如凑巧从邮票钱匀出个几百元或几千元的零头来，那可真叫她心花怒放。假如挪出四百元供挥霍，即可分两次买一百九十元的比目鱼生鱼片，或是三洋牌的汉堡排、炖牛肉等西洋料理罐头，而剩余的两百一十元，再从日常费用里拨出二十元补上，就能去买英格兰制的雀巢巧克力了，裹在那里头的杏仁和鹌鹑蛋一般大哩。近来不晓得什么原因，多了不少额外收入，比如受邀写些短篇的文章，有时能攒出九千元，甚至还曾攒到过一万二千四百元。那段日子，魔利得以暂时享受好些天的歌舞升平。午餐的配菜是用银鱼、比目鱼、鲷鱼子掺清酒和一点点佐料炖煮，生鱼片用比目鱼，夏天的话则挑鲈鱼，旁边搭配笋块拌山椒嫩芽，或是奶油煎沙朗牛排配上青豆荚、德国沙拉、特大号的蛋包饭佐番茄酱。有时会到苏格兰洋食餐馆、班加罗尔印度餐厅、砂场荞麦面店[1]用餐。魔利脱手转卖的物品包括买来却不合穿的衬衫、围巾等衣物，书店寄赠的欧外、芥川、漱石的小说集书册，别人馈赠的白檀扇子、茶器、罐头，两条女礼服用的硬里宽幅腰带、两件和服长衬衣，等等。不合穿的原因是，买来的衣服该穿在脸孔比她大上一圈的人身上。魔利在存款充裕的时候，还曾买下每码六千元的巴黎衣料去涩谷量身定制了外套，结果缝制出来的样式奇丑无比，美梦彻底破灭，她便在那时一道脱手了。所幸，阿佐谷那里有一家愿意高价收购的店铺。一来是魔利带去的物品都是上品，再者是买来的价格和服饰的瑕疵她都诚实以告。魔利手上还有不少堪卖品时，只要拎个五六件去，立刻就

1　以上三家皆是日本东京下北泽一带的餐馆。

能换回两万元左右。若是遇上实在没东西可卖的日子，魔利便坐到床上，环视整个房间，琢磨着能不能把榻榻米掀起来搬去卖呀？魔利就这么坐在花朵吐露的芬芳和玻璃映显的透明围绕之中，有股诱惑紧紧地缠裹着她，那诱惑大抵是某种东西勾出她体内渴望寻觅的心绪，嗟叹着奢侈的资金已然告罄。像这样挨过几天以后，令人欢欣的日子便再度来临。魔利忖想着：看来“人间万事，塞翁之马”这句话的确所言不假，而基督教的牧师说的“神会供应你一切所需”，似乎也不是完全骗人的。她于是满心愉悦，换上簇新的裙子，喜滋滋地上街去了。

魔利头顶上的蓝天是一片澄朗无垠。在她蓬散的头发下，有张由十三岁少女的面孔直接变老的奇妙容颜，神采奕奕地走着。仔细端瞧，那淡黄的颧骨上散布着淡红的细小斑粒，泛着宛如施上胭红般的红晕，上唇边缘的面疖瘢痕变成了小红痣。牙白色的针织衫外搭深蓝领子的对襟毛衣，合拢的领口别上一枚木质的胸针，下身配上她称心的那条红豆色与灰色相间的格纹裙子，以及钩针编织的淡茶色长袜，趿上浅黄的皮革凉鞋。以迈入老年的女人来看，魔利的脚步充满活力又带些稚气，愉悦地走在路上。她嘴里还哼着莫扎特歌剧的其中一小节：

谱出美丽恋情的孩子们。

魔利几乎每天都出门散步，因此从淡岛到下北泽车站前的北泽二丁目附近的繁华街道沿线，多了不少人知道魔利的来历。既不是因为她的短文偶尔刊载在杂志上，也不是由于她写得一手佳文妙章，而是五六年前，她一个没留意，把大哥写来的信遗落在天天上门的风月堂[1]咖啡厅里，径自回家了。那里领班的长子，恰巧在大哥执教的东邦大学里就读，于是知道了她的来历。而她早前常去另一家猫头鹰咖啡馆，在那里结识了一些朋友，他们也会来风月堂这边，风月堂的主顾们这下子都晓得她是谁了。然后风月堂的男女服务生们，又从顾客的口中听说了这件事。至于淡岛公寓里面的住民当然都认识她。其他还有两家书店，以及她曾在那里弄丢原稿的一家药局，同样晓得她这个人。再加上这些店家的店员和孩子们等等。仔细数算起来，就有二十五六人，甚至还有更多人会告诉左邻右舍、亲朋好友。风月堂的主顾们全都住在从北泽到淡岛之间一带，这消息便在那些街坊中散布开来。魔利不分晴雨，净挑惹眼的地方信步畅游。只要是上过小学的人，每一个都晓得魔利的父亲欧外，没人会忘记这位赫赫有名、头衔特多的文学家，一听闻她是欧外的女儿，无不发出惊呼赞叹。不仅如此，纵使魔利百般不愿，人们仍会随之想起欧外有个远近驰名的恶妻。就这样，魔利每天途经街道左右两旁的商家，甚至连后巷小弄的居民，一个个全记得她的长相和名字了。

今天，牟礼魔利同样穿上了她珍爱的洋装，提着绿色和蔺草色交错的绳编篮子，出门去下北泽了。路上那家租书店——鸠书房里的年轻女店员，从玻璃门里看见魔利经过了门前，不禁嘀咕着：

1　作者常去的咖啡厅，位于东京下北泽。

“咦，牟礼女士走过去了呀。对了，她之前借走的克里斯蒂[1]，到今天租金已经两百元了，要不要提醒她呢？瞧她一脸悠哉，已经走掉了。这位老太太的脚程还挺快的哪。”

1　阿加莎·克里斯蒂（Agatha Christie, 1890—1976）：英国著名侦探小说家。

从红霞满天的清晨写起

睁开眼睛的那一刻，牟礼魔利脸上露出了不知身在何处的愣怔神情，空茫的眼神四下张望。

眼前似乎异常明亮。她抬眼往床头上面看去，色彩缤纷的毛巾和纯白的内衣一如往常地瀑布般挂在后方。从最左边那条带着亮黄的渐层粉红色毛巾开始，依序是淡淡的水蓝色、掺了奶白的青竹色、浅黄底饰有绿花图案、橙黄的大毛巾、白底缀着深红线条，以及同样花色的内衣。魔利朝桌子那边翻了个身，转头从那片毛巾瀑布的上方往玻璃窗看去，顿时撑起身子坐了起来。

难怪方才觉得房里格外明亮。玻璃窗外的整片天空，像是鱼血流淌过那样殷红，还浮现出浓黑的大片柿叶与粗枝的诡异景象，好似鲜活的生命般映染在空中。从天上洒下的光线朦胧而厚实，不单是玻璃窗上堆积了八年又十个月灰尘的缘故。这美丽的光线让魔利喜不自禁。

——魔利深爱那些仿佛紧贴着她心房的连串色彩，比方此刻天空透着雾亮的红彤，或是橄榄绿、淡淡的金色（如同茶碗和盘皿周缘斑驳的金边，是魔利最喜欢的颜色）、黄玫瑰色、透着浅黄的天色，净是些混混沌沌的颜色，因为魔利心里装的也全是些混混沌沌的思绪。当电影画面出现一家坐落于美国森林地带小镇上的杂货铺时，银幕上一片深浓的橄榄绿中，零星点缀着茱萸熟透般的朱红，那色调令魔利在心里发出轻声惊呼，两只眼睛仿佛刚诞生到这世上一般，直盯住画面不放。魔利时刻都在寻觅着美丽的事物。每当她发现新鲜的、只属于她的、符合她个人的审美观（只怕也没多美）的东西，抑或在她又找到更加耀眼、超越那些东西的事物时，魔利的两只眼睛会倏然变得像刚出生婴儿般瞪得圆大，晶莹的眼中闪耀着活力，直盯视着目标。那样的瞬间，便是魔利觉得自己"活着"的时刻。演出哈姆雷特的巴伦特[1]穿着黑色紧身裤的那双腿，在漾着红光的舞台上时而伫立，旋又律动飞跃。极度奋昂的腾跃。在骷髅般的额头下闪动白光的眼睛。巴黎的电影演员身上流露出满溢着爱情的残虐目光与诙谐而又无比潇洒的神情，以及他们和魔利感受一致的审美观。他们掩人耳目地将爱情的秘密裹上迷彩的外衣，投以欲擒故纵的揶揄。浮现在他们嘴角的神秘微笑，是隐身在法国的名誉背后法国的淫荡。而且那一切仅只存在于精神层面之中。他们是波德莱尔的弟子。他们不羁又中庸，是《恶之花》里的年轻人。

路易十四的豪华。捻起一撮鼻烟移至鼻下，在胸前轻

1　让-路易·巴伦特曾于一九六〇年带领其剧团到日本举行多场舞台剧公演，其中一出剧目即为莎士比亚的《哈姆雷特》，并由其本人出演主角哈姆雷特。森茉莉曾于同年七月于《艺术新潮》杂志上发表一篇《法语的哈姆雷特——巴伦特的日本公演观后感》。

扇送香的路易十六遭到囚禁的巴士底狱塔楼[1]。环绕着伊夫堡的石墙外郭的暗夜大海，诉说着《基督山伯爵》的故事。那些历史文化的积累，滋养了巴黎的演员们。他们在磨损了的老石板路上神采飞扬地泅泳。女演员们引人联想到各色花卉。拿洁白的假花遮着裸露的胸脯，以华丽的黑色天鹅绒缎带代替无花果隐约掩着下腹部，在腰际结绑成花饰的巴尔德尔[2]的裸体，不禁让人忆起19世纪在腰上缀饰着蝴蝶结的优雅礼服。与此同时，魔利深刻地感受到女人与花朵之间紧密的关联。在魔利的眼中，巴黎的人们几乎就是引着她走向生命的欢愉的领路人。除此以外，还有一群黑种人的艺人们，亦强烈地吸引着魔利的灵魂（不晓得魔利究竟有没有灵魂这种东西，可若是完全没有，也未免太可怜了）。不过，为了勉强读览这乏味文章的诸位，最好还是就此打住。况且，还不知道等一下写到哪里，又要离题漫谈了呢。希望读者们愿意继续往下读，可别抱怨根本分不清哪些是正文才好。

那是在意大利的异端审判中，用锯子切割修道士的身体时喷溅出来的血液，汇流到水盘里蓄成了一片猩红。那是皮纽雷在纳博讷[3]的教堂里，持斧头朝待在泉水底下的青蛙劈去，泉水顿时被蛙血染成鲜红的颜色。那是在刚果、在阿尔及尔起义

1　法国大革命期间，路易十六等王室成员临死前应被囚禁于圣殿塔（Tour du Temple），此处依原文译出。

2　巴尔德尔（Balder）：北欧神话里的光神，才貌出众，性格温和正直。

3　纳博讷（Narbonne）：法国南部的小镇。镇上有座圣保罗大教堂，流传一则关于圣水缸里的青蛙的传奇故事。

革命，等到一切结束之后，清晨破晓时的天色。若是日本的革命的颜色，应该是更加世俗的红色才对。

——那是因为，日本的红是白底红日的红，是杜鹃泣血的红，是飘落河里的枫叶将河流化为漂洗洋红染布般的红，不仅色泽上乘、极为安稳，又带有暖意。这和欧洲的红蕴含着神的伟大与恶魔的巨大，亦即善的伟大与恶的重大，于本质上呈现截然的迥异。那是广告单的红，那是唯独在诗人充满诗意的眼中才觉得美的捏糖公鸡鸡冠上的红，那是纸气球的红。那和在深泽七郎的脑海里，或是魔利在电影中看到的战场上的血、地炉里的红火、马匹的尸体那般活生生的暗红，应当也是不同的。

散置四处的玻璃空瓶的颜色和陶器的光泽。像颗锭剂般红黑间杂的瓢虫身上，反射出一闪一闪的光亮。花。仅仅是看到那些东西，以及望向垂挂如瀑布的毛巾和洗净的衣物，已足以引得魔利露出欢欣但莫名的笑容。今日清晨，红彤彤的天空上映着连枝柿叶的黑影，更使魔利受到极大的震撼，陷入几近狂喜的状态了。

天上的红霞终于大放光明，连蒙满尘埃的玻璃窗也轻而易举地直穿洒入，照耀着魔利的枕畔，在毛巾和内衣上映出曙光似的色彩。

“哎呀，真美！”

魔利发出了轻声惊呼，已然清醒的双眼瞪得圆大。

几十年来宛如活在迷梦之中的魔利，抬眼朝那边看去。平时，这房间里的一切背景布置，已令魔利绽出他人难以领略个中精妙的满足微笑，此时此刻，更是汇集了魔利喜欢的色彩、透明、情绪于一室，在魔利往后大抵所余不多的时日里，可说留下了一个完美的句点。与此同时，亦终于唤醒了在那诱人的绚烂色彩与光影之中溺于倦懒、耽于沉醉的魔利，她倏然露出了幡然醒悟的神情，明白自己得振作起来做些事情了。

魔利最近陷于必须写小说的沉重压力之中。这本就是超乎她能力之外的任务。魔利从未想过要写小说，甚至不晓得小说的确切样貌为何。若是小说的零散段落，亦即像感想短文那样的东西，倒是从以前就有兴趣，也就这么随手写下来了；可完整的小说，又是另一回事了。在出版随笔集时，里面夹杂了几篇介于随笔和小说之间，也就是人物的对话另起一行，看似小说体例的文章，这些貌似小说的作品被评归为私小说。没料到不久后，魔利竟接到了出版社的邀稿，委请她撰写小说。

彼时，魔利已几近赤贫，从那一天起，便直接面临是否能活得下去的深刻问题，为求糊口，她只得紧握铅笔，强迫自己写下不会写的东西。她之所以紧紧握住铅笔，是想着若是用力握紧的话，也许就写得出来了。尽管魔利满心畏怖，可纵使她害怕、她写不出来，也只得硬着头皮写，否则根本没钱买米和面包了。

魔利之前的作品虽然遭到恶评，可她再无退路，只能继续执笔。那是一部冗长又拙劣，全世界最无趣的小说。

伏案当时，她自认为写出了不朽之作，却在读了书评以后大为失望。

魔利心里自有想写的东西，长久以来，那些东西就这么嵌在莫名所以的文字团块之中。那些她想写的东西，尽管乏味无趣，然而，当它在那浓稠绵密的团块当中不知了去向，却也委实令人遗憾。魔利写下的文字虽然成了“小说”，在小说专栏里连载，可那些既不是小说、当散文来看又太长的文章，里面已经找不到魔利想写的东西了。当魔利坐在甍平四郎的面前时，她试着请教：“请问您认为《朦胧的玻璃》写得如何？”其实，哪还能问什么好不好的呢，那文章始终就是见不得人的。可既然魔利问起，甍平四郎只得答复了。他们两人虽不是师徒，但从昭和三十三年（1958）的六月算来，已有超过三年的交情；倘若真是师徒，或许正直又亲切的平四郎才好回答这个为难的问题吧。平四郎是这样回答的：

“为了让更多的人顺利进入，最好别上锁，免得人们无缘窥见堂奥。”

魔利深有同感地说道：

“其实我自己重读的时候，也觉得没办法进去。”

那个写作撞墙期，辗转持续了两年之久。直到现在，魔利才总算把心里纠结的思绪理出一个线头来，堂而皇之地说道：“这就是小说！”魔利本就是个相当自恋的人，自然一口咬定了“这是小说”。魔利思索了一段很长的时间：到底该怎么做，才写得出小说呢？到底该如何让从未见过的人现身、行走、驻足呢？在魔利的小说中，里面的人物才刚弯腰，旋即起身，下一刻又倏然停顿，就这么消融在莫名其妙的文字团块里面了。到底该怎么写，才能让她不认识的人前去访友、搭汽车在路上飞驰、有时欢笑有时洒泪呢？当魔利把那个“大哉问”搁进脑袋里时，得到的唯有一个“办不到”的答案而已。然而，就在某一天的转瞬之间，那一切全化为一篇小说了。这篇小说一如魔利往常的写作模式，照例是将真实的人事物转化融入故事情节，但写到三分之一的地方，为了更加凸显出那座鬼屋般的宅邸，魔利试着以《惊魂记》里患有精神病的青年作为原型，让一个有精神障碍的次男登场。令人惊愕的是，当次男用力推开木门，迅即映出一条长长的身影来，宛如《惊魂记》里患有精神病的青年，朝这边走了过来。不仅如此，他还在这破落的屋宅里游魂似的四处出没，睨瞪着正在勾引他深爱的妹妹的风流浪子，开始在走廊上来回迈步走动。霎时间，魔利陡然来了精神。接下来，她也让另一个人物，亦即风流浪子在故事里活跃起来了。魔利糅合了三位熟人的特质，勾绘出那一个人物。不久后，又发生了恐怖的事件，于是一个以劳伦特·特兹弗为原型，加上木下　太郎年少时样貌的年轻建筑师，就此登场了。后来，还出现了一个黑人青年（这是以《星期日不下葬》[1]里的黑人青年为雏形的人物）。

魔利边在心里喊着：我办到了！我办到了！一边振笔疾书（理由之一是出现在这篇小说里的背景和真实人物都依其原样呈现，而虚构人物均恰如其分地穿插其间，好比均匀施抹着白粉的肌肤那般光滑，可以说是魔利的幸运），这时，魔利的挚友——一个十三岁又七个月大的少女美智恰巧来屋里找她。魔利半是兴奋地朝她说道：

“千金小姐正沉醉在爱河里哪！要不要让那个黑人大兵妒火中烧，开吉普车撞死千金小姐呢？”

1　法国新浪潮导演米歇尔·德拉克的作品。

美智也跟着兴奋起来嚷着：

“就这么写吧！就这么写吧！”

于是，深爱着千金小姐的黑人青年，眼看着她前后分别与风流浪子和像特兹弗的建筑师发展出两段恋情，藏在黑人青年心里的那股纯纯爱意，变得越发嫉妒与激动，他终于在圣诞夜，亦即千金小姐和像特兹弗的建筑师宣布婚约的那一晚，驾着车子发疯似的撞上了千金小姐与像特兹弗的建筑师搭乘的吉普车，三人当场死亡。[1]从此，魔利总算有自信能写出虚构的人物了，不仅可以让他们成为有笑有泪的血肉之躯，甚至还能教他们做出杀人的行径。

从这部作品以后，尽管魔利下笔时惶惶不安，生怕这回也许写不出来，依旧努力笔耕不辍。若问魔利写小说的目的是什么，她会振振有词地回答要写出心里的想法。实际上，那全是无聊透顶的东西。换言之，她想写的是潇洒而不粗鄙的感觉，美丽并具有张力的爱情。现实世界里的粗鄙、厚重、野蛮、爱情等事物的脏秽，魔利认为全都不堪入目，可既然睁着眼睛活在世上，那些污物难免会映入眼帘。魔利心想，既然如此，至少在小说的世界中，她要彻底铲除这一切；至少在小说的世界里，她要活得随心所欲。比方，她最近写的《恋人们的森林》即是这样的创作，甚至可以说，这个故事就是献给那些聚集在下北泽街头的阿飞小哥们的。

——这些存在于昭和三十六年（1961）日本东京的阿

1　以上情节出自作者的小说《波提切利之门》。

飞小哥们呀，你们没什么本事，却总是身穿五颜六色的毛衣，三五成群地站在下北泽的陆桥下，遇上有人经过，便会扯开嗓门、语带威吓地嚷着“惨啦”“条子”之类的粗话。假如你们有办法模仿出现在这部小说里那个开始变坏的俊美少年，及巴黎贵族与日本女子生下的俊秀青年他们两人所交谈的用语，尽管说来听听吧！假如你们有能耐比照这两个男人为了深化爱情的底蕴，而刻意使用一种饶富韵味、犹如踢接球般的语言游戏，尽管放马试试吧！我不希望你们连这些都不懂，只管招摇地摆出一副堕落的模样。所谓的堕落呢，除了让人伤透脑筋，更必须具备凡人无法仿效的倜傥不羁，并且充分展现在谈情说爱的场面里，否则就失去意义了呀。换句话说，你们也就没有存在的理由了。

魔利慷慨陈词，心里直想着要把那部小说献给应当受到推崇的阿飞小哥们。这是魔利撰写这部作品的唯一原因。魔利本就不是个“作家”。她才不是像“作家”那样伟大的人物。即便是人生的深切问题，也仅仅在她的脑中浮现个模糊的轮廓而已。魔利混沌的脑袋瓜，顶多像只玻璃瓶或杯子罢了；不过，一旦遇上了要紧的状况，瞧，这不是展露出毛玻璃般的朦胧之美来了吗？那便是她赖以生存的如丝如缕般的系命之索。

好了，虽然已经逐渐形塑出“小说”的样貌，可每一回，当魔利紧握着铅笔写下第一个字之前，总得再一次经历着手写一部新小说前的层层磨难。这将是魔利有生之年，永远都必须承受的包袱。

当魔利准备开始写一部小说时，她便投身到宇宙的混沌之中。眼前所见，尽是史前的景貌。她把自己抛向那个寂寞的世界。彼时，地球和月球等各个星球漂浮的空间像颗大鸡蛋般，一团混沌（魔利不确定这个传说是否属实，只是女校的老师是这么教的）。在那可怕的世界里，魔利像只掉进水里的猫一样，四肢缓慢地摆动着。

魔利想要抓住某一处，却没有任何地方供她抓握。倏然，不知从哪里射来一团光芒，光芒中有个身穿鲜红衬衫的俊美少年，从曲曲折折的宽大楼梯走了下来，并且眯着眼睛朝楼梯下的孩子投去一瞥；下一瞬间，那位晴天时颈系纯白薄绢、阴天时裹着仿佛火舌缠上脖子般的浅红领巾，身穿黑色皮外套的俊秀青年，步出巴黎的奥利机场，冲上一辆出租车，在暮霭中直奔一座位于克利希区、拥有茂密庭园的宅邸，并从爬满带刺藤蔓的石墙上的一扇小门钻了进去，而那团好似光芒般的东西，也大都仅是存在于梅特林克的故事里，那只羽毛褪成了褐色的冒牌青鸟罢了。那些东西，都不曾在有模有样的小说中驻留，就这么消失无影了。

在这段过程中，编辑的造访或是致电，更为魔利带来了超乎负荷的压力。不管是打电话抑或亲自造访，总之魔利十分恐惧编辑的来袭。虽然和她接触的多半只有一位编辑而已，但魔利之所以害怕，是由于她写不出小说，绝非害怕那位编辑本身。对方仅仅是一名编辑罢了。

好不容易，小说总算有了进展。随着截稿日期的迫近，写作也进入了最后冲刺的阶段——听她用“最后冲刺”这个词还真教人无法相信——魔利最钟爱的房间，那个毛巾如梦一般披挂垂落，玻璃和陶器晶莹耀眼，在去年夏天的鸭跖草、芦笋、蔷薇、小百合的叶片已然干枯的花束下，挂着波提切利那一幅三位女神挽手而立的《春》的那个房间；到了这时候，玻璃和陶器都已失去光彩，小桌上蒙着灰尘、散着面包屑，大盘子、深盘子、小碟子、红茶杯等形状大小各异的容器一只摞上一只，颤颤巍巍的，没法像荞麦面店里的大碗那样堆成四平八稳的碗塔，而玻璃瓶和干枯的花朵那些器皿物件间塞满了纸屑，还有真的来自荞麦面店的大碗，放在报纸上的猫饭，装有给猫吃的柴鱼片的EBIOS[1]大药瓶，状似陶质排水管的绿色字纸篓，水壶，砂糖罐，上头搁着一只盛满青椒、西红柿和洋葱大盆子的大米桶，至于能在这些物体之间健步如飞的，唯有熟知各色对象的摆置，以及哪些东西是会溢流液体的、一踩就烂的、容易绊跌的等各种物体性质的魔利，与天赋异禀从不绊跤的黑猫洁波这两位而已。床上乱糟糟地散落着几袋面包、稿纸、扭开来的镰仓火腿罐头、削铅笔的碎屑等等，那些魔利梦幻中的色彩和摆放着漂亮盘皿和杯子的茶几，在这团混乱中早已失去了原有的美丽姿影。去年夏天的花束，变成了露出狰狞面貌的老妪，在亮晃晃的灯光下隐约显现其丑恶的尸骸。不晓得为什么，在这堆杂物的正中央摆着一个满满地盛着水的洗脸盆，可能是早前想洗脸时烧的热水摆到凉了，结果有个到她房里来玩的小孩不慎从床上跌坐到水盆里，把裤子后面弄湿了一大片。孩子的母亲吓了一大跳，根本没料到房间里面居然会冒出一个水池来，赶紧帮孩子换了裤子，把湿裤子拿去洗晾了。

1　日本朝日公司制造的啤酒酵母锭剂。

由魔利化身的鸟儿便埋身在这些东西里，痛苦地拍动着翅膀，试图从空荡荡的胃囊里吐出某些文字的团块。这幅景象若是教那些媒体宠儿的作家瞧见了，想必难以置信。可对魔利来说，要在五十天里赶完一部小说，便是这般鸡飞狗跳的窘境。传媒界的当红炸子鸡，他们是书桌上就摆着电话机的人。他们是趁着上电视和上广播电台的空当，就能轻松写出三四本小说的人。其中也有一些，不知道他们是从头部还是尾巴的哪边开始转化的，一天天逐渐变成半身媒体人那样的人种。魔利觉得，假如写小说的人是蛇，应该是他身上的鳞片从某个部位开始，一片一片逐渐转变为媒体宠儿的鳞片了吧。当那些媒体宠儿看到魔利忙得团团转的模样，有的人忍俊不禁，有的人同情苦笑，有的人白眼斜睇。也有少数的人瞧都不瞧魔利一眼，径自忙活他们的工作，或者把酒言欢，或是一脚正要登上飞机，抑或刚要搭上电视台派来的汽车。而最后提到的这群人，他们是真正拥有工作的人，他们是如假包换的现代传媒的文学家。话说，在这团混乱之中，魔利还自找了一项额外的活计，打起稿费的如意算盘来了。向来过得拮据而悲哀的魔利，忙着先以预计完成的稿纸张数估算稿费，再扣除一成以后算出实际所得。这便是她和世上矢州志[1]与埴轮不三夫[2]最大的差异之处。

与此同时，住在大森的甍平四郎的书斋兼客厅，笼罩在一片明亮的绿光之中。那间书斋的模样，逐渐映现在魔利的脑海

---

1 应喻指井上靖（1907—1991）：日本诗人、小说家，曾获日本文化勋章，作品题材包括历史、现代、个人经历等，代表作有《冰壁》《风林火山》《天平之甍》等。

2 应喻指丹羽文雄（1904—2005）：日本小说家，作品题材包括风俗、爱情、宗教等，代表作有《讨嫌的年纪》《青麦》《亲鸾》等。

里。庭院的中央长着茂密蓊郁的柏树，所有的庭树、夫人的坟墓、石雕人偶、石塔、各式形状的石头、金鱼缸、鸢尾花的叶子、紫菀花、从门口沿路铺到檐廊边的石板等等，无不沐浴在晨曦之中，而映洒下来的绿色光芒，便由拉门之间的玻璃窗流泻而入。桌面上一片清明，稿纸泛着白皙的光泽。火盆上的黑铁水壶里的热水还是温的。电暖炉闪动着金色的光亮。那张桌子和火盆及茶具，以及后方的黑色摆饰柜一同围出来的小小四方空间，便是甍平四郎的座位。然而定睛一瞧，却发现蹲踞在那里的不是平四郎，而是一只黑色的鸟。黑鸟的羽毛泛着熠熠光泽，嘴喙尖利，睁着半闭微合的细眼。它偶尔发出一些窸窣声，像在理一理透着乌黑光泽的羽翼，但多半时候都十分安静。黑色的咽喉深处时不时传出一阵啁啾，接着便吐出一段文字来，就这样缓慢地持续着，直到完成了三张稿纸，才算告终，毛色墨黑的鸟儿迅即恢复了人形。这时，黑铁水壶已发出了松风般的煮沸声。甍平四郎神情专注地把黑铁水壶里的滚水倒入茶海里，接着将茶叶搁进茶壶，稍待片刻再注入热水。三张稿纸叠得方正，映着庭院的绿意。平四郎啜着茶汤，时而望出玻璃窗外，时而悠然惬意地看向拉门的高处，世间俗事渐次在他的脑海里纵横交织。

街头看到的女子玉手与纤腿，稍后将要前往参加《阿传地狱》的试映会，在看完电影后该上“里贝”呢，还是绕去凤安公司呢？是要带颗苹果去那里呢，还是装一盒蔬菜沙拉呢？这些雀跃的念头在他的脑海逐一迸现。

他写在稿纸上的文章，看似净是一些凡尘俗事。不过，那些俗事是透过平四郎的眼睛观察到的，一字一句均蕴含着平四郎的意念。把蚯蚓的生活拿来和人类的生活做比较，未免有些奇怪，但基于同为有趣的生活这点来看，才把这两种生活样貌并陈对照。

——毋庸赘言，蚯蚓指的是魔利。

只是，平四郎日常生活的趣味是外表看似平淡无奇，实则内部充满浓厚的底蕴；而魔利的生活却是表面脂艳油香，里头全是清淡如水。两者的差异就在这里。映入平四郎视野里的俗事，一件件滑入他的肚腹里，便会长出文学的羽翼，并且化为难以比拟的颜色。

平四郎倏然站起身来，棉质腰带上方的和服襟口略微松开，成了一个小囊袋状，一派书生气息站着打开拉门，双手背到后方插进腰带里，脸上露出几分怪异的神色，那是在朝纸面吐出某些异样文字之后的“大功告成”的表情。他下巴忽然往上扬，望向女儿杏子酣睡的耳房方向。

——女儿杏子是平四郎这一生最后的情人，有着中国美女式的浓艳五官。她不但要担任平四郎的秘书，还需负责掌理女眷众多的家中大小事务。困乏的她，此刻仍在睡梦当中。

与此同时，魔利正慢吞吞地爬下西洋乞丐般的床铺。她险些被水壶和饼干罐绊了脚，一边以小时候罹患中风时的那种缓慢动作，步下了内玄关泥地。

对折的四份报纸搭在那扇打从薨平四郎来访过后即不曾擦拭的门扉上，有时得从底下的门缝里抽出来。当她捡起报纸时，夹在四份报纸里面的大量广告传单如瀑布般哗啦啦地顺势滑落下来，有些纸张的厚质边角仿如硬木板般砸得人发疼，上面印着各种扎眼的颜色和设计图案，宣传着新型电动洗衣机、味噌、小丸米果、麻花糖等产品的优惠价格，或是每件三千四百元的仕女大衣等等。尽管每次取报时，广告瀑布必会奔泻而下，却仍每每都引来魔利大动肝火，愤怒的程度不曾稍减。她就是这性子，不难想见平素从早到晚总是气冲冲的。不过，她快乐的程度远胜于怒气，甚至狂喜得带点疯癫，因此总的来说，仍以快乐居于上风，况且她高兴的理由多半犯些傻气，可以说魔利的人生是快乐的人生，只是这人生也透着几分躁狂的气味便是。魔利一高兴起来，就变成一个乐翻天的小孩子。她心里其实不愿意这样，可满怀的喜悦让她整个人轻飘飘的，根本没法克制。

魔利像个傻子般，找人唧唧喳喳地诉说着内心的欢喜。简单来讲，现在正在写的这篇文章，正是魔利乐不可支时与人畅聊的内容的另类呈现。她不仅文字笨钝，交谈的憨傻更是有增无减，一副木头木脑的模样，笑起来时益发傻得发亮，教人不忍目视耳闻。唯有善意对待魔利的人，以及能从魔利身上获得微薄利益的人，才会带着满脸笑容回应她的兴奋。换作一般人，无不瞠目结舌地瞅着魔利的傻样，尽管事不关己，仍不禁忖想是否拧一下哪里的螺丝就能让她恢复正常。

魔利可不是个笨蛋，当她察觉到对方的念头时，自己也跟着不悦起来，闷声不响，这下子害对方不知如何是好，之后即便再说些什么，送进魔利耳里一概不中听。

魔利就这么过着莫名愤怒和荒诞快乐更迭交织的日子。某一天的怒火，是由一份早报所引燃的——有份报纸刊出了关于魔利小说的评论。在文艺时评的专栏里，齐齐地垂直印着魔利和其他两位女作家的头像。乍看之下，以为是魔利的小说被选拔为三部最佳小说之一，定睛细瞧后发现根本不是那么回事，而是被评为最拙劣的小说。至于到底哪里拙劣，扼要地说，就是包括魔利在内，这三位女作家最“强”的问题在于下笔时，抱定了全宇宙里只有她一个人的心态。文中也举了其他男作家为例，他们的作品没有这样的倾向，因此这方面比较“弱”。单以“强”和“弱”两个字眼比较，似乎以强者较具优势，可从文脉来看，似乎是指相反的意思。

事实上，魔利不大明白这篇书评真正的意旨。举例来说，好比浏览一篇以法文书写的文章，文字都认得却看不懂里面写些什么，就像那样的不明白。不过，大致看来，可以感觉到作者认为女作家写小说的头脑还未臻成熟；而且不单是不够成熟，甚至还如孩子般稚气可爱。读到这里，身为女作家的魔利，自然不是滋味了。受到抨击的是魔利那部名为《朦胧的玻璃》的朦胧小说。虽是朦胧小说，可也让魔利拼命写了整整一年，才终于告成的。至于魔利最渴望博得赞美的如梦似幻的片段，书评里仅以一句“读者只是被迫配合作者一起做梦罢了”轻轻带过。由“配合”这个语词看来，显然并没有把它当成像样的梦境；既然如此，魔利希望评论家能够说清楚，那个梦究竟是哪里低俗乏味？哪里甜腻生厌？哪里解说烦琐？以让她确切了解缺点何在。毕竟这是她特意耗费时日写出来的梦境哪！

魔利越想越怒，就连同这位评论家曾经对她的夸奖，也变得讨厌起来了。

那时，魔利读到那一段对她的赞词后，开心得简直要飞上天去了，她将这位名为高村松夫[1]的评论家尊为救世主，敬爱得五体投地。他那一头释迦牟尼般的鬈发，以及可爱的笑容，魔利真是喜欢得紧。下一瞬间，魔利陡然想起任何东西进了自己的屋子，便会立刻消失无踪，于是立刻起身，赶到位于北泽车站南侧出口的售货亭，同售货亭的大婶分享了自己得到称赞的喜讯，买回了两份同样的报纸。她在床上把报纸摊开来，不论是哪一份，都在同一页的同一处版面上，清晰地印着一模一样的铅字。魔利每摊开一份报，目光便牢牢地盯在纸面的那个位置上。她心想：依此看来，这份报纸在日本全国——不晓得有没有卖到法国和意大利呢——肯定都是照这样印刷的。魔利实在喜不自禁！她的灵魂再度冲出了九霄云外。自此，魔利对高村松夫的敬爱之心不曾稍减，直到后来的那一天读了报纸为止。

——作者注：这是去年，亦即昭和三十五年（1960）九月当时的感想。对照现在的心境，这番愤慨显得相当不合情理。《朦胧的玻璃》的情况便是魔利的梦在文字的团块中不知了去向。很遗憾地，时至今日，魔利不得不承认这股愤怒虽有一半理直气壮，却也有一半找错了对象发泄。

1　据森茉莉研究专家小岛千加子分析，高村松夫喻指中村光夫（1911—1988），日本小说家、剧作家、评论家，对日本近代文学的评论十分犀利。

过了两三天后，魔利翻开别家报纸阅读时，又看到别人写她的坏话了。这次同样找来另一个不幸的女作家一起拖下水，在论述中抨击那位作家和魔利是否曲解了小说的本义。魔利完全了解这段批评的意涵，但如同魔利已在这部小说的起头处写过了，魔利的小说本就是在不明所以、福至心灵的状态下写就的，因此没有所谓岔到错误方向的问题。不过，尽管她写得不明所以，整篇文章仍是朝向某个梦境前进的。魔利心想，假如评论家体悟的程度仅止于此，她倒不如写得隐晦艰涩一些便罢，尽管这样有些为难读者，毕竟这就是以朦胧来表现一切的小说。魔利终于发现：原来写了没人看得懂的文章后受到恶评，其实表示自己写得很好呢！

虽然写下这篇评论的人是个平时表情有些凶巴巴的，只在拍照时露出笑容、梳着三七分发型的评论家，魔利虽没说他什么好话，倒不大讨厌他。他就是吉良野敬[1]。他有着亲切的中学教师的风貌，应当相当认真负责，并且热爱文学。近来，魔利隐约觉得自己仿佛也能体会到那种氛围，假如与他易地而处，恐怕也会有相同的想法。他身为文坛屈指可数的五六位重量级评论家之一，因而潜意识中秉持着权威人士的自傲，怀抱着怜悯之情，一翻开报纸便聚精会神地细读评论专栏，即便当天的文章用了四分之三的篇幅来叙述自身的健康状态或心理状态，他也不觉得有何异样；而他的收入与其他兼任教授的人士，或与伟大的文学家相较，只怕要来得微薄多了……魔利的脑中转

1　据小岛千加子分析，吉良野敬喻指平野谦（1907—1978），日本评论家，尤其着重在日本战后文学的评论，曾任相模女子大学与明治大学教授。

着这些鲜少碰触的念头，不晓得为什么，即使在文章中被指摘出令人不知该把怒气发向何方的问题，她也不觉得不愉快。

——作者注：同样地，直到昭和三十六年（1961）的此时，魔利才从别处得知这位吉良野敬也是一位大学教授，这才明白自己早前猜测吉良野敬应当过着清贫的生活，实在相当失礼。

不过，话说回来，这一肚子的火气仍是无法消解。当魔利遭逢离婚这人生的挫败时，高村松夫似乎不仅与该事件的核心人士有工作上的联系，甚至还有心理层面上的情谊，因此直到去年五月刊出那篇评论之前，魔利即便光是看到高村松夫这四个字，或是见到他的照片——那一篇评论可说是通篇褒奖，尤其起首的部分最是精彩，虽然魔利不大了解其意，但那是她连做梦都想不到的赞词美言——总觉得在他的名字和脸孔上面有一团阴影升起，因此相较之下，魔利偏爱吉良野敬多一些。不过，若被吉良野敬听到自己受到偏爱，只怕要被他笑掉大牙。但对魔利来说，那可不是掉颗牙就能解决的小问题，而是生死攸关的大事。然而，如今这两人已成半斤八两，同样变成魔利讨厌的人了。值得庆幸的是，魔利的愤怒对他们来说，根本是不会爆炸的哑弹。任凭她气得骂声连连，也传不进高村松夫和吉良野敬的耳朵里，而且就算被他们听见了，也不会对他们的心脏造成任何杀伤力。这就是所谓的狗吠火车，无济于事。所以，不如舔一口巧克力来平息这把怒火，才是上上之策。

魔利剥开银纸，把巧克力搁进嘴里，霎时，一股热带地区的可可果实的芬芳在舌上蔓延开来，远远不是日本的大正制果、新高制果的大锅子熬煮出来的巧克力块所散发的腻人香味能够相提并论的。那一瞬间，腾腾怒气多半会如落在温热舌尖上的雪花般，雾消云散。这是魔利生活中的一种幸福。近来，她家用算盘拨得精，巧克力也升级为英格兰生产的，镇静的药效更胜以往。购买巧克力成为魔利的日课，每天都到约莫两公里外的北泽车站北侧出口的市场，买一粒一百元的英格兰巧克力。这举动引来了贩卖舶来品的商人的好奇，他问魔利："您家里有小孩吧？"可脸上的神情却像怀疑她到底是没钱，还是对自己有意思，才会每天都上门来买一颗呢？看来，魔利的表情让男老板以为她在对他抛媚眼。若要问魔利，为何每次只买一粒？因为魔利买两粒就会吃掉两粒、买三粒就会吃掉三粒，依她每天三百元的生活费，照这么吃法，就没钱可买配菜了。不过即便只买一根白萝卜和二十元的葱，魔利照样可以变出讲究的菜肴来。家里已经备有上等日本酒、高级酱油、向批发商买来的上好柴鱼片、八丁味噌、笹重牌的含豆粒味噌，以及牛油，只要再买些葱或裙带菜，以及十元的豆腐，就能煮出料多味美的味噌汤。若能加买一条三十至六十元左右薄盐腌渍的金梭鱼，或是二十元的盒装芥末酱菜和海苔，时序逢春还可再搭些笔头菜，她即可办出一桌连世居旧街区的富贵老人家都赞不绝口的美味佳肴。魔利会在细乌冬面里加入猪肉、蔬菜和蛋，一起拌炒得金黄焦香，色香味样样不输一流的中国餐馆，甚至更加可口。附近小馆子端出来的菜她根本没法下咽。厨艺精湛的她，只要有蔬菜和味噌汤便足以饱餐一顿，也就能匀出钱来买些高级水果、核桃、外国制的巧克力，甚至偶尔还能买上一包菲利普·莫里斯牌的香烟。煮栗子时，里面那层绒皮不要剥除干净，入水汆烫去涩，掺入酒、砂糖和少许酱油后快速熬煮收汁即可。如果再加上一道红味噌炖鸡丝汤撒葱丝，就能享用到秋季的时令珍馐。这道菜的煮法是她模仿曾在雅叙园尝过的用从某座山里捉到的貉子加葱和红味噌炖煮的汤品而来。那是魔利参加由小波菅夫主办的欧外全集出版庆祝餐会时学到的一道菜。即使端出的是炸鲷鱼或牛里脊肉锅，都只是所谓的家常菜，称不上奢华的佳肴，光是看就让魔利摇头兴叹。以前有位亲切的太太曾经分送她一些这种家常菜，魔利费了好一番工夫才终于解决了。

如上所述，魔利吃下巧克力这颗忘忧丸之后，遥向远方的高村松夫与吉良野敬两位施上一礼，便换穿衬衫、搭配心爱的V领毛衣，出门兜转去了。之所以写兜转，是因为魔利出门时多半没有目的地。在路上闲逛的时候，脑海里不知不觉便会浮现一些无聊的幻想，偶尔也会碰上幸运的灵光乍现，因此魔利会无所事事地在街上闲逛。不过，即使魔利确实是出门办事，仍是一派漫无目标的闲散模样，因为她脸上永远露出一副朦胧的表情，欠缺干练的神采。她走路时也是拖着一双软绵绵的腿，犹如疗养院的病人在松林间散步似的，而提在手上的东西总是摇摇欲坠，事实上也经常掉落地面。除非掉的是重要的物品，否则懒得移动全身的魔利顶多回头瞄一眼，便径自继续前行。这时候，经常遇上热心的太太赶忙拾起追上来还给她。这种情况掉的多半是两根葱，或已经读完的报纸、周刊杂志之类的东西。魔利很怕碰上比自己机灵的人，问题是根本没人比她不机灵，于是她只得挤出一脸高兴而讨喜的笑容，欣然收下来。即使与人约定了时间会面，等到魔利出门时往往已是迟了三十分钟至一个小时，只见她每每脸色发青地夺门而出，路上不时放慢脚程喘口气，再继续拔腿狂奔。那天约好去做罗夏墨渍测验时，魔利照旧迟到了一个小时，但前来迎接的女孩和片贝博士（他看起来年纪很轻，个性又直爽，真不像是博士）都显得泰然自若，甚至没有为了掩饰嫌厌而装出的假笑，真不可思议，可听说这也属于测验里极佳的评估项目之一，令魔利心头一惊。总之，每逢她出门办事，时常会遇上奇妙的事件。

首先是出门去澡堂。若是到平时常去的代泽澡堂或北泽澡堂倒是没有问题，可有回小谷樱子[1]建议魔利，这大热天的，不如到她惯常待上半天爬爬格子、寻寻乐子的风月堂旁的那家澡堂，冲个澡图个凉。偏巧那天魔利身上带着肥皂盒和心爱的毛巾，只能算她合该倒霉。魔利家附近那两间澡堂的女子洗浴间都位于进门的右边，她于是自然而然地把凉鞋朝右手边的鞋柜里一塞，喀啦啦地拉开门，往前五六步进了洗浴间，这时才发现眼前所见似乎有些不对劲。更衣室里虽然没人，但置衣篮空空如也，隔着玻璃门隐约可见正在里面洗澡的人们一个个面黄肌瘦。下一秒钟，柜台上便传来一声：

“你走错地方啦！”

原来，那边竟是男子的洗浴间。魔利涨红了脸，眼前发昏地从那里冲了出去。倘若仅是闹过一次笑话倒也罢了，虽然后来又顺利光顾了一次，问题是第三度上门时，恰巧和野原野枝

1　作者杜撰的名字，惜未能考证其真名。本书后文出现的杜撰人名，若同样无法考证其本名，将不再另行标注。

实[1]畅谈甚欢，一路开心地聊到了门口，魔利才向她道别：

“下次见喽！”

说完便跑进澡堂里，依着老习惯又把手搭上了右侧的鞋柜。结果传来一个女人的声音：“在那边啦！”口吻中透出极度的厌烦。不晓得站在她面前说话的那个女人是顾客，还是澡堂的女工。总之，羞耻和不悦陡然充斥在魔利整个脑袋中，她的手虽一度改伸向女子洗浴间的鞋柜，终究还是缩了回来，飞也似的逃离了澡堂。魔利性格特征之一的疑神疑鬼在此刻膨胀到了极限。想必那帮貌似从乡下到澡堂干活的女工们，全都牢牢记住了魔利这张脸——这个两度企图闯进男子洗浴间的女偷窥狂！魔利忖想，每回自己上门时，她们必然会相互以眼神示意，一个个窃窃私语，甚至还向其他女客们偷讲魔利的小话吧。魔利的脑海里浮想联翩，挥之不去。到最后，魔利只得死了心，不敢再利用待在风月堂的期间到隔壁舒舒服服地洗个澡了。有一天，魔利照例看似随兴出门走走，可这回好像真要去某处，只见她神情严肃地站在巴士站牌旁，等候着前往东横的巴士。每逢这种时刻，也就是魔利的表情透着几分紧张的时候，肯定是要去薨家拜访。可要她从头到尾不走错路顺利到达薨家，成功率约莫是五分之一。

不知不觉中，魔利也宛如客人般坐在薨家，左右两边分别是平四郎和恰巧同样登门造访的鹤川芳次郎。她端庄地坐着，身上是一年到头相同的毛衣搭裙子打扮，看不出会是粗鲁地拉

1　据小岛千加子的分析，野原野枝实喻指萩原叶子（1920—2005），日本小说家、散文家，为诗人萩原朔太郎（1886—1942）的长女。萩原朔太郎于后文以野原洋之介的化名出现。

开男子洗浴间的移门径直闯入的女子。魔利把自己从夏天至今连一部小说都尚未写出来的事，告诉平四郎。

“这样啊，为什么会这样呢？牟礼女士，恕我失礼，这样可做不成营生哪！”平四郎说道。

鹤川芳次郎也接着说道：“大师每天都写三张吧？”

“我有时也会写不出来，不过睡上一晚，隔天就继续写了。不往下写可就伤脑筋了哪。”

平四郎说到最后语声含糊，支在桌面的右手持着一柄长喙般的烟管，面前缭绕着一团诡异的烟气，将脸别向了庭院。在那团烟雾中隐然乍现一丝得意与某种妖怪的气息，使魔利霎时忘了自己的分寸，大胆地冒出了“可恨哪”的念头来。接着，魔利看了看鹤川芳次郎的脸孔。以往她在杂志上看到这位名叫鹤川芳次郎的文学家的照片时，判定这位男子的长相极为平凡，今日见面一看，到底身上还是透着文学气质。那清瘦的身躯顶着的面孔微黑泛光，不单是天气阴沉的缘故。他坐在甍家的橱柜前，柜门像江户时代青楼的格子门，整个人好似夏日傍晚从缘廊下面爬出来吃蚊子的蟾蜍。那对薄唇不时噘得尖利，微微呼出声音，就像吐出某种妖气似的。彼时的天色虽未降雨，仍是一片阴霾，黄昏将她熟悉的茂密庭院、院中央那棵低垂着硕大叶子的柏树，以及在那里面噘嘴别向一旁的那只从事文学的鸟，还有同样投身文学的蟾蜍，全都围拢在阴湿的微暗暮霭之中。

魔利处在这奇妙的氛围里，不禁寻思着：

“我每次上这里来总是迷路，原来是由于有这样的怪物聚集呀！一定是因为这样，所以这里才会有时候看不见，有时候不知消失到哪儿去了。”

就在她走神沉思之际，错失了起身告退的时机，就这么待到了晚餐时刻。不多时，电灯光下出现了同样带着几分妖气的萱杏子的面庞，以及嘴角隐隐上扬、一双大眼散发着慵懒光芒的高津夏子的面孔来。两人开始在桌上陆续摆满不知何时叫人送来的鳗鱼、杏子亲手烹煮的蔬菜炖肉、来自金泽的鱼卵、烫青菜、生鱼片等菜肴，啤酒瓶也已经打开了。萱平四郎一脸事不关己的表情，单独坐在另一张他专用的兼作书桌的小桌前，桌上铺着生活手帖出版社送的餐巾，上面摆着和客人相同的食物，他握着长筷的那只手支在桌面上吃起来。有时，魔利带去的尤海姆[1]（这家糕饼店在魔利的小说里改名为罗森斯坦）的炸肉饼，也会出现在平四郎的餐膳中。

“父亲，那是魔利女士送来的炸肉饼喔！”

“唔。”平四郎的话音中透着些许厌烦，以及想知道那到底是什么味道的意思。

魔利的一颗心悬在平四郎的反应上，自己也暂不说话，挟起一口鳗鱼送进嘴里，享用平四郎喜爱的烤后放凉、更加凸显的鳗脂的丰腴滋味。平四郎是魔利崇拜的人物。既然是自己崇拜的对象特地端出来招待她共享的佳肴，无论如何，必是美味可口，定是珍馐美馔了。

1　日本老字号糕点店。由德国甜点师尤海姆家族于一九五〇年在日本成立并营运至今，年轮蛋糕与炸肉饼等为其招牌商品。

黑猫朱丽叶的自白

咱家是黑猫朱丽叶。全身的黑毛亮泽丰盈，听说摸起来像天鹅绒。淡绿的眼珠中，有着深浅浓淡皆难以形容的蓝色瞳眸。特征是头部小，身躯愈往尾端愈胖（依主人魔利的说法好像叫作跳蚤型），腿脚比一般的猫族显得纤长，勾弯的角度特别大。尾巴弯折的尖端有着格外扁塌的毛旋，往外摊平，根据主人的形容，像是一只洗净晾干的水粉毛刷。我自己虽瞧不着，不过喉咙下方长着十五根白毛，下腹部也有七根，脖子后面还有细细的七根。

主人经常把她那肯定比咱家大上二十倍的巨大身躯，依偎在咱家悠然横卧的身旁——说穿了，根本不是什么依偎躺卧那般优美的姿态，因为她实在太庞大了，简直像一头靠了岸的大鲸鱼。她总是直凝视着咱家。主人非常迷恋咱家的美貌，她常告诉挚友们“我爱上朱丽叶了”，甚至听说，她曾在某一场盛会当中这样公开宣示过。她会在黄昏微暗的房间里，把面颊紧贴在咱家的背上好长一段时间都不动，仿佛正陶醉其中，倏然又把咱家的前脚握在手中，从下面仰望着咱家的脸孔，不知倦累地端详良久。

“深黑色的存在。比碧姬·芭铎更加妖艳，比阿兰·德龙的眼神还要冷峻。你究竟是基于什么理由而existence（存在）的呢（这里的词性用错了）？你根本没有exist的理由和价值呀。Existentialist！”

主人魔利根本连“存在主义者”（existentialist）是什么都不知道，仍是一脸愉快地轻轻顶了咱家一记。天晓得这叫打是情骂是爱还是别的什么来着，总之咱们猫族可没这套示爱的方式，在咱家看来，一不心痒二不心动，只觉得麻烦透顶。

咱们猫族可没“心爱的”这回事。不过，被养了这么多年，对她算是有种颇为深厚的亲切感。要说主人魔利和咱家的关系，就是主人从不间断地欺负咱家，而咱家简直不胜其扰。咱们平均每天总要吵上一架。（吵得太凶时，咱家甚至会短期离家出走。主人把这叫作半离家出走，担忧得心脏怦怦直跳。真是大快猫心！）这就是咱俩平时相处的方式，嗯，其实也挺像恋人在一起的感觉。若要问到底是怎么个欺负法，比方她会握着拳头，朝咱家的头上敲一记爆栗；或像活逮山猪似的，把咱家抓着四只脚倒吊后往天上一扔，当成球一般接住；有时则是揪住前脚和后脚，使劲把咱家的身子分别朝上下拉开到极限；等等，总之在不同的日子和不同的时段里花招百出，整惨了咱家。最痛苦的要算是趁咱家坐着的时候，伸出双手箍托着咱家的下巴，就这么往上捧起来，使咱家整个身子悬吊在半空中。咱家缩起的前脚无力地垂晃，喉咙深处发出用力吞咽的声音，眼睛无神地望着虚空。据说咱家这时的眼神，和欧外吃惊的时候非常相似。能和一代文豪相像实在不敢当，可每天受上这么一回吊颈的酷刑，教谁吃得消呀！

那位欧外好像是魔利（为顾及体面，本来写的是主人，现在决定还是写魔利。反正咱家从来没把她当成主人过，横竖她也不是当主人啦，饲主啦的那块料，详情稍后叙述。总之呢，她不但是个懒骨头，还是个病秧子，根本无可救药了）的父亲，但依照魔利的说法，他才不是什么一代文豪，只是一位杰出的翻译家，亦是一位绝顶聪明的男子罢了。听说脑筋好的人，平常总是笑口常开，欧外也不例外（作者注：欧外与夫人多计[1]吵架时不算——据说，假如忘了加上这条注释，会挨欧外的研究专家一顿好骂），这么说来，魔利时常朗读的欧外小说里面有个笑眯眯的男人，似乎便是欧外拿自己当参考来描写的。那篇文章虽然显得有些自夸，但魔利说，他平时确实就是笑眯眯的，所以写出来的文字才会原原本本地呈现出自身的样貌。相反地，像魔利这样头脑差的人，成天气鼓鼓的。有时候，魔利会面露愠色地说："以前我连等着女佣来禀报'洗澡水烧好了'，再沿着廊道走去浴室都嫌麻烦；现在为了洗个澡，竟得把所有的洗浴用具全摆进特大号的洗衣盆里，上面再披件黄色的大浴巾（魔利说那颜色是埃及黄），简直像把装有恶徒权太[2]首级的桶子抱在侧腰似的走在路上，还得过了桥才能到达北泽澡堂，不如教我死了算了！"有时候，她又气急败坏地说：那些收报费的、送米的，还有税务署公务员等等，夏天老是挑她刚要从瓶子里拿出西红柿、冬天总是选她正在倒热肉汤的时候上门！

1　作者母亲的名字，在文史数据中曾出现过茂、茂子、志げ、志け等日文发音相同或相近的不同写法，作者此处以发音相近的多计喻称。

2　恶徒权太为净琉璃《义经千本樱》里的人物，原本是个无赖汉，洗心革面后为帮助平维盛（平清盛之孙）一家脱逃而不惜献出性命。

有一天，魔利趁机逮住好友野原野枝实，大发牢骚：

"我受到他影响的只有翻译小说的部分，小说则是在不自觉间写出相似的文体而已呀！话说，区区一个卖糖的老爷爷，哪里会用欧外的口吻说什么'这里也兼卖鲜嫩的新茶'，更别提怎会有贵妇人用欧外的语气说'什么什么的呢'。像柯罗[1]那样，把树叶、枝干和草原全都画成褐色，是为了美感才统一成褐色调的。在绘画领域里可以这么做，但在小说的世界里，为了美感而统一的写法可不成呀。他尽在小说里滔滔说教，可根本没人会为了学道理而读小说的嘛。约翰·辛格[2]的《西方世界的花花公子》是由他赞誉有加的梅村常子翻译的，他认为她把爱尔兰的农民的对白译得活灵活现；可当他边读边叫好时，难道没发觉自己的译法很拗口吗？我同意他的文章像雕刻的象牙、像既白又香的花儿，即使是乏味的文章，依作者的抒情写法也能变得感情充沛，弥漫着罗曼蒂克的氛围，甚或只因床戏很美所以在不需要的地方也加了床戏段落，这我都能理解。虽然有人不写床戏，可就算写了，又有什么关系呢？重要的是，作者是为了让人领略到爱情的极致是绝美的，所以才会写出那样的段落来，不是吗？不写床戏的是古时候的文章，写床戏是近来小说的风格嘛！保有传统虽好，可是传统也要吸收融入新的东西，才能继续发展下去。真正的传统是能够理解、包容新事物的传统呀！以做清水陶瓷闻名的六兵卫也在广播节目里这

1　让·巴蒂斯特·卡米耶·柯罗（Jean Baptiste Camille Corot, 1796—1875）：法国巴比松画派画家，擅长风景画。

2　约翰·辛格（John Millington Synge, 1871—1909）：爱尔兰诗人、剧作家。《西方世界的花花公子》为其成名剧作。

样说过……你没听过六兵卫茶碗？野枝实什么都不懂哪。那，听过矢泽圣二吗？也是啦，野枝实看的小说或诗集里，几乎不会提到矢泽圣二吧。他是指挥家喔。那些真正以传统为傲的人，根本不会做出把矢泽圣二逐出乐团的事！他被赶出R交响乐团了哪！哎呀，怎么说什么你都不懂啊，真是的……”

“可是人家真的没听过嘛……”

野原野枝实一个劲地拼命摇手，瞧她用力得简直要手舞足蹈了。她慌里慌张地猛力挥手摆头，可心里总觉得魔利的高论似乎有股说不上来的怪，可她必定已经看过报上颇具威信的评论，这次来找魔利就是想要知道真相。起初她赞同魔利的意见，可魔利的高谈阔论令她愈听愈是胆战心惊。魔利说得兴起，不忘再三叮嘱野原野枝实：

“你在写那部小说的时候也要写床戏喔，一定要写喔！”

有这么麻烦的前辈，真是可怜了野原野枝实。其实，野原野枝实虽然相当尊敬魔利的小说，却并不相信魔利的论调，只要瞧瞧她在听魔利滔滔不绝时的眼神就能明白，偏偏陷入狂躁情绪中的魔利浑然不觉。毕竟她是让欧外大感震撼的那位野原洋之介的女儿哪！魔利有回曾经提起，欧外没法写出像野原洋之介那样的诗文，遭到了野枝实的猛烈抗议，挥手摇头得直像要手舞足蹈起来，魔利实在很怕又得费劲和她搏斗争辩，最近干脆闭嘴，不再提起这个话题了。照这样子看来，保不准魔利何时何地又要出洋相了。魔利的理论之浅，只消一个读文科的大学女生就能不费力气地讲赢她。从她曾在喃喃自语时，冷言斥骂自己这番荒谬的理论来看，她自个儿应该也心知肚明，可有时却又不知哪根筋不对劲了，以为自己上知天文、下知地理。才说出口，她便被自己的话语醺得醉眼迷蒙，举出各式各样的例子作为佐证，其实她既没看过六兵卫烧制的陶器模样，也没瞧过矢泽圣二的指挥风采（就算看了也不懂），只是偶然间从收音机里听到佩特里[1]演奏李斯特的《魔鬼圆舞曲》，大受感动，嘟囔着“原来我也懂音乐呀”。咱家不晓得她到底是脑袋里的哪根筋出了乱子，总之她有时候会像被什么东西附身似的张嘴讲话，一旦开了口便停不下来，好像连她自己都很是困扰。

听说，欧外曾经担任军医总监、博物馆总长、图书头[2]（据说日语发音读作zushonokami，推测第一个字的发音应该是指图书馆的“图”。从她得意扬扬地逢人就讲来看，想必是从谁那里听来的，或在哪边读到的吧），而且是文学与医学的双料博士，最近报纸广告上刊登即将出版的伟人百传里没有欧外的名字，这让魔利既感难以相信，又觉得很是开心。假如因为欧外没被排进百位文学家（尤其是小说类别）的合集里面，而不得不把他纳入伟人合集之中，简直当他是没处搁放的糟粕渣滓；可若让他混夹在爱迪生和华盛顿等诸位伟人之中，又觉得有些怪异尴尬，不如干脆别在伟人百传里出现，使其保有崇高的文学地位，反而格外享有尊荣。

魔利的古怪性格已在前述的其他两篇文章（那两篇是由魔利写的）中指证历历，不过这篇文章的着眼点是希望根据咱家的观察，更加赤裸裸地勾画出她的真实样貌来。

1　佩特里（Egon Petri, 1881—1962）：荷裔德国钢琴家。

2　执掌图书寮的最高长官。图书寮的第一要务为管理国家典籍，相当于国立图书馆，其次为制造笔墨纸张等文房四宝。

在这篇文章中，连魔利外出时发生的大小事件也写了出来，或许有人误以为咱家有双千里眼，其实是魔利有自言自语的怪癖，习惯把每一天发生的和心里想的事情，差不多无一遗漏地讲个遍，而且嘴巴一张便口若悬河，要是把她叽咕嘟哝的全记下来，马上就能完成几十本像她过去写的那种小说（？），不但可以巨细靡遗地知道她每天吃了哪些东西，从早中晚的菜色、甜食、水果，到她少得可怜的银行存款余额、白云庄[1]里包括小孩在内的所有居民的一举一动还有他们的习惯和可笑又可憎的缺点，乃至于她身边的寒酸衣物数量、寥寥可数的衣物的状态（比方哪条裙子掉了纽扣、破了个窟窿之类的）等等，甚至是住在右边房间卖关东煮的年轻夫妻和住在左侧房间的公司职员那对情侣的所有一切，应该都能从中窥见才对。谁让她总是絮絮叨叨地不肯罢休，连咱家困极了的时候都没法图个清静呢。

咱家曾听她说过，根据某个国家的学者所做的全世界研究统计得知，女人比男人长寿的原因是女人比较长舌。尽管那种科学性、生物学上的理由根本不是魔利那块料能够弄懂的，只因为那是外国学者的言论，魔利那家伙在读到那则报道的瞬间，当即深信不疑。由于她没和家人同住，于是找猫说话，并且时刻叨念不休。魔利这习惯，好像早在咱家还没被她捡回来之前养的那只毛色像青花鱼般的条纹灰猫在的时候，就是这个

1　作者于一九四一年赁居位于东京下谷神吉町的胜荣庄公寓，该处邻近浅草，作者非常喜欢当地的风土人情，直到一九四四年，第二次世界大战战火渐烈，才随弟弟一家疏散到福岛县暂住。一九四七年回到东京，起先住在杉并区，一九五一年搬至邻近下北泽的世田谷区代泽的仓运庄公寓（文中通常以白云庄代称）。作者在仓运庄租住多年，许多重要的著作都是在这里完成的。

样子了。她起初即是基于那个理由开始哼起歌来，到现在自言自语已变成根深蒂固的老毛病了。说起来，魔利是个时事杂志和周刊的忠实读者，但凡刊在上面的文章她便全盘相信。咱家虽老早就认为她脑子有一部分傻乎乎的，依此看来，那愚笨的程度实在颇为严重。

有天夜里，咱家醒了过来，忽然瞧见魔利圆睁双眼看着天花板犹如瞪视虚空，整个身子仰躺着一动不动，吓了咱家一大跳。过了好半晌她终于睡了。隔天早上听着她含怒带恨的牢骚，咱家对她那不言自明的傻气，再次深深地有感而发。那些当她是普通人的家伙，满心认定魔利在人前的口齿伶俐，殊不知魔利的真正面貌。咱家后来才知道，那一天，魔利竟然去买来一种好像叫克尿塞的药丸，把一整粒剥下四分之一吃下去以后，就去睡了。

魔利十二岁的时候曾在千叶的别墅小住过一阵子，那时她迷上了去河里捞蚬，每天都带着女佣到别墅下方的夷隅川，早上和下午站在水里各捞上三四个小时，过了一星期回到东京时，原先那张大饼脸竟又肿成了两倍大。母亲多计到两国车站接她回来时，当场吓得脸色发青。

“夫人您瞧，小姐长了不少肉，变得这么强壮哩！”

多计顾不上听女佣的得意炫耀，赶忙牵起魔利的手，搭上人力车回家了。从那之后，魔利患了肾脏炎，并且转为慢性的病症，夜里总得起床解手。当时正值严冬，深夜的冻寒让魔利暗自叫苦不迭，某天早报上的药品广告立刻吸引了她的注意。她花了大约十五分钟，凝神专注地反复耽读那刊了满满一整版的大幅广告，夸张地宣称那种好像叫作克尿塞的新药，是一种能够免除半夜起床困扰的特效药。值得称赞的是（或许多亏她还算长了一点心眼，这才没丢了小命）魔利似乎留意到要提防新药的效力很强，仔细地读完卷在药瓶上的那张纸的说明，上面写着十二岁以下服用二分之一颗，她又减量成四分之一吞下了。

怎料，魔利半夜突然醒过来，感觉心脏跳得又急又快，几乎要裂开来了。每一下鼓动都十分迅猛，从仰躺着的后颈根部往上延续到头顶，几乎能听见心脏强力搏动的声音。魔利虽然恐惧万分，但只要稍微移动一下，心脏好像就要迸裂，使得她根本没想到该下楼去敲门房的玻璃门，请他打电话找医生来。魔利不得不认了命，假如就这么死了，那就是天注定的。于是她才会维持瞪着大眼望着房顶的姿势，不敢擅动分毫。

魔利愤怒地忖想：假如这种药被心脏比我衰弱的人，或是比我年长的人吃了下去，后果简直不堪设想！她根本没想过，世上大概不会再有像她那样的傻蛋。后来，魔利好像还去了卖给她药丸的药房抗议。但是那家药房的店员，一个肤色白皙，属于魔利最讨厌的类型的美男子回答她：

“那种药现在正在搜集临床资料喔！”

开什么玩笑！那么一来不就把我当成白老鼠了吗？我绝不允许这种事发生！我要投稿到报社向大众发出警示！——魔利照例义愤填膺地对自己说，可那天还没过完，她便把这事忘得一干二净了。

对咱家来说呢，唔，要是她真弄巧成拙死了，咱家当下就得流落街头，很希望她多加保重才是；可魔利毕竟是魔利，实在没法要她小心提防。新药也好，旧药也罢，世上根本没哪种神药，能把魔利那颗头脑改造得对人生一切细心留神些。可悲的魔利哪！咱家忍不住为她叹息一声。

记得那是发生在约莫四年前的事了。永井荷风用一条像是上好的罗纱纺毛织品（听说他不称那是毛料）的黑色旧围巾遮住脸，身上还穿着大衣，一副倒毙路边的流浪者的模样，就在魔利拜访时曾见过的那床煎饼般既薄又硬的被褥上死去了。当魔利看到晚报上刊出他死状的照片时先是一阵错愕与震撼，而后一股恐惧猛地袭上心口，她立马扔了报纸，穿上外套，打开门，喀啦喀啦地上了门锁之后，便不知跑去哪里了。咱家事后才晓得，她冲去了那阵子常去的“猫头鹰”（咖啡馆）。

魔利没有勇气为了彻底享受自由自在的生活，便断绝与手足和亲戚的往来，仍旧和他们维持一般的交际，因此有需要的时候，还能打电话请医生看诊，甚至安排住院[1]；但她这天晚上赫然惊觉，万一自己是猝死，可根本来不及找亲友求救了。于是，魔利再也忍受不了在黑夜里于公寓一室的灯光下孑然独坐，她犹如一只向往光明的虫子，在暗夜中奋力奔向咖啡馆，那家有电灯的亮光、有人声的交谈、有咖啡的香热，还有猫头鹰时钟的眼珠每秒都左去右回地移动的咖啡馆。

隔月的杂志上，刊登了诸位大家对荷风溘然长逝的感想。魔利兴致浓厚地浏览着，毋庸赘言，最佩服的一篇便是她最敬爱的甍平四郎的文章。甍平四郎由永井荷风的离世，联想到自己身上，在文中提到自己现在将每一天，都当成金碧辉煌的一天看待。魔利对他这句“金碧辉煌的一天”十分感佩。有一

1　作者的亲友多人均在医界服务。

天，一位名为水谷梅子[1]的前辈，似乎对魔利说了薨平四郎这个人没有思想。她先是赞美魔利的父亲欧外，接着一不留神，举了平四郎作为反例。按理说，魔利不该生气，可她好像还是发了一顿脾气。真是荒谬透顶。

那天夜里，魔利照旧自说自话，啰里啰唆地说着平四郎和思想的事情："她竟敢说薨平四郎没有思想？难道非得是我看不懂的那些个好比阿兰[2]啦，帕斯卡尔啦，尼采啦等艰涩得要命的，才配称得上是思想吗？若是这样，那我无话可说。但我认为，平四郎对女人的仰慕，并且穷究（评论家在称赞人的时候用的语汇）'对女性的憧憬'，并不是他时常被误解的那种'颓废'，而是一种纯洁、浩瀚的东西，那直接联结到对母体的憧憬。那是自身渴望回归母体的强烈欲望。那就是平四郎的一贯思想！"不晓得为什么，但凡遇上与平四郎相关的事，魔利就会变得心潮奋昂。这种时候最好还是闪远些才是上策，免得她一激动起来，又要勒着咱家的脖子往空中一扔。咱家蹑着脚步溜出房间，暗自窃笑她的那番论调绝没有任何评论家会认同。

虽然魔利也明白，必须用其他的论述方式，以更为充分的立论来阐扬薨平四郎的伟大，无奈没有人会迎头点破魔利的说法，落得她独自一人慷慨激昂。不过，对于薨平四郎的伟大，咱家没有任何异议。

忘了那是什么时候，平四郎曾经到过这个房间。咱家首先

1　指大谷藤子（1903—1977）：日本小说家，擅长短篇小说，代表作包括《水井吊桶的声音》《再会》等。

2　阿兰（Alam, 1868—1951）：法国哲学家、教育家、散文家。原名爱弥尔·奥古斯特·夏提埃（Èmile Auguste Chartier），以笔名阿兰闻名于世。

感觉到，他眼睛往咱家身上逡巡了一趟，那双眼睛很不寻常。与其说是眼睛，不如说是眼神。听说，平四郎也在他的散文中描写过自己那双像小扒手的贼溜溜的眼睛。他的眼睛与其说是黄色的，不如说是更像老虎眼睛那种透着浅褐的颜色，睁开的时候，好似被谁勾住两端朝外拉开了似的，虽然细长却显得很大，眼瞳的部分是深茶色的，但整体呈现黄色调。当咱家听见魔利诵读他刊在杂志上的那篇文章时，非常惊讶他竟能精准地捕捉到咱家长牙毕露的样貌（不过现在已经拔了牙，猫相好看多了，天仙美貌再现）。

魔利搬出她的口头禅“梵高的向日葵”，用来称赞平四郎对咱家的描绘。她说，经过平四郎活灵活现的描写，咱家这个existence的精髓，已被他取走，往后咱家只剩下一具透明的空壳而已。她说，咱家化为一具透明的形骸，迷茫地不知何去何从。天哪，这还得了呀！话说回来，咱家似乎也有那么一点感觉。平四郎的眼神！那种令人畏惧的眼神！咱家在听了魔利那段自言自语的当天晚上，连着隔天一整天，总觉得自己的身体好像变成了透明的。（鹤龟、鹤龟[1]，咱家还活着。咱家可是个不折不扣的“存在”哩！）咱家缩着颈子，蜷趴在魔利的身边。魔利似乎听到了咱家的心声，把咱家抱到腿上，说道：

“别担心、别担心，朱丽叶还活着喔！‘请摸摸看，这是真实的。’”

魔利自鸣得意地暗诵了A. 法可的《巴布斯老师》[2]里的台

1　日本人在看到或听到不祥之事时念诵的转运咒语。

2　A. 法可（Aleksei Mikhailovich Faiko, 1893—1978）：俄国剧作家。《巴布斯老师》为其一九二五年公演的喜剧作品。

词。没什么思想的魔利对这种带有些许哲学味的言辞大为折服，遇到适用的状况时，便把碰巧记住的掏出来撂上一句，开心得很。

魔利就是这毛病，所以偶尔让她发现了看似带有思想的“见解”时，她可高兴得简直要飞上天啦。老实说，魔利的那番“见解”，是当她根据那个想法开始着手写下那篇名为《梦》的小说时，才在写作的过程中逐渐勾勒出明确的轮廓来的。就像法国的格言“L'appetit vient en mangeant”（吃着吃着胃口就来了）说的那样。直到小说接近尾声时，整个思想仿佛如实成形，寂寞的展翅声在魔利房里响起，越来越大，最后吞没了魔利的四周。魔利脸上的表情像摆在文具店里的贝多芬塑像那般凝重，不停地振笔疾书。

她在那篇小说里写了如下的片段：

> 由利亚（也就是魔利）从小总是想得出神：那究竟是昨天发生过的事，还是昨晚做梦时的情景？想着想着，连明天是远足的日子都不记得，还有一定要带去学校的手工课（现在称作工艺课）的材料都忘了带去，宛如活在“梦境”之中。换句话说，由利亚的人生就像是一场“梦”。

像魔利这样有些呆滞、糊涂、没长记性，说白了就是过着愚蠢人生的人，真有办法写出那么意味深远的东西吗？咱家满脑子都是怀疑。总之，那个难懂的思想（？），也就是魔利自豪的思想，简单来讲好像是这样的意思：因为时间是以一秒的好几分之一的速度，于每一刹那飞逝而去，所以不存在“现在”这样的时刻。若要问那些飞逝了的时间上哪里去了？它们变成灰色而透明的物体，积淀在某个看得见的寂寞世界上。也由于她认为那就是所谓的过去，因此，留在掌中的父亲手心的触感，还有上臂直到此刻仍能感到的打针时的疼痛，以及至今依然留在眼底的鲜明色彩，她都无法相信那些是否曾经存在过。至于未来，则只是由飞逝的每一刹那联结而成的罢了。

当她感觉到，以前曾经映入父亲眼中的那栋红色建筑，此时正映入自己的眼里时，昔日的那个瞬间和现在的刹那蓦然重叠在一起，而累积在这两瞬之间的透明时间倏然消逝无踪，仿佛根本不曾存在过。所以，一切都是空虚。这就是她的看法。

小说里的由利亚热切地渴望留住时间，哪怕抓住的是飞逝的时间中的一个刹那，抑或是尚未飞逝的某个瞬间也行。而真正的魔利在思忖着该如何想象“此刻就是现在”的时候，忽然忆起了以前喝下伏特加的那一刻。魔利才刚把伏特加送入口中，酒液陡然化成一团火，烧着她的舌面，灼着她的咽头，尖锐而无味的味道犹如魔利恐惧的时刻般迅猛地滑落喉咙了。日后，魔利再度品尝烈酒时，那锐利的痛楚以完全相同的感觉，重又在魔利的舌上燃烧，那种触感令魔利永难忘怀，深深留在心底。魔利深信自己尚未尝过的爱情，必定就是这个滋味。

当魔利幻想着恶魔，想象着心中住着恶魔的男男女女时，那烈酒的触感便又诱惑着魔利，再一次在她的舌头与咽喉上猛烈燃烧。

紧接着，幼时的一幕记忆，也跟着浮上了魔利的脑海。那是在浓浓的消毒药和酒精的气味中，医生在魔利的上臂刺入针头注射的记忆。医生朝魔利的上臂擦抹酒精棉的气味，使稚幼的魔利惊怕到了极点。魔利尽己所能地把头扭向别处，下一瞬间，上臂传来如灼烧般的尖锐刺痛。医生的手指揉着打针处，母亲的手原本抓在上臂的绷带上让她别乱动，这时改以温柔的动作将她的胳膊纳进被子里。医生走了。魔利在暮霭中即将睡去时，残留的微微疼痛，邀她进入奇妙的陶醉之中。

那时候，魔利觉得为了要捕捉即将飞去的某个时刻，最贴切的比喻就是那些尖锐、如火一般的瞬间。唯有痛楚和陶醉的火焰，方能抓住即将飞逝的某个时刻。魔利心想，唯有那些，才能够赶走时间飞逝的阴沉拍翅声，捉住那似箭光阴飞逝的无数时刻的其中之一。

魔利全心全意沉浸在那番“见解”之中，绵绵不绝地写着装模作样的文章。写着写着，时间飞逝的拍翅声令她毛骨悚然，终于，自以为是哲学家的魔利扬扬自得地写着：

> 在熟悉的人进来屋里脱去外套时，发出的布料摩擦声中，由利亚同样听见了时间飞逝的拍翅声。

实在太让人错愕了。提到那篇魔利写了超过一百张稿纸、貌似言之有物的文章的“中心思想”，某一天，魔利赫然发现，时间比时针移动的声音更快速地飞去，因此根本没有所谓的“现在”。不管是自己把汤匙搁在桌上的时刻，或是手指放开汤匙的时刻，全都迅即飞逝，不再复返。魔利想到，自己的一生恐怕只用一分钟就能转完了，很害怕必须早点死去。魔利所谓的思想，仅仅只是在她脑中挥之不去、害怕会早死的幻想。魔利向朋友们诵读那篇文章的时候，字里行间阴郁晦暗的拍翅声，听得咱家感慨万千。从那以来，咱家对真正的哲学家也开始猜疑了。该不会连西欧那些伟大思想家的思想，也都是在厕所里灵光一闪时编造出来的吧？毕竟连魔利都能从愚蠢的人生中，体悟出那么深刻的言辞。简直就像把荞麦面里的炸虾，当成了镀金戒指。

又过了几年，魔利有天做了个“梦”。梦里，魔利变得黏糊糊的，溶到里面去了，可怕极了。魔利在那个梦中受到了某种玄秘的，更贴切的形容是一股妙不可言的陶醉般感应，那驱使她写下一个爱情故事；并且光是一个故事还不足以完整表达那份感动，于是她又继续写下第二个、第三个同样的爱情故事，到最后，故事里的爱情被迫走到了极端悲恸的境地，可那都是在魔利毫无意识的状态下写出来的，故而她实在无法确切感受到，那真是自己写出来的故事。魔利反问自己：“话说回来，总不会是别人写的吧？”尽管那些故事的确是她亲手写的，却不是经过构思布局后写下的作品。魔利迷恋地望着那两位电影演员的照片，让他们时而兀自发笑，时而从椅子上站起身来，证明了小说此刻仍然真实存在着。像座城堡的宅邸后方的森林里，依旧埋着那个少年，宅院已破败不堪，窗片被风吹得嘎吱作响。

位于本乡的宅邸依然如昔，这里原该是两个男人过着幸福日子的天地，却成了一个白皙剔透的精灵般的少女在“失恋的悲哀”中葬身的地方，两个男人享受的幸福乃是建筑在她的尸骸之上，他们一如往昔地维系着异常却纯洁的爱情。魔利继续想象着即将发生的可怕事件。应当在那里登场的青年，他的父母，亦即老学者夫妻，与那座田园的宅邸。老迈的车夫和他的儿子，厨务女佣和老医生，虚伪的婚礼。成为第五个活祭品的美丽少女，以及少女死后那两个人的相拥。警察。刑警队长。那少年倚在门边望着刑警队长的眼神。即便竭力隐瞒，谜团仍是层见叠出，那些都是不可磨灭的事实，而第一个故事里的少年成为一个黑肤男人的禁脔，供他尽情享受恶魔般的欢愉。在北泽里面的那栋宅邸，前院的三叶草和石楠花青翠依旧，花叶上朝露点点。在少年的提议之下，这里如今已由黑肤男人用化名买下，成为两人的别墅了。[1]

故事里的每一间宅邸一如既往，魔利无法克制自己进入其内的渴望。位于六本木的屋宅，亦即第四个活祭品遭到屠杀之处，其后由公司的老职员以分期付款买下，改为公寓出租，却因经营不善而逃离该地，如今已成为空屋。克劳德和尤莉斯两人的幸福在天堂与地狱之间穿梭来去。宛如天使与小恶魔综合体的尤莉斯，天神与利维坦（《圣经》里的巨大海兽）混合物般的克劳德，这段恋情的可怕幻影既隐身于浴槽的边缘，也藏匿在窗帘的皱褶之间，随着夜幕低垂，若有似无的声音与呻吟便穿墙而来。[2]咱家虽没听到，可魔利是这么说的。

由于那些故事都是描写某个青年爱上了美少年，还多次出现两人赤身裸体在床上谈情说爱的情节，因而被评论家冠上了“索德米安[3]故事”这魔利做梦都没想到的名称。

评论家用了这种名词（咱家可是心知肚明，既然故事写的

---

1 以上情节出自本书作者的三篇小说《恋人们的森林》《枯叶的寝床》《星期天我不去》。

2 以上情节出自本书作者的小说《一桩谋杀案》。

3 原文此处为和制外来语词，词源疑为英文的Sodom。

是男人爱男人，自然会被套用这样的名称，她根本没道理发脾气），自然引得魔利大发雷霆，魔利的心情奇差无比，害得咱家也被连累了好几天。魔利怒气冲天地说，就算他们写一个外来语，她还是没有办法忍受。当魔利写下两个男人的床戏时，她的眼前似乎并未浮现那种名称所指涉的情景。那些炽烈而美丽的爱情，虽然传出恶魔的狂笑与血腥的气味，但故事里的那对青年，只是糅合了神话中的男神和纳西索斯的身影（惭愧的是，魔利虽用了这种比喻，可她根本没读过神话故事），他们所存在的世界，近似于魔利平常会梦到父亲的洁白塑像出现的地点——一处缥缈色彩弥漫河畔、长满茂密的月桂树的透明灰色世界。

不只咱家，包括魔利的女性文学家前辈、多位编辑，以及她的许多友人，全都被迫一再聆听魔利的愤懑不满。受害最深的莫过于待在一旁的咱家了。所谓“死诸葛能走生仲达”[1]，吉良野敬、山上月太郎诸位评论家在自家宅邸悠哉打盹，浑然不觉对咱家造成的迫害。那些读书人，可知黑猫朱丽叶正从某个角落窥视着他们，那一双由浅蓝逐层变化为比夜空更深邃的靛蓝瞳眸，正朝向他们射出冷冽的目光吗？

麻烦的问题在于，那一对青年的形象根深蒂固地沉陷在魔利的心底。那两个美男子像留在红茶杯里隔夜的茶渣般，沁染了魔利心脏的内壁。每当魔利翻开杂志，映入眼帘的房屋照片或风景图片触动她的心弦时，那对青年便会像在那片风景中野

1　典出《三国演义》，意指人死后余威尚存。魏军主将司马懿（字仲达）听闻诸葛亮已逝，率兵追赶，却见蜀军帅旗飘飘，诸葛亮端坐车中，不知是由木人假扮，以为诸葛亮诈死诱敌，连忙鸣金退兵。此处作者使用不当。

生的鱼儿般蠢蠢而动，很想住进那间屋子里。于是，在阴森森的树林里和遍布石砾的路上，透着血腥气味的情杀事件即将再度发生。对于魔利此刻非得拼命逃离那股诱惑的境遇，咱家怀有无尽的恨意。

“身为小说家绝不能自我重复地写下去！”

文学世界里的这条法则，便是魔利拼了命逃亡的原因。想必要不了多久，魔利又要开始撰写蹩脚的小说了吧。由于接下来要写的主题“异常的爱情”，虽是魔利过往人生中的一道阴影，却是真实存在过的，只怕不容易以“梦境”轻易带过。

魔利写了小说以后，便委由“黑潮”或“鹿园”结集成书出版（近来似乎都由“黑潮”经手），并且至少得保持以往的销售量，否则就难以为生。想要继续活命，就得呼吸空气、吃米饭和面包才成。其实，这才是背后潜藏着的关乎生计的真正原因。魔利觉得，纵使让同样的人物出现在不同小说里，直到她脑中幻想的翅膀折翼，再也榨不出余渣为止，也不算什么坏事。她记得曾在某本杂志上读到，那位名为世上矢州志的大牌作家，以同样的人物写过很多部小说。一天，魔利嘀咕着：难道就因为他是世上矢州志，便可以那样写吗？问题是，世上矢州志可是一位什么题材都能写，并且产量惊人的专业小说家；他立足的峻岭山巅，是魔利之辈费尽吃奶的力气都爬不上去的。出版社可没要她写“梦”。不管魔利的“梦”写得多么绮丽，终究是“螳臂挡车”。细想一下，站在魔利仰之弥高的山顶上的，岂止世上矢州志一人！包含女性作家在内的所有小说家，全是她望尘莫及的。

“这教我怎能不绝望！”

想到这里，魔利十分沮丧，但无论如何绝不能没钱买米、买面包。“或许我又能看到另一个‘梦’……”魔利望向窗外的暮色，瞪大了眼睛，仿佛正穷尽目力眺望着眼睛看不见的东西。

这奇妙的“想法”在魔利脑中挥之不去，她感到世上的种种事物越发空茫。不过，即便心中没浮现空茫的念头，以她那意识混沌的脑筋，连人与人之间的常情都不懂，若有人把魔利当成心灵的寄托，就会感觉像进了一间空屋。就凭魔利那颗不长记性的脑袋瓜，若只是一时附身的诡异恐惧，或许在她不知不觉中便又消失无影了；但换作写小说时绞尽脑汁的思考，可就在她脑海深处盘根错节了。况且那时又遇上了战争，魔利脑中变得更加空茫荒漠。空袭一天连着一天，不曾暂歇。人类，即便是昨日还明确存在的人也会突然消失，而消失以后，只剩下透明的空气；街上的楼房，不论是多么高大、确切地存在并占有空间，看在魔利的眼里，都成了随时可能消失的白色透明的物体。从前她就不大感受得到什么是“实体”，此时更是觉得虚无缥缈，领悟到色即是空的境界了。

其实，魔利自身的空茫，恰恰反衬出她周围人与物的实体。不管是这一两天即将被从地基上炸飞、沦为“无”的建筑物，还是今天傍晚就会从世上消失、在朋友和家人眼里只余茫茫虚空的人，毫无疑问地，尽管都是会让魔利震撼的existence，但是魔利对于身旁的人与事物只觉得淡漠。魔利自身就是一种淡漠。即使被诡异的恐惧附身，也只是在魔利的心中清晰浮现那股恐惧而已，她依旧是以空茫的目光看待周围的事物。这世间充斥着魔利会感到震撼、恐惧的实体和诚实，以及对此深信不疑的人们。

不晓得为什么，魔利总是一副敷衍草率的态度，旁人看来似乎相当无法理解，可她自己仍是一派心不在焉。魔利虽然向来由衷地爱着咱家，从未不把咱家放在心上，可该怎么说呢，就是有那么一点漫不经心。魔利的儿子也和她属于同样淡漠的人种，不过他绝顶聪明，读了大学，当了教师，想摇身变成一般的可靠的人类简直易如反掌，也很自然地化身凡人的模样。合该他运气不好，一旦踏进这间房里就得脱去伪装的外衣。咱家这双比阿兰·德龙的双目还要冷峻的浅蓝色眼睛，立刻发现了他和魔利属于同一种人。魔利近来也成了半个专业摇笔杆的，时常变身成正常人。

魔利那家伙，似乎不希望自己被有些人看出她是一个淡漠而古怪的人。若是一般的女子找魔利商量一些烦恼，她便会摆出人生导师的派头，分外亲切地开导劝解。对方好像也有些信任她，浑然不觉自己正要放心地坐上去的根本是一把透明的扶手椅，而魔利也心惊胆战地看着对方就快一屁股坐下去了。那情景很是奇异。撇开毫无教养的人不谈，认为魔利是笨蛋的人把她的“空茫”当作“蠢傻”。说来还真奇妙，实在而现实的人视空茫为蠢傻，而空茫的人对实在却是退避三舍。魔利对于鸟尾花雄、烧野雉三、羽崎七雄[1]这群小说家的头脑简直怕得要命。

——基于这些因素，魔利什么都不相信，连小说的

1　分别喻指岛尾敏雄、庄野润三、尾崎一雄三位小说家。

主题也一样——即便是对法文仅略知一二，连日文也算不上精通的魔利，好像也晓得theme（主题）这个英文单词。魔利不懂的英文是那些评论家们使用的单词，她说那里面没半个她认得的，实在悲哀。不过，魔利说，评论家诸兄不约而同地用了好些重复的英文单词，也不过就那么几种，林林总总加起来不到十五个字，只消哪天她发奋蹈厉，查一查英日词典，或是找人问一问，这问题就能迎刃而解了，偏偏魔利像那脖子挂大饼的懒鬼，心里总盘算着要弄个清楚，却从没着手实行。书评里写的若是坏话倒还罢了，假如是褒奖却没看懂那就糗了，好比隔着几层不透明的玻璃隐约听到赞美似的，太可悲了。不过，即便弄懂了英文单词，里边还夹杂着没听过的西欧作家名字、深奥的成语和表达方式，以魔利的资质来说，根本不可能彻底领略博得赞赏的喜悦。比方高村松夫的书评虽不是魔利喜欢的那种令人感动的文体，但里面好像对她大加赞扬，可惜她到现在都还没能读懂。

凡是现实性题材，一概不行。比方市井小民的实貌、背叛、悲哀、喜悦，还有深奥又具有实质性的爱情与憎恶，都不行。从与政治相关的议题，乃至于化学、科学、物理、哲学、伟大的思想，也一样。简要来讲，举凡明确存在人类社会里的，都没法成为主题。Actualité（现实）也不可以。

——Actualité在法文和英文里的读法似乎是一样的，可魔利好像并不真正明白这个字的含义。魔利有颗挺便利的脑袋，看到不懂的外国文字也隐约能够猜出意思。拿起别人的小说很快地浏览两三页后，就说她已经了解那个人的文学了。魔利在常去的咖啡厅和编辑或女性文学家前辈隔桌对坐，仗着那薄弱的根据侃侃畅谈文学。对方如果是年轻女孩，她更是讲得眉飞色舞。尽管魔利不善言辞，更不懂社交辞令，但遇上自己喜欢的话题立刻妙语如珠，每每听得年轻女孩陶醉又感佩，两眼放光。“我要是写具有actualité的文章，吉良野敬就会称赞了。”魔利说。她好像不大懂什么是评论家会称赞的小说、什么是他们不会称赞的小说，越想探究脑筋越是一团混乱。比方魔利早前写的那篇《贫穷的故事》，虽然自认为写得风趣诙谐，可做梦也没料到竟会得到跃上报纸书评专栏标题的奖饰（之后又有许多人对此发表高见。魔利发现，就某层面来说，那种题材的作品比她的虚构小说更获好评，近来似乎有些沾沾自喜）。魔利原以为把那小说写坏了，甚至到现在依旧悲观看待，没想到意外获得佳评。她之后也写过自认再也无法超越的绝妙作品，心里七上八下地翻开报纸一看，却没得到什么回响。魔利说：

“我当然尊敬任何一位评论家。毕竟在这令我惶然忝列其中、不知何时会遭到驱逐而满心畏怖的文坛世界里，他们一个个都是在腰际别着金亮的笔刀，展现以一当千豪气的头面人物。魔利我连一本都没法通读的那种小说，他们已博览七万册，至少对于文学、对于文学家，应该拥有丰沛的知识。况且由于他们收到的稿费意外的微薄，虽然读了七万册却没读到第七万零一册，无法识破那些剽窃了外国文学的小说以至于有时面临被众人犀利攻击的命运，即便自以为小心谨慎地眼观四方，仍不免在名为《金波银波》的可怕专栏中受到痛批或揶揄。《金波银波》就像是暗夜里的突击，所以他们必须仿效剑侠影片里的主角，慎防敌人从背后进攻。身边的同辈、前辈、作家、法国文学家，他们隐隐露着窃笑，同声高喊着：‘身在文坛，就算太阳能打西边出来，也得提防日头下山后的黑暗。’就算没能得到赞美，纵使被说了坏话，即便连一句辩驳都来不及说就被活埋了，我也不会向评论家发怒。”

虽然没有任何一个评论家，会因为挨魔利的骂而感到惊讶，可咱家仍相当佩服魔利的体谅与善意，但是那些评论家，并不是一些非得博得魔利同情的人物。因为正如魔利说的，他们是一群身处剑拔弩张的严峻文坛世界中，毫不胆怯地巍然屹立的强者。你们看清楚了，他们总是坦然地笑着。他们可不是像咱家主人魔利那样，老被住在人们心口上的一只小鬼给激得奄奄一息，也不瞧咱家一眼就倒在床上，抓着枕头，瞪着半空中，就这么不知不觉睡着了的可怜又蠢傻的人种。

说着说着，又从actualité岔开了路子，现在回到正题。就因为魔利没法写出实实在在的事物，只好凭着一时冲动，写些似乎能消除时光飞逝的恐惧，又好似会造成尖锐刺痛的东西。她说，既让人陶醉又使人疼痛的东西，也就是强烈的爱情，恶魔般的爱情。比起不愿听见时光飞逝的声音或渴望抓住那个瞬间，魔利看起来更像是想用某种强烈的声音，将自己无法确切掌握一切的淡漠心态给驱逐开。

总而言之，魔利的精神十分飘忽茫漠，又带点自我陶醉，当她照例在餐馆请仰慕她的女孩吃便宜的餐点时，突然瞧见另一个朋友推开大门走了进来，魔利简直像看到死人走进来般非常惊讶，大睁着眼睛瞪向门口，把对方也吓了一大跳。魔利

“啊”地轻呼一声后，终于恢复了镇定问道：“要不要一块儿用餐呢？”

魔利在今年秋天的十月——魔利以为是九月，其实是十月——有了一次奇妙的体验。有天，她接到了一通电话，两个天大的消息毫无预警地同时袭向了魔利：有生以来头一遭的“搭飞机旅行”，以及“与美国当红演员合影”。经过了十分轻描淡写的通话过程，这些事项两三下就拍板定案了。那也没什么好惊讶的，对方每天都要敲定好几件这样的会面，处理起来轻而易举。问题是，魔利一生最害怕的事是送命，其次便是拍照和旅行，何况还要搭飞机。魔利一直以为，只要自己不走进机舱，这辈子都不必坐飞机了。魔利打从心底恐惧飞机会从空中掉下来。她向朋友们诉说坠机的担忧，可朋友一个个听了都一笑置之；笑归笑，却没有人敢向她拍胸保证“绝对不会掉下来”。

几位朋友笑着劝慰魔利，只要让飞机载上天空，就能见到乔治·查克里斯了。这番安慰虽没能让魔利吃下定心丸，至少发挥了些许宽解的效用。魔利回家以后不满地嘀咕：“真弄不懂他们那些人！还以为他们只是事不关己，才拿我寻开心，可他们自己好像真的敢搭飞机。看来，我的想法跟他们差距很大。假如易地而处，我一定会由衷安慰朋友放宽心的。”野原野枝实临挂电话前，也向魔利说了：“小心点，尽量别掉下来啊！”魔利听了很是讶异，心想：开飞机的又不是我！野原野枝实大概满心认定魔利比她来得不牢靠、个性古怪，其实她自己也没好到哪里去。

出发前一天，魔利又接到了电话。有些心慌的她探问对

方 :“是否有人陪我前往呢?”结果对方没有应答。魔利向来颇得意自己的声音和普鲁斯特一样，可她那种含糊不清，好似从水底传上来的说话声，任谁也听不清楚，有什么资格拿来炫耀呢? 魔利没得到对方的响应，顿时惊恐了起来。这么一来，当她抵达大阪的机场以后，该往哪里走才好呢? 她连东京自家附近的路都不熟啊。过了半晌，话筒的那端才传来“公司的人会去机场接您”的回话声。“该怎么认出他们呢?”“他会开公司的车子去。”对方答道。当天，幸好有位名叫柳田健的先生开车来接了魔利。

回头说到那一天，魔利在羽田机场，沿着宽广候机楼的外侧廊道左拐右转了老半天，总算来到一望无际的停机坪，映入眼帘的是一架闪耀着银光的飞机，侧边有一排绿色的圆窗，但看起来实在太小、太稚嫩，简直像一下子就会摔下来或坏掉似的，而机身的银色，也不若乡间演戏用的假刀上的银漆那般光可鉴人。魔利在甍平四郎送她的上等皮质提包里，装进了内衣、在旅馆里穿的衬衫和裙子、毛衣、在房间里穿的新袜子、洗脸用品、钢笔、铅笔、稿纸等等，把提包塞得鼓鼓囊囊的。她紧握着提包，踏进了机舱。若要问她为何要踏进机舱，因为她非坐上飞机不可。魔利虽不想死，可被逼到这个份上，只能豁出去了。这心态有点像《讨伐磨刀师傅辰次》[1]那出戏码里的主角。

坐上飞机以后，她开始在意起查克里斯来了。照片上的查克里斯长相十分俊美，看似相当傲慢。他不仅在《西城故事》

1 歌舞伎的喜剧戏码，于一九二五年首度演出。

里的舞姿笔直精准，从走在街上的照片中来看，应该也是个挺拔刚劲的人。会面以后，魔利却发现他是个身段柔软、率直又温文的青年，并不是魔利害怕的那位"《西城故事》里的查克里斯"。他穿着藏青色机师制服的戏服，毛茸茸的，涂抹褐色粉底的脸上有着一双深天蓝色的大眼睛，在密集的拍摄行程下显得有些疲累，肩垮腿萎。顿时，魔利仿佛放下心来，开口问他："请问您喜欢看什么书呢？"楼下的公关部门人员方才告诉魔利，查克里斯一得空便耽于阅读，建议魔利不妨问问他正在读什么书。查克里斯回答《麦田里的守望者》（*The Catcher in the Rye*）后，正想解释什么是Rye时，魔利连忙打断了他，很是得意地说："我读过阿加莎·克里斯蒂的*A Pocket Full of Rye*[1]，知道那是什么。"

魔利琢磨着也得讲讲自己喜欢的书，于是告诉他："我看过亨利·詹姆斯（英国作家？）的小说《螺丝在拧紧》改编的电影，听说亨利·詹姆斯在书中赋予屋宅和城堡拟人化的性格，一座大宅邸里存在着恶魔，这构思非常有趣。"由于别人在评论魔利的小说时提到了亨利·詹姆斯，魔利这才第一次知道世上有个名叫亨利·詹姆斯的人，以及方才讲的亨利·詹姆斯的写作特征。殊不知，把自己似懂非懂的东西拿来充作话题，是魔利的看家本领。由于魔利的文章写得有模有样，所以没人看出她耍弄了这种油滑小技。

——某天，魔利给甍平四郎写了信："我一拿起铅笔，

1　中译本名为《黑麦奇案》。——编注

就有一团无名火往上冒，一根筋地写了高慢骄傲的文章。”薨平四郎从魔利的来信上抬起眼，像梵高《看书的吉诺克夫人》般下颌往前突出，手肘支在小桌子上，眉眼垂落，露出“原来如此”的表情，旋即陷于自己的幻想之中。此时，坐在桌前的已不再是平四郎，而是一条瞪着蓝眼珠的鱼，泛着湿黏光泽的背鳍像小扇子般张开，尾部倏然变得细瘦精干，一扭身便和一溜红影的金鱼交缠，尖尾一摆出水，潜入水里，宛如一条在满溢的河水中翻跃的鲂鱼。

那番话逗得查克里斯和一旁的美国老爷爷们哈哈大笑。总之，魔利算是顺利结束了这场会面，回到了东京。不过，这毕竟是罕少发生的事件，加上魔利向来懵懂度日，以至于她觉得自己仍没弄清楚怎么回事时已被揪着腰带飞上天际，等到与查克里斯结束会面之后再度被吊上半空中，带到原来的白云庄门前放落下来，到现在还没回过神来。魔利把这起查克里斯事件，自比为江户时代的孩童被山魔神掳走的传说，或是《半七捕物帐》里孩童被大鹫叼到深山里扔下的故事，兀自傻笑着。

在京都看的那部阿兰·德龙的电影；虽然讨厌搭机，但为了向往已久的飞机餐而豁了出去，可却因着陆时刻是早上而没供应，令人十分失望，所幸一抵达大阪，就遇到曾在虎之门医院和薨家葬礼上见过面的人，受邀享用了一份特大号的牛排；国际京都旅馆的餐食；在旅馆房间入浴时，第一回处处小心留神，第二回以后便尽情享受冲淋浸泡的乐趣……这一切都是魔利难以置信的美梦。

魔利回家后坐在床上，露出了从大梦中醒来的表情时，咱家完全能够体会她的感受。每当魔利住在别人家或出外旅行，总说她讨厌那里的镜子里映出的不是她自己的面孔。她在回到家的隔天，朝水果店送的那面无框的镜子照一照，瞧见镜里的容貌又恢复以往了以后，便急急忙忙地出门了。长在她右颊上的那些小颗粒因开心而变得红润，好似施上了腮红。她脱去了难受的和服与腰带，换上自称为“洗衣婆”式的轻松毛衣和衬衫，欢天喜地到外面去了。虽然她谑称自己是“洗衣婆”，其实是讲反话，她根本自恋得很。真不知道她凭什么信心满满，又是打哪里挤出这好些自恋来的。即便她有心藏匿那股自恋，咱家只消朝她那张映在镜子里的脸孔瞟上一眼，即可一目了然。魔利从她镜子里面看见的那个女人的样貌，只怕比魔利本人至少美上十倍。不只魔利是这样，但凡女人，对自身镜中容颜的评价之高，总是几近疯癫。但魔利的长相，在一身墨黑中透着一双比阿兰·德龙还要冷峻的晶亮蓝眼，不管从哪个角度欣赏和拍照都美丽动人的咱家看来，很遗憾，委实不敢恭维。魔利自以为是个高雅的女子，而从她常拿来炫耀的十二三岁到十七八岁的照片来看，也确实有个公主样，但近年来却如一个举止粗野的女学生，恰与好似当代女大学生的野原野枝实，结成了一对宝。

野原野枝实应邀前往白川学院演讲时，魔利也跟去助阵了。这两个分别为五十几岁和三十几岁的“女学生”简直不知该把庞大的身躯摆到哪里好，一副哪里有洞直想往那边钻的模样，既尴尬又别扭，而台下的女学生们则饶富兴味地端瞧着她们的窘态，并且向野原野枝实轮番提出犀利的问题。如同魔利不懂欧外的思想观点，野原野枝实也对野原洋之介的象征主义毫无所悉，根本没法招架女学生们的猛烈炮火。文学系学生这类人，不分男生女生，都是一群对别人父亲的文学比其子女更为熟悉、虎视眈眈地引弓，伺机射出质问利箭的团体，而疯狂的男生又似乎比女生来得多。只是，文豪和绝世诗人的女儿们多半已是老太婆，所以他们不大愿意开口攀谈。虽然魔利和野原野枝实曾受邀向男女学生，以及教师们演讲，但从不曾有男学生单独邀请座谈。

就算如此，魔利依然殷切期盼社会上的女学生能日渐增多。即便拿白川学院为例，由于那些女学生们研修的是文学，虽向魔利两人投去兴趣浓厚的目光，但她们脸上的笑容展现的是心领神会的善意，没有露出怀疑她们是傻子的眼神。这一点和魔利住家附近的太太们，以及她同一栋公寓里的住民们大不相同。诸位幸福的读者恐怕不明白，被人家当作傻子般盯着看的感觉，甭提有多糟了。魔利平时的嘟哝中常提到，她在巴黎的那些日子，似乎从没被看作怪胎，也没受过被当成白痴的疑心目光。她当时住在巴黎的旧城区，旅舍的老板夫妇和他们的养女、女仆，以及投宿的其他旅客们，都是所谓世俗的一般人，可是，魔利待在巴黎的期间，从来不曾被视为怪人。

话说，牟礼魔利和野原野枝实或许蠢呆，却十分有趣。在日本，像这样有趣的人无法找到志同道合的伙伴。在日本，人人都得像穿上制服似的一模一样才行，每个人都十分相像。不妨瞧瞧公寓里的主妇们，从脑袋里的想法、卷烫的发型、裙子的款式，统统一样，她们每一年说的话，好比“天气变热了”“这雨一直下个不停”“天气一冷就教人担心哪”“菜价还真贵呀”“府上的糕饼供品没发霉吗？”“花都开了呀”，全都一字不差。见到小孩子就赞一句“好可爱呀”，而受称赞的孩子母亲必定答说“一点都不听话哪”，除此以外的话题就是聊聊染布和把旧毛线衣拆掉重织，一提到拿手菜的煮法立刻三缄其口。她们讲话时必定嗲声嗲气，听得人脊梁骨都窜痒。孩童们从学校带回来的话题讲给老妈听也听不懂，不如到后巷的空地上和朋友们分享。孩子们彼此聊聊文学、谈谈科学，而老妈们的对话不仅没内容，还是19世纪的老掉牙了。

其中有一个被魔利取了“儿童心理学”绰号的家长会成员，遇到局部地区下起大雨时，她就会出来说：“难道不能用科学的力量，让雨量分散到各地，拉长降雨的时日吗？”听完这段高论后翻开《旭日报纸》一瞧，一字不漏地就写在《季风》的专栏里。另一天，她又说：“小孩子一看到洞，就想试一试手上的东西能不能塞得进去嘛。”于是，把大瓶子和洋伞扔进茅厕里的小调皮鬼得以逃过一劫。她不仅能言善辩，手艺功夫也不马虎，从教导用煤球生火的方法，到传授如何煮出妇女杂志上的料理，悉数免费演说，吸引老妈们三两成群地站在她的屋子前面，听得浑然陶醉，把过道塞得水泄不通。但没有任何一个人愿意倾听魔利说话。即便魔利费尽心神试着融入她们的话题，却总有那么一丝格格不入；魔利若是说起自己的事，常被她们当成讲孩子话，嘴角还浮现一抹魔利从小见怪不怪的可怕冷笑。

孤零零的魔利可怜兮兮地咕哝着：“她们都是外星人！”和朋友们见面时，魔利老把这事拿出来抱怨以消心头愤恨。唯有在白云庄里，魔利才能体会到古人的悲哀。如同早前提过的，萱平四郎有天造访了魔利的房室。那一天，魔利在当时十三岁的挚友美智的协助下做了一次大扫除，从柱子到凸窗都奋力擦拭，连平四郎会经过的满是碎石沙的泥土地，也拿抹布细心擦过，累得险些闪了腰。唯独床罩，魔利到街上找了一整天都没寻到，只好买回新毛毯盖上。新毛毯的嫩绿犹如向晚时分的春日原野那般梦幻，这床美丽的绿毡毯，比起红毡毯毫不逊色。魔利高兴得一时忘我，把一个恰巧经过的太太叫住，朝她炫耀说道："很美吧？"那位太太反问她："来的人要睡在这儿吗？"这句话问得魔利傻眼，所谓的目瞪口呆就是用来形容她这时的表情。"那个人是不是脑筋不大好啊？轮到她打扫时总是忘记，也不记得该交房租，瞧她那副样子，到底付不付得出钱呢？还有她那只猫，全身黑不溜丢的，真晦气，常常吓到孩子，讨厌得很哪。"——这是魔利不在场时，她们聊天的内容。至于惹怒咱家的是最后那一段。看来，她们的脑袋瓜里塞的尽是些稠糊糊的糨糊，连咱家的美貌都不懂得欣赏。咱家站在屋顶上，狠狠地瞪着她们，想起了魔利对咱家的呢喃：

"Très jolie, mon bijou, une belle diable noir, souple, fine..."（真美，我的珍宝，这美丽而黝黑的恶魔，柔软曼妙，太高雅了……）

虽然不如公寓主妇们的批评炮火那般猛烈，但魔利偶尔也会发了狂似的猛写爱情小说，不然就是写些满纸呓语的小说或随笔——

记得在魔利写那篇《玫瑰色的早晨》的时候，曾把自己写的呓语小说，神气地称为belles lettres（纯文学、美文）。但是得意扬扬的魔利，根本没看过何谓真正的法国belles lettres。她仅仅是把belles lettres这个语感，套用到自己的小说上，沾沾自喜罢了。不过，就算魔利觉得自己的随笔写得潇洒又俊逸，也万万不敢忝跻散文之列。以前，她曾买回一本巴尔扎克的书，不知道叫什么书名来着，从厚厚一大册的中间翻开来一看，里面分为Sucre（砂糖）、Tabac（香烟）、Caffe（咖啡）、L'eau de vie（烈酒）、Alcool（酒精）五个项目，并依各个标题写下短文，魔利当时深受震撼，从此认定"散文就该是这样的吧"。所以，她觉得自己根本不可能写得出散文那般伟大的文章。话说回来，魔利写的随笔，究竟够不够格称得上是随笔呢？所谓的随笔，听说是一流的艺术家、学者，或是实业家等等，透过简短的文字，让读者窥见他们深奥思想和学问的一角。拿小说为例，魔利既是初入行，而且承蒙众人接受她写自己的梦境，应该勉强还算得上是小说。以她的情况来讲，得有灵感上身才写得出来，虽说并不容易，但在文学领域里，小说毕竟是最容易写的。魔利以前曾从某位人士那里听闻，在艺术的类别之中，诗的地位比小说更为崇高，所以她才会认为，萱平四郎和野原洋之介比欧外更为优越，可她鲜少把这话拿去说给野原野枝实听。这一说，只怕野原野枝实又要手舞足蹈了。

——或者一边拼命吃巧克力，一边提笔写下短文，内容是四十年前的巴黎见闻，还有足以与马塞尔·普鲁斯特、米开朗琪罗·安东尼奥尼相提并论的伟大空茫思想。在忙于笔耕之际，她把价值一百元的牛奶糖一下子就吃光了，还不忘埋怨每盒一百二十元的杏仁巧克力球的颗数怎么那么少。漫不经心的魔利就这么悠哉游哉地过日子。有一天，魔利突然换上一件缀有树叶图饰的焦茶色米泽琉球绸和服，腰间系上鲑鱼粉和浅蓝灰相间的横纹绉绸腰带，连趿着草屐的脚步声也比平常来得端庄娴淑，简直变了个人似的出门去了。

后来才知道，原来魔利去参加“女性文学奖”颁奖典礼。到达会场以后，她这才发现这里连半个她能过去攀谈的对象都没有。魔利一早醒来太兴奋了，压根忘了水谷梅子也在会场里。她在报到处瞧见春信美枝子，想起以前曾在甍杏子的聚会上见过面，简直像溺水的人发现了浮木般赶忙凑了过去，无奈办完报到手续后，就得和她道别了。总之，魔利签下自己的姓名，领了杏花徽章和纪念品，便往里面走去。隔着狭窄的廊道两侧各有一道门，右边的门口写着“休息室”。魔利心想，“应该是这里吧”，于是走了进去。像这样豪华的会场，她只在参加亲戚的婚礼来过，以至于她这回出了糗。窄长的房间里面对面摆放的两排椅子上，零零落落坐着几个人。魔利瞧见了首先转头望过来的神野杏子。神野杏子以《杏花》获奖，不仅是当天最重要的贵宾，更是文坛的老前辈，魔利与她虽称不上熟识，但两人在原田伊太郎的《灰色的时代》新书发表会上恰巧坐在同一条长椅上，当时神野杏子曾亲切地与魔利交谈，于是魔利赶紧趋前向她道贺。这时，坐在神野杏子旁边的久贺直太郎夫人吩嘱坐在另一边的女儿起来给魔利让座，并对魔利说声“请坐这里”；实际上是，久贺夫人不好意思直接告诉她“您弄错房间了”。浑然不知自己来错了地点的魔利，端庄地坐在椅子上环视房间，看见坐在正前方的是圆谷澄子、对面靠房间里边的是宗方黑鸟，而和自己同一排内侧的是吉良野敬，大家都静肃地等候典礼开始。不久后，西林势子、菅种子[1]等陆续进来，并在圆谷澄子身旁依序入座，休息室里的诸位男作家、女作家、评论家个个表情凝肃地等候，因此直到典礼即将开始，工作人员前来请大家移驾到会场之前，魔利一直坐在重要贵宾的旁边，与圆谷澄子、西林势子交谈，尤其和神野杏子的聊谈更是格外热络。

水谷梅子虽然后来看到魔利与神野杏子等人一同入场，却根本没料到魔利居然误入领奖人和评选委员们的休息室；而魔利进到会场，即便看见除了领奖人以外的与会者全都聚集在一起，也没察觉异样，还满心以为：水谷梅子大概是迟些来吧，至于春信美枝子则不晓得上哪里去了，要说上洗手间也未免久了些呢。隔天，魔利和水谷梅子在“光月”咖啡厅碰面，得意地夸耀自己和神野杏子说上话了。直到这时，女性作家和评论家们基于礼仪而噤口隐瞒魔利出糗的秘密，才终于被揭穿。整件事只能说让人难以置信。事实上，只有魔利曾经拜访过一次的久贺夫人，以及圆谷澄子和神野杏子这几位认识她，其余的人谁也没留意到魔利，而圆谷澄子早前也经由水谷梅子得知魔利是个怪人，因此也没把这糗事搁在心上。真该感谢社会礼仪在这时发挥了效用。更重要的是，那地方不必付钱就能进去，魔利这才能平安离开，可说是不幸中的大幸。

魔利歪着头思忖着自己的头脑组织究竟是怎么回事，按理说，她一不是笨蛋，二也没疯癫，可就是头脑里的某个部分犯了愣傻，而那块愣傻的组织，支配着魔利其余还算精明的组

1　圆谷澄子喻指圆地文子，宗方黑鸟指正宗白鸟，西林势子、菅种子分别喻指平林泰子和佐多稻子。

织，使得魔利整个人像春天的霞雾般朦朦胧胧的。包括甍平四郎在内，但凡与魔利熟识的人都一致认为，魔利是个年老的“少女”或“孩童”。

然而，去年八月的某一天，魔利的幼儿性格由一位心理学——也可能是精神医学家——从学理上得到了验证。

是社会心理学？还是精神病理学呢？从其他的文学家和诗人同样接受这项检查来看，可以确定他绝不是儿童心理学家。魔利虽绞尽了脑中极度贫乏的相关知识予以推敲，依旧没能得到定论。魔利试图弄个水落石出，便在回程的车上请教了对方是否认识她十分尊敬的杉村达吉[1]，亦是她前夫的朋友，结果和这位了不起的心理学家聊得太起劲，本末倒置，终究没能得知那位片贝史文先生的情况。后来，那位学者上了报，魔利在他名字下方的括号里曾瞥见相关资料，可又忘得一干二净了。

事情的发端是《国语研究》杂志社的人前来邀约，希望通过由名叫罗夏的学者所设计的一种方法，分析报道魔利身为作家的写作思想。经过魔利进一步打探之后发现，同样接受这项测验的除了圆谷澄子以外，还有两三位出类拔萃的文学家。魔利起初有些不解，后来发现原来是圆谷澄子向杂志社提议：“不如邀请牟礼女士也一道做做，应该满有趣的喔！”这才恍然大悟。正所谓戏言成真，魔利于是一同加入了受测者的行列。

1　喻指日本心理学家矢田部达郎。

受测当天，魔利前往东日旅馆赴约，尽管无意轻慢对方，却照例迟到了一个小时。魔利一再为自己的晚到向名为片贝史文的学者道歉，一边在他的对面落座。魔利打从一开始就满怀恐惧，因为她被领进的东日旅馆的那个客房，是个完全静谧的世界。不但东西掉下去不发出声响，连魔利的声音和片贝史文的声音，也像在一瞬间就被吸到什么地方去了，消失无踪。过了好一段时间以后，魔利才明白过来，墙壁里应该装有隔音装置。但这所有的声音马上被吸收不见的状态，仍对魔利造成了威胁，简直像是有条鱼会吃掉片贝史文发出来的声音，以及魔利自己的声音。但凡所有的声音一传到空气里，就会立刻被那条鱼吞光抹净，连揭翻页面和铅笔掉落，都如同从未发过声响似的。那一条会吃掉声音、无眼阔嘴的鱼会神出鬼没地吞下任何声音。魔利即便在一般的地方讲话，也不容易听清楚自己的声音。魔利想起自己有一回采访过一位叫兼吉宗佐的专门研究声音（？）的音乐学家，他曾提及装设在墙壁里的那种隔音装置。根据兼吉宗佐的描述，他发明的那种装置，是在墙壁里塞入特殊的海藻。想必东日旅馆的墙壁里同样塞满了那种海藻装置，达到彻底隔音的功效吧。魔利前阵子到国际京都旅馆，走进客房一看，发现新近的豪华旅馆全都采用了兼吉宗佐的秘密武器，她还不禁担心这么一来，外国旅客们会由于街上的嘈杂和旅馆里的安静之间的音量差距过大，精神产生错乱呢。

魔利认识一个最近刚去欧洲游历回来的人，听说那里和魔利当年出国看到的一样，马路没有到处挖挖补补，街上也一片安宁。从杂志刊登的阿兰·德龙与罗密·施耐德住在意大利的旅馆照片来看，魔利怎么都无法想象，他们如何能在那阒静无声的异样情境中谈情说爱呢？魔利曾被安排独自住进国际京都旅馆，当她踏入客房的刹那，倏然察觉房里悄无声息，于是希望那位初次见面的柳田健，能顺道陪她一起进去，便不由自主地回头望向站在走廊上的柳田健，只是领路前来的服务生和柳田健自然不会明白魔利的心情，站在房外的两人不懂她为什么磨磨蹭蹭地不进房里去，一齐露出了不解的表情。

周遭安静固然是个问题，倒还不大严重，问题是连自身发出的声响，也悉数被墙壁和地毯吸纳殆尽，这感觉才令人格外恍惚。魔利的人生本就含混不清，这下子变得更加朦胧飘忽了。平时魔利除了不小心弄掉了物什以外，鲜少发出较大的声响，现在更觉得自己仿佛变成一缕游魂了。

又岔到旁处去了，话题拉回到东日旅馆里的罗夏测验。魔利坐在鬼屋般的无声房间里，端详着片贝史文的手边。

片贝史文像变魔术般，把东西从提包里取出来，依次展示给魔利看。那是她以前在《东洋画报》上看过的，像是剖开核桃把里面的核桃仁熔化成奇特的形状，再拓印出来的墨渍图片。魔利吞吞吐吐地说出感想，约莫从第三张图片以后，她开始慌张无措起来，因为每一张看在她眼里，全都是可怕的恶魔和魔女。比方她觉得这图形像是两个魔女的计谋得逞，兴高采烈地面对面跳着舞，还有地狱的炽焰在两人的周围火光烈烈。就这样，自始至终，映入她眼帘的全是恶魔。片贝史文似乎同样从第三张开始感到有些诧异。

魔利暗自思索，并且深信这样的结果肇因于自己出生后的奇妙命运，以及接连遭逢罕见不幸的前半生。平素她虽过得吊儿郎当，但就在被关进这无声的房间，面对施测者的瞬间，那遥远过去的恐怖遭遇一股脑地全部倾泻而出。魔利不断诉说着对恶魔的恐惧，渴望被放出这个无声的可怕房间。至于实验的结果，如同前面说过的，证明了魔利的幼儿性格。根据分析，她具有内向性格，也有一般的常识（这点颇为出人意表，但魔利似乎自以为本来就有常识，很是得意地四处宣扬。只是，一个有常识的人，会在受邀参加颁奖典礼时，误闯领奖人的休息室吗？），不过，最后“归纳的结论”是“幼儿”。以魔利的年龄而言，片贝史文实在难以相信测验结果竟然会是幼儿，怀疑她是否有些刻意导向这样的结论，并将这点注记在记录上。对此，魔利似乎很不高兴。魔利说，她和孩童们非常谈得来，这世上最爱的就是小孩，相当自豪始终保有童心。

随魔利怎么自揺自夸，都不关咱家的事；若真要说上一句，魔利的漫不经心，只要不波及咱家——万一吃了怪药暴毙，咱家可要伤脑筋了——倒还挺有意思的，可她自豪的“童心”若是在小说里探头探脑，麻烦就大了。在小说里露出童稚的一面是魔利的法式风格。若说法式风格，只怕要惹恼魔利，可魔利的“法国情结”甚至可以说是与生俱来的，即便说早在魔利爱上法国之前，法国的血液已在她体内流淌也不为过。

——魔利生性吝啬，不管收到多么无聊的馈赠都很开心，却十分讨厌送人礼物，哪怕多么微不足道的东西都舍不得拿给别人。她生长的环境不算差，所见所用全是美丽的物什，她不做龌龊的事，但也没有严重的洁癖。在日本长大的魔利抵达巴黎不久，便从周围的法国人之中找到了同胞。在日本特有的社交场合，那种每个人都像在恶意的外面裹着一层砂糖的糖衣锭般相互攻讦的场合里，魔利不晓得该如何应酬才好。来到这里，身旁换成了外国人，一个个性格独具，魔利倏然如鱼得水，几乎称得上左右逢源，没来由地愉快极了。喜怒哀乐只写在脸上，有时态度冷漠但没有恶意。觉得自己陷在梦幻般的爱河之中，但旁人看不出正在谈恋爱。那些爱漂亮又贪嘴，喜欢花和巧克力，举止欠佳，会遭到魔利所属阶层唾弃的女人，魔利反而很能体会她们的心情，并且相处融洽。她甚至有办法住在中国的后巷杂院里。由于魔利既不是日本人，也不是英国人或德国人，换言之，她是最接近法国人或中国人的一种精神上的混血儿。把魔利放到巴黎时，她完全可以融入其中。那个曾是魔利丈夫的男人，有一次望着身处巴黎的魔利，十分感慨地说：魔利是法国人呀。

先把这些搁下不谈，两个法国人的影像在脑中挥之不去时魔利所写下的小说，正是魔利潜意识里一直渴望以“陶醉与痛苦”为主题书写的作品。尽管内容稚嫩，终究开花结果完成了魔利所谓的“炽烈的爱情小说”。与此同时，盘根错节在魔利内心深处的“法国情结”犹如溃堤的大水般奔涌而出。魔利忽然渴望从法国的世界里挣脱逃离。魔利说，从心底震颤与诱惑着她的法国香馥，像个坏女人般缠着她不放。

喜欢法国无妨，但魔利的法国情结真教人伤脑筋。这话可是出自她自己之口。魔利的父亲欧外可谓一位欧洲行家，从他翻译的文章，乃至以罗丹和花子为主角撰写的小说[1]，都能窥见融合了和汉之美的欧式瑰丽，打造出比真正的欧洲更为辉煌的欧洲。不过，欧外的欧洲有其雄厚根底，但魔利的欧洲却无所本。她仅仅凭着住过巴黎半年、在南欧游历一年的经验，不时把法国、法国挂在嘴边，自以为了解法国，事实上自信和实情之间相差了十万八千里。根本不用出动法国文学家，只消找个法文系的女学生来问上一问，立刻就能戳破魔利的法国牛皮。简直比遭到食人鱼袭击的牛，更加不堪一击。

魔利自暴自弃地说道：

“我对法国一无所知，对法国文学也一窍不通。我的法国只是一座空中楼阁。”

“就算是这样，假如我拥有的不是幻影，那又是什么呢？如果我看到的不是幻影，那……我既没把不存在于现实中的美丽事物，当成真实存在的东西，也没那样想呀……”

唉，真要把魔利的蠢傻写个透，只怕永远写不完，弄得她也挺尴尬的，不如写一桩今天早上刚发生的事件，给这篇文章画下句点。

近来，魔利和野原野枝实一道参加名为舢彻治[2]的诗人举办的读书会。魔利对于诗比小说更不懂，但那位她所敬爱的、仿佛能了解他心中的喜悦与胸口的悲哀、直到他死后终于明确地烙印在她心口的甍平四郎的身影，似乎依然映在她眼底，并成为永恒的印记。看在抱持如此想法的魔利眼中，舢彻治是个

1　法国雕刻家罗丹曾以赴欧登台演出的日本女演员花子为模特儿，完成多件作品。森鸥外曾以罗丹和花子为主角，写了短篇小说《花子》。

2　喻指三好达治。

风格独具的人，而一同参加读书会的人们所吟写的俳句和文章同样字字珠玑，总是让魔利瞪大眼睛听得入迷。舳彻冶和平四郎同样是小个子，总是穿着和服，身上的外褂与平四郎的有些相像，一双细小的三角眼望着天花板的边缘，嘴里连连“是啊、是啊”地应答着，一边断断续续地说话。舳彻冶和平四郎吵过一架后没再往来，他说真想再和平四郎见上一面，一喝醉便衣襟大敞，和服与腰带拉成了H形，好像寿美藏演出歌舞伎《缩屋新助》最后那一幕，一只手把腰带拼命往上扯的模样，涨红着脸说道：

“是平四郎教我怎么看出事情的本质的……可我到现在，还是不觉得我有错……”

这位舳彻冶得到了艺术院奖，魔利想看他上电视节目的样子，但家里没电视机，约好去野原野枝实家一起看，于是今天起了个大早出门，匆忙间没确认好行驶路线就跳上巴士了。

平时巴士的终点站是在高架桥前，今天等到她察觉时，巴士已经开上高架桥了。再定睛一瞧，过桥了以后的景色大不相同。就在她狐疑之际，巴士又经过了一个从没见过的铁路岔口。魔利问了司机，这才知道已经过了月林站，她于是下车往回走（魔利每回出门快要迟到时，总是伸长了脖子往前跑，脚下的凉鞋一再被石头绊到，她想象着晚报上刊出自己被车子撞死的报道），但走了好久都没看到那座桥。直到魔利发现一个“月林派出所”的巴士站牌，才明白过来月林这里有三个站。魔利只知道在野原野枝实家附近的那一个月林的站牌而已。她看到有一班五十五分的车，换算自己坐过站的路程，就算走一站也要迟到了。于是，她向一个站在月林派出所站牌前的女学生问道：

“请问月林那座大桥在哪里呢？”

那个女学生白皙的小脸上，只露出一抹冷冷的笑意。魔利打从心底发怒：“我虽是个表面冷漠的人，但那是无法改变的习性呀！我真不懂那些故意挤出冷笑的人，究竟是什么居心！”还好，站在一旁的男士告诉她：

“如果你问的是那座高架桥，从这里直走还要走上好一段路喔。”魔利于是消了气，脚上的凉鞋重又踢着石子往前走去。魔利自从三岁上下摇摇晃晃学走路起，那双腿脚连到身躯的部位——如同蝴蝶铰链般的关节就不大灵光，多年以来都不善于步行，从二十岁以后，走路时经常险些跌跤，随着年纪增长，任谁都知道她的步履蹒跚，忍不住提醒她：“小心！小心！”这句话老是惹得魔利气愤难耐。每当野原野枝实嚷着要她小心的时候，魔利总是气呼呼的。

好不容易总算走到了高架桥，魔利发现高架桥和马路不是平行的，而是横跨过路面。也就是说，巴士驶过了魔利陌生的马路，沿着桥下的堤防，把她载往从没去过的道路了。魔利总算理出了头绪，迈开步伐往前走，对于赶上节目的播映已经不抱任何希望了。不可思议的是，当她抵达野枝实家的时候，野枝实还在睡觉。原来，魔利房里的时钟，整整快了一个小时。

这天，魔利还收下了野原野枝实早前答应送她的大衣，起先听说是野枝实学生时代穿的，以为是百货公司的现成货，没想到竟是定制的，而且颜色接近魔利喜欢的深蓝色，尺寸也够再往里面塞些保暖衣物。身为法国人的魔利喜不自禁，立刻穿着它踏上归途，在回家的路上掩不住满面的喜色。

“好心有好报。”

魔利在心里暗念着用错的俗谚，神采奕奕地走向梦冈车站。倘若仔细端瞧，自然晓得她上了年纪；可乍看之下，只见一张年轻得像小学生一样的面孔，脸颊上的斑点透着绯红，深蓝色的大衣衣摆翻飞，踩着不稳的脚步急吼吼地往前赶。魔利这时的模样，简直像个面露呆滞、泛着傻气的七岁小女孩，急着去向爷爷奶奶索讨明天圣诞节的玩具、夹心糖还有玩偶似的。任凭横瞧竖看，也不像是那个能写“炽烈的爱情小说”、拥有两个崇拜她的女读者尊她为作家的牟礼魔利。

纵使这天早晨，路上来往的行人朝魔利瞟以轻蔑的眼神，她也没生气，只管飞快地往前直走。

独一无二的魔利

“天哪，真教人绝望哪！”

魔利百无聊赖地嘟哝着，照例趴在床上良久，斜着倦眼往周边瞟了一圈。她说的绝望，是指已有好几天都写不出小说了。不过瞧她的表情，并不真像走投无路了。

“船到桥头自然直吧！”魔利接着嘟囔了一句。

“船到桥头自然直”这句话是魔利的肺腑之言。大致说来，魔利的心态已经懒到连油瓶子倒了都不扶一下，啥事都不想干。只想赖在床上读推理小说，不去想削减膳食和零嘴费用，豪气地把每一本周刊全买来看个遍，报纸也再增订三家共看七份报，好整以暇地啜饮红茶，嚼食巧克力。

——魔利深信自己是上等人，因此，即便很喜欢看周刊，仍是连做梦也没想过自己其实颇为庸俗。比起施尼兹勒的《爱情儿戏》，魔利觉得看柯南·道尔的《福尔摩斯》更有意思。魔利秉持着上等人的心态，浏览着人们的飞短流长，阅读她最有兴趣的影剧圈报道。魔利还有其他数算不尽的嗜好，倘若要详细列举她的兴趣，只怕要占去这篇小说的一半篇幅了。比方魔利喜欢享受喜剧性的气氛，而周遭恰有无数的题材，供她撷取出欢乐的分子。虽说是喜剧性的嗜好，却不是指观赏喜剧。好比阅读甍平四郎散文里的某个有趣的段落就是其一。在甍平四郎的散文当中，就有会让人滚地大笑且饶富深意的诙谐。这该称为幽默吗？魔利不喜欢“幽默”这个名词。更甭提她根本不懂幽默这个英文单词的意思。人们经常解释这个单词，却没能写得让她通透明了，她根本不耐烦细看那种论理说事的文字。再加上大家老把既不有趣也不悲伤，总之无聊透顶的东西，嚷嚷着哎呀真幽默，要不就在文章里夸赞实在幽默极了，而那些或说或写这字句的人，不自觉地流露出“只有我懂幽默的真谛，这才有资格称为上等人”的傲慢，那股傲慢犹如毒蛇的毒气一般，朝魔利这边喷吐而来，简直把她当傻子看待。但在甍平四郎文章里的诙谐并不是幽默，嗯，该说是“滑稽”吧。那是能够直捣人性深底的滑稽，可又使人心情愉快，让魔利笑到抱着肚子喊疼。比方她忘了是斧锐次[1]的初期还是中期，应该是他初期以贫穷或离婚为主题写的小说，让人读来哈哈大笑，这就是一例。还有鸥石的《猫》[2]，这类拿周遭事物写成的小说也十分精彩。《猫》从开头到结尾都教人看得喜眉笑眼，魔利尤其喜欢的是接近尾声的地方，拖拉磨赖着不讲明到底几时要去买小提琴，老是停留在柿饼的影子映在纸屏上，时不时去吃上一只的情节那里来回兜转。鸥石文章里的滑稽也散见于其他社会小说，这得多读些社会小说才能发掘出

1　喻指宇野浩二。

2　大概喻指夏目漱石的《我是猫》。

来。比方信泽纠[1]的《蝙蝠和油伞》等等。还有豹野文八[2]的《巧克力》《妻子学校》等。又如赤泽泪谷[3]的改编长篇小说《无情谷》《石面具》《银白鬼》等，尤其赤泽泪谷写了附录，说明命名时玩的文字游戏，例如杰克姆称为皱荐、阿泽鲁玛叫作痣子、伊凡奴唤成疣子等，以及在上个晦暗的世纪随处可见灯笼、蜡烛、箱型马车的法国伊夫堡地牢的趣味性，还有人死后就一了百了等等，整部小说全是趣味的巢穴。这些都和阅读文学脱不了关系，也和阅读施尼兹勒有所关联。除此以外，欣赏像冷冻人一样的爱侣（他们在咖啡厅里凝视着对方，香烟夹在指间，腿脚交叠成优美的姿态，就这么僵固着没移动分毫，宛如把爱情的氛围冻结起来），以及观赏镜头中出现这种爱侣的日本电影，亦是另一个例子。各种惨绝人寰的悲剧发生，人们瞪大眼睛，面容狰狞，露出临死前的神情，像歌舞伎里的恶徒乍然现身。当女主角款步而行，镜头由她的纤腿往上带到脸蛋时，感伤的配乐恰巧掀至最澎湃的高潮，正所谓俊男美女，哀恋悲恋，珠泪暗流的沸点。观赏和读览这类作品令魔利无比喜悦。魔利时而暗自窃笑，时而喷笑出声、前俯后仰，并且由衷感谢这些小说和电影的制造者，更殷切盼望他们能为魔利，以每周一次的飞快速度提供这样的杰作。

其余的时间全拿来浮想联翩，这便是她脑中勾勒的完美生

1 喻指剧作家、导演、小说家饭泽匡。

2 喻指小说家、导演狮子文六。

3 喻指黑岩泪香。

活。也就是说，那句话源自魔利“好逸恶劳的人生观”。

魔利的神情没透出丝毫疑怪，一派闲适地打量四周，这时才发觉房间的亮度不同于以往。

这到底是什么光线呢？难道是伽马射线，还是贝塔射线照进来了吗？……魔利的屋里不分昼夜，向来亮着一只六十瓦的电灯泡，整间房室在白天总像飘浮在奇妙的光线之中。那种奇异的光亮，既像白昼的日光和电灯泡的光线相互抵消，又像六十瓦灯泡的光线没法盖过白昼的日光，只得不知所措地朝四下乱洒。那亮度好似明亮得炫目，又仿佛透着些许黯淡。白天来到魔利房间的人们，在进门的刹那，无不被这光亮吓得眯起眼睛，立时问道：

“好刺眼啊，我可以关灯吗？”并顺手扭灭了桌灯。

魔利的目光宛如已经习于光明的猫头鹰，虽没开口阻拦，却朝关了灯的人投去不悦的一瞥，心中忖想：

“这难道不像在沙漠中的太阳，原本已隐没在云间，眼下又扬起金黄色的漫天沙尘，可不是让阳光变得越发黯淡了吗？”

魔利在异样明亮的光线中，直瞪着两只大眼睛。那双眼睛虽大，却没办法把东西瞧个分明——近视加散光，好像还有老花，不过现时还能看报，也就随它去了。四十岁时，魔利曾找医生诊察，也配了眼镜，但戴上眼镜似乎就看不清楚前方了。戴了又摘、摘了又戴，反倒累个半死，干脆就不戴了。那时是母亲陪着她去的，应当不至于是看了庸医，或是找了烂眼镜行，总之她从此就和眼镜无缘了。魔利的视力已差，还成天待在这古怪的光线之下，只怕这双眼睛会越来越不中用，可她房间的采光不好，点了灯嫌亮，关了灯又暗得连书也读不成。何况，倘若不开着电灯日夜放射致命的光线，整个屋子就会昏昏暗暗的，连艳红的釉罐、里面装着如新雪般美丽的砂糖、红茶的色泽、无糖浓缩乳的浊白、印有波提切利的蔷薇的茶碗、透明的牛奶壶、泛着深紫罗兰色光芒的镀铝饼干盒，这些能让魔利的眼睛享受盛宴的光景，都成了朦胧一片，黯淡无光。

房间北边的墙壁装了一整面像坚硬的黄钻石的玻璃窗，隔开了户外和屋内，而上方的两片透明玻璃映出来的天空和树木，同样透着几分黄，这两片玻璃窗上终年布满雾霾似的水汽，使得房里的光线变得越发诡异。这也难怪，毕竟多数时候，屋里的厨房总在煮着东西，不是烧洗手水，就是烧要灌入热水袋的水，要不就是泡红茶的开水啦，冲绿茶的滚水啦，洗衣服的热水啦，午餐的罐装洋食啦，燕麦粥啦，等等。桶装瓦斯的火力十分惊人，一眨眼就沸腾了。有时只想烧些热水，一下子就全部蒸发了，连一滴水珠也没剩。再加上魔利的腰腹根本像装了十公斤重的大石头，就算听见水滚了的声音，依旧迟迟没法起身。魔利对于自己的赘重越来越不想提起。手上的蹩脚小说再写一行、面前的餐食再吃一口、汤汁会冷掉、红茶会发凉、刚洗好的脸得赶快抹上乳霜才行……魔利多数时候就这样找借口拖拉，于是桶子里的热水咕嘟咕嘟地响，水壶里的开水咻咻直叫，蒸汽蹿冒，烧烫的水就这么又滚了好几分钟。于是，上方的整面玻璃窗，就像夏天的水杯，或是魔利喜欢的那只能透出夏季西洋菊的花瓶一样，不停地冒汗。说花瓶会冒汗似乎有些古怪，魔利的花瓶全是玻璃制的。

说是玻璃制品，听起来挺有模有样，其实魔利的花瓶净是些六棱柱状的砂糖罐、苦艾酒或可口可乐的空瓶，或是英国制的酸橙果酱瓶之类的，真正称得上是玻璃制品的，只有宫野百合子赠予甍平四郎，平四郎又转送给魔利，经过了一番辗转际遇的那只平底大玻璃杯而已。这只大玻璃杯，与其说是甍平四郎送给魔利的，实际比较像是在魔利的暗示下，平四郎不得不送给了她的。平四郎晓得魔利很喜欢玻璃的东西，当他发现魔利眼睛死死盯着他身旁的玻璃制品不放，就被逼到不送她不成的下场了。魔利虽没想打这种如意算盘，可她那双眼一瞧见想要的玻璃制品，便被紧紧吸住，再也离不开了。这种犯傻的瞬间，连魔利自己也不知该怎么办才好。

当魔利的眼睛盯上了那件玻璃制品的刹那，心想糟了，却被平四郎捕捉到她这一瞬的反应，于是起身拿来，放在魔利面前的桌子上，并说："这就当作是庆祝《父亲的踅音》出版的贺礼吧！"魔利已经通过这样的流程，收到两件美丽的玻璃制品了。

甍平四郎是一位与野原洋之介不分轩轾的诗人作家，至今依然保有他还被唤作是"青井家老幺"的幼时的淘气鬼性子，同时又成为了伟大的怪杰作家。他并非把魔利当成女人来爱，而是视她为有点儿怪的人类。身为怪杰作家的平四郎，那一双被毕纽雷（欧外翻译的《蛙》当中的木匠儿子）劈中脑门的那只青蛙似的眼睛，有时候会突然从上方望向魔利。

对平四郎而言，魔利不单暗中恐吓他必须送上玻璃制品，还会弄错设宴款待的日期，在他没有邀请她的日子去他家做客。平四郎曾收到魔利的邀请函，可上面既没写地点也没写时间日期，只得又捎了询问的明信片回去。他曾收过魔利连寄两封内容相同的长信。有回请魔利参加法事，她没带手提袋就走了，只得帮忙送去大森（地名）让她带回家。平四郎往那个袋子里探瞧，只见里面各搁着一条洗干净的旧手帕和一条簇新的手帕，还有一只旧钱包，上面的三道折痕都已破损透光，可以说是一只贫寒至极的编织手提袋。当时恰逢圣诞节即将到来，平四郎决定借此机会送她一件礼物，由于魔利出门似乎总是带着不少东西，于是他便送了她一只大的皮手提包。后来，平四郎收到了魔利的答谢函，说她得到这份厚礼，放声哭得像个孩子一样。总而言之，如上面所述，魔利是个让他错愕又棘手的人物。拜访平四郎的女客人数不算少，可没带皮包的人一个也没有。平四郎心想："她连套装也没有。好像也没高跟鞋。她每一次来家里时，总是穿着毛衣和杏子送她的大衣，趿着没跟的鞋子上门。"每当平四郎望着魔利坐在他面前恭谨地问安时，总是有些介意："我要是她的男朋友就会帮她买妥全身的穿戴，可她自己应该已经有钱去买了才对呀！"

麻烦的是，魔利虽对穿戴在身上的色彩相当神经质，却压根没顾及材质的不搭衬。她会穿着含做工在内共九千元的和服与特制的织染腰带，手里提个三百八十元的编织袋走在路上。初春时节，为了营造清新的感觉，她特别在和服的领口搭上洁白的装饰用短幅交领。此外，为了增添不便直接穿在身上的柔嫩色彩，她会戴上水蓝色的手套，或是带着青瓷色的袋子，这在她看来是至关重要的。

当魔利受邀前往甍平四郎家时，赫然发现平四郎坐在四方玻璃拉门里惯坐的位置上，神情自若如常，不像是在等候客人前来。魔利顿时不知所措，可也只能算她自作自受。

话题又从魔利的房间岔到别处了，横竖魔利讲话老是岔题，一旦往旁线走去，便再也拉不回来。她跟别人讲话时也是这样，老在不知不觉间说到了八竿子打不着的事情上头，连她自己也不晓得是从哪里谈到这上头来的，于是问了对方：

"我原本是在说什么呢？"

对方略显惊讶地半张着嘴看着魔利的脸一瞬，告诉她："在讲意大利的天空。"魔利恍然答道："啊，对对对，我刚才在讲那个！"于是重又续上方才的话题往下讲。魔利说话时，多半会往旁枝末节讲个没完，再霍然跳回原本的话题，而对手只能容忍她一再使出这般精湛的巧技畅所欲言。反正她讲话本就没条没理，就算岔到旁路上也没多大差别，不过，魔利似乎也在反省，即便是无聊的内容，还是扣着主轴（？）讲比较好。

现在，再回到魔利房室的玻璃窗上。

异样的光线渐次明亮，魔利房间的玻璃窗随之闪耀着奇妙的黄色，但是窗前放上了一面无框的长方形镜子，因此只有那个地方的玻璃好似被切出一块方形的铅灰色。宽大的床铺框架上搁有浅绿色的苦艾酒空瓶，瓶里插着表面涂蜡的人造玫瑰花，宛如在魔利杂乱无序的房间里蓦然出现了赛姬[1]似的，格外鲜明。这是魔利近来最满意、最自傲的室内装饰。

那是法国制的人造红玫瑰，色泽朱红，不若日本的人造花那般栩栩如生，充其量只是假象。花茎是深蔷薇色的，还有夸张的偌大花刺，尽管透着些许紫红的绿叶比较像真正的叶子，整体仍呈现浓厚的装饰性，与苦艾酒的瓶子十分搭衬。虽说是

1　赛姬（Psyche），希腊神话中的人类灵魂化身，是个非常美丽的少女。

搭衬，却简直浑然一体，甚至可以形容为蝴蝶和花儿正在交配。花儿和瓶子，魔利亲手搭配完成的“美的结合”，比鲁奥[1]的彩绘玻璃更美，令她爱不释手。这花儿和瓶子，不谈人道，也不讲宗教。举凡美的东西，必须通过与良善或美德媾和，方能展露出最耀眼的光芒——魔利可是不接受这套理论的。魔利深信，美就是美，即便不与道德交好，美永远都是最伟大的。美，凌驾于任何东西之上，所以和宗教、恶德毫无相关；也和理论、思想没有关联。当然，魔利的所有想法都像是儿童的直觉，她除了凭借这股儿童的直觉书写随笔和小说，再没有其他足以活命的手段，只得依样写下来罢了。

——不管她是否只能拿儿童的直觉充作材料，若不靠这直觉写几个字出来，万一存款见底归零，从那天起她就得喝西北风了。除了写小说以外，她手无缚鸡之力，连当女佣都不成（要是她模仿鸿田文[2]，自愿去当艺伎茶屋的女佣，想必不到半天就会被人家赶出门了。毕竟，哪有女佣比艺伎还晚起床的呢），如此一来，除了找个人来人往的街头坐在地上，捡拾人家扔下来的钱以外，她再没有其他好法子了。假如她有本事代替女佣帮忙家务，兄弟姊妹应该都会欢迎她一起住，问题是，众人皆知，若是扛起照料魔利的责任，到最后整个家都会被魔利搅得没法过日子，所以不会有人愿意主动接她一起住。把魔利迎来同住，就

1　乔治·鲁奥（Georges Rouault, 1871—1958）：法国画家、雕塑家，曾从事教堂彩绘玻璃的修复工作，作品充满扭曲的线条与强烈的色彩。

2　喻指女作家幸田文。

和带回半个病秧子没什么两样。除非自己单独住，否则魔利绝不会亲手打理家事；哪怕身边只要有半个人在，她可是油瓶子倒了都不扶一下的。魔利连坐着都嫌累，到别人家拜访还懂得坐得端正，若是待在自己的屋里，除了吃饭、化妆和洗澡以外，不管是写稿也好、看书也罢，全都是懒洋洋地躺在床上完成的。可以说，魔利的人生就是懒躺在床上的人生。

魔利的兄弟姊妹、朋友或编辑，若是知道她窝坐在某些咖啡馆的角落，又恰巧经过那里时，有不少人常会进店里搁下一两百元代为结账。尽管只是区区一两百元，可次数一多，还是会瘦了荷包的。依照魔利乐观估计的范围来看，他们好像愈来愈少经过魔利待的地方了。

因此，魔利虽没打算趾高气扬、信誓旦旦地向人家夸口——也不会有人认为这叫炫耀就是了——自己房里的花儿和瓶子，比鲁奥的彩绘玻璃还要漂亮；抑或即便魔利把它们带去波提切利的工坊搁在窗边后就溜走，她也有信心波提切利绝不会在确认魔利离开了以后，就把它们拿去扔掉。即使这样的想法看似稚气，可魔利认为文章就该依自己的想法诚实写下来，因此魔利也只能把魔利的看法，原原本本地写出来了。

除去在女学校里学到的教诲涵养以外，魔利一无学问二没知识；在撰写给成年人阅读的小说时，举凡应当具备对世间百态的了解、对错综复杂社会的熟悉，魔利连一项都没有，即便拿她深谙的女人心理当例子，她也只懂少女的心理，既不明白三十岁女子在想什么，也不知道寡妇的心境。

——或许有人会说，想探知社会或职业的内幕，只要仿效专业小说家的做法，雇人去调查就成了；问题在于，魔利一来没有资金，再者即便她战战兢兢地把存款领出来，也不晓得该告诉对方从何查起。这好比裁缝、烹饪、清扫样样不懂的主妇，根本没办法向女佣下达命令。拿缝纫来说，魔利只会缝制抹布和包袱巾这类四方形的东西，别说做出一套衣裳了，连做内衣都没本事。她拿扫帚和捣杵的手势，也与一般人相反。魔利洗衣服得耗上好几个小时，绞干时得全身跟着转腰扭颈的。因此早在以前曾经雇用女佣时，她就不懂该吩咐家里的女佣做什么事。如今的情况也和当时相同，就算要央托别人调查，她也不知道该怎么委托，又该查些什么才好。如此一来，受托的对方也只能爱莫能助地走掉了。假如世上矢州志是魔利的叔父，埴轮不三夫是她的另一个叔父，或许还能私下传授她几招窍门，可眼下的魔利和现实社会完全无缘。她是无缘的众生。即便和别人会面，对方介绍自己在某家公司工作，魔利也只是左耳进右耳出，茫然地望着手中的名片而已。

好了，那雾红的花儿和暗绿的透明瓶子合二为一以后，不分昼夜，总在玻璃窗前映出它们的幻影，任由魔利投以憧憬的眼神，而窗外日正当中的阳光与电灯泡这两种异质的光线，仿佛交缠迸出一抹白皙的火焰，一片不安的明亮格外诱惑着魔利，将她带入深深的陶醉之中。那是一种深不见底，完全无法探知的浓重陶醉。

却说人们鲜少有机会陷入陶醉，更何况被带往深深的陶醉，纵使在情侣们的精神层面上，似乎也少有这样的现象——只不过，或许精神和肉体的分界，就如同这个屋子里的两种光线一样，难分难解——又或者，魔利其实是个幸福的人儿。

不过，魔利对玻璃迷恋的程度有些奇特，只要是玻璃什么都好，就算瞧见一只牛乳的空瓶，也令她陶醉得目不转睛，要是发现合意的漂亮瓶子，更是日日夜夜欣赏得浑然忘我，不觉疲倦。魔利自己也不晓得这是什么缘故，她是真的不懂原因何在，仿佛这是自然现象的一种，如同寒风刺骨时水会冻结，阳光照耀时便会融解，而当花瓣飘落水里，就会被凝结在水中，成了一朵冰晶花一样。魔利觉得自己与玻璃之间，有一股连她也不知从何而来的强力牵引，相互连系。

魔利这个人的体内嵌有某种半透明的、玻璃片状的东西，不管她看到什么、抱持什么情感，皆是隔着那块玻璃片的，因此大凡她眼睛所见、心有所感的事物，全部都是暧昧不明的。那感觉像是处在渺茫和鲜明的界限上，而眼睛戴着一对泛着雾光的隐形眼镜观看事物。不管看什么，都少了端详分明的踏实。面对其他人的时候，不论对方说些什么都没有真实感，末了，甚至怀疑这个人是否真的在这里呢？既然自己正在看着他，想必是在的吧。有时也会思忖着，这般喋喋不休的人原来是我自己哦，怎么会有如此蠢笨的家伙呢。那片玻璃状的东西既轻薄又厚实，属于某种朦胧体，是一种难窥其貌的东西。魔利甚至认为，所谓的“难窥其貌”，该不会正是为了魔利的玻璃所创造出来的语汇吧。隔着朦胧体朝外面看去时，美丽的东西终究成了在深底下泅泳，被水淋得湿透，浑身沐浴着晶灿水珠的物体，但又带着无法确切捕捉得到的不透明感。眼前所见的一切，似乎都带着几分诡异，在对象物和魔利之间总是隔着一个透明体。魔利与他人的情感，亦即所谓的人情义理，仿佛都在遥远的彼方，薄如淡影，使得魔利看似不近人情，而她自身的存在，亦宛如一个逐渐消逝的淡影。可愚笨的魔利偏又打起马虎眼，导致事态愈形恶化。即便对方生气地斥责她："什么嘛，亏我对你一片好意，却换来虚情假意呀！"这也是在所难免的。魔利自认为已是亲切待人了，可那亲切的分量却是天生的微量。当魔利发觉比别人的分量来得少时，连忙试图敷衍过去。这心境委实惹人同情。她虽努力赶上和别人相等的程度，可其他人好像也同步加成，使得她追得气喘吁吁。

至于那半透明的东西，由于暧昧模糊到了极点，使得魔利年轻时总觉得自己矮了半截，现在反倒对自己体内那块玻璃深暗的透明，十分受到吸引。

有narcissism（自恋）倾向的魔利——魔利对narcissism这个可能是英文的词汇并不十分明白，但她听过一位名叫Narcisse的少年的故事，于是从那里推测出意思来——对自己体内的玻璃片，感觉到一股勾魂摄魄的魅力。在她的体内那种深暗透明的东西，宛如位于外界的澄澈水底下某种稀薄的东西般，看在魔利眼里美得无与伦比，她认为再没有比这更完美的东西了。

换句话说，魔利耽溺在魔利之中，而这样的魔利又陶醉在真正的玻璃里。魔利和玻璃有着不可思议的关系。魔利和玻璃宛如融为一体，相互牵引，在不可思议的世界中紧紧相系。那是在隐秘光亮中的相依相系。

午后，趴在床上良久、望着苦艾酒瓶的魔利，被带入深深的陶醉中。那是一股掺和着近乎倦怠感的陶醉。

魔利对玻璃感到某种自恋。她感到某种近似于精神层面的女同性恋关系。魔利体内的玻璃体和真正的玻璃体之间，有着某种应和。它们互递着隐秘的眼神，暗中交换着恶魔般的笑意——至于为何是恶魔般的，魔利也不晓得——宛如某种伙伴似的奇妙关系。就像美少年或美少女们，向镜中的自己投去的目光一样。那是隐秘的、恶魔般的微笑。那是共享同一个情人的两个美女间，一种像是同志，又像是共鸣的隐秘的、恶魔般的欢愉。魔利和玻璃之间的关系，也近似于那种欢愉。

玻璃和魔利之间的陶醉。微微的性欲。微弱的、蒸馏水味道般的性爱狂喜。那和紫罗兰香皂或玫瑰香水的香氛，也很相像，是魔利最喜爱的香味。那是用某种科学的方法，把紫罗兰的芬芳和玫瑰花的香气萃取出来，变成了另一种香味。那是一种淡淡的甜香中，隐藏着一股慵懒又逼迫的奇妙魔力的香味。

有一天，魔利看到了一张瑞典少女的立姿相片，她将侧脸埋入捧在手里的紫罗兰花束里。相片中是个裸体的少女。她自腰线以下虽然已经成熟而丰满，但从肩膀延伸到脖颈和胸前一带，却是尚未成熟的娇嫩身形，而在侧脸低俯的阴影里，在身躯呈现的体态上，在没有罪恶的甜美中，隐约透显出一股放肆无礼的牵引力，甚或超越了成熟女人的魅力。魔利在那位少女和紫罗兰之间，窥见了某种自恋、某种近似于女同性恋的情感。那是属于美丽少女和花朵之间的秘密。

那是紫罗兰香皂的浓香，或是少女和紫罗兰间的秘密。抑或在藏躲着一条忌妒的小蛇的欢乐花园中，两位美女和一个男人在园子里嬉戏的秘密。魔利在自己和玻璃之间的某种交流中，发现了像这样的醺然陶醉。

幸亏现在讲的是魔利体内的玻璃，而不是谈论魔利的相貌或身材；可当魔利望着青色玻璃看得入迷时，脑中涌现的浮想联翩与无比美丽的幻影紧紧相扣，那一幕如梦似幻，无穷无尽。

若是将现实的眼光投向如痴如醉的魔利身上，想必可以看到和杜米埃[1]笔下的讽刺画一模一样的老太婆，幻想着自己身穿公主般的华丽服饰搭乘马车，并且忍不住窃笑出声，可魔利自己却丝毫不这么认为。魔利陶醉在玻璃和自己之中，她的心境犹如那个把侧脸埋在紫罗兰里的美少女。尽管她看到、感到某种不确定，事实上恐怕也由于她有些痴傻，只要一得空便仔细端详着花儿和瓶子，欣赏得全然忘我，仿佛整个身子都被吸进了那只晶莹碧绿的瓶子里。

法国制的人造花和魔利的绿瓶子结合起来，在魔利的房间里显现出一个意想不到的幻影，使得魔利的玻璃病越发变本加厉。

魔利之所以宛如做梦般睁大眼睛，玻璃病日益严重，怀着年轻女孩凝视镜子的心情趴在床上，全是因为她绝望到了极点，索性自暴自弃。尽管魔利沉迷于望着玻璃里的自己这股奇妙的陶醉当中，可她的绝望，依然以绝望的姿态，明确地单独存在着。魔利嗅闻着日之丸日东红茶和立顿红茶的香气，嘴里嚼着美国巧克力，幻想着在熊熊燃烧的烈日下采收可可豆时的埃塞俄比亚或西印度群岛。那是大英帝国君临的黑色诸国里，

1　奥诺雷·杜米埃（Honoré Daumier, 1808—1879）：法国写实主义画家，讽刺漫画家、雕塑家和版画家。

身穿柠檬色或暗蓝色上衣和裤子，佩戴黄金饰品的黑奴，手里端捧的银盘上堆满红茶、可可豆、柳橙、木薯粉、胡椒、咖啡、薄荷、番红花、矿盐等，弥漫着各种香料的挥发性香气的时代；那是海盗船在海上虎视眈眈，而国王城堡的帷幕及阶梯的暗处亦充斥着阴谋与暗杀的黑影，跳梁猖獗的时代；抑或时光再往后推移，那是一位曾驻守在英属印度的归国军官，被骄阳晒得微黑的俊美容颜上透着几分倦怠和颓废的影子，以那些当作资本谱出一段新恋情的时代。任凭魔利的舌尖上渗出对那个时代的憧憬，纵使魔利徜徉于她最拿手的陶醉之中，绝望也依然存在。

在陶醉中恣意纵情，漂浮于浓厚而温柔水面的摆荡之上，既是魔利的习惯，也是她的嗜好。魔利会美化日常生活的一切，独自耽溺其中，犹如远从古老时候侥幸存活到了现在的人。不晓得在什么因缘际会下，几乎整个人类世界到处都出现了名为复古的飞蛾，纵使是新浪潮派的电影，也都蒙着古典之美与古典音乐的面纱。虽然魔利从走在现代尖端的那些年轻人当中找到了自己，不过魔利本就既不陈腐亦不新潮，仅仅是一个憧憬美的人而已。魔利，就是独一无二的魔利。她之所以会想到曾驻扎在印度的归国军官，是来自已经步入二十九岁、历尽沧桑的阿兰·德龙（一般男人的二十九岁正值青春，但对阿兰·德龙来说，却已有沧桑的倦态了）那时的影像，一个曾派驻在西印度某地、自甘堕落的年轻军官，在回到家园后，逐渐陷入一段半是真情，半是假意的恋情里。与此同时，另一个与他在同一处驻守营区的年长军官，对他抱持着逾矩而倒错的友情。这个夹在中间既轻佻又深藏着纠葛的角色，由他来扮演最适合不过了。若是想弄成争议电影，只要掺进一些争议话题就行了。不过，那将会成为阿兰·德龙的绊脚石。姑且把阿兰·德龙暂搁一边，魔利对于自己恰巧能够融入新时代的色彩相当沾沾自喜。因为魔利身为一个小说家（？）唯一可取之处，就是她脑袋瓜里的奶液并未酸臭。

绝望的魔利睁着一双犹如缺氧鱼儿的眼睛，望向四周欣赏着永远看不腻的床边景色。魔利那ヘボ romantisme（蹩脚浪漫主义）的小说，虽是她最钟爱的爱情凶杀小说，但她也写诸如正在执笔的《独一无二的魔利》这种穿了底的桶子似的诙谐小说，可是不论哪一种，她都不晓得该从何写起。魔利虽无生花妙笔，却非常重视文章的起首。所谓的“穿底小说”是七拼八凑的，毕竟她以其不拘形式为傲。不过，即使只是絮絮叨叨地往下写，即使是平常就浸淫在这奇妙日子当中的魔利，在写作上若是寻不出个切入点来，就无法进入那个世界。她本人也是从开头的部分进入故事的世界，或许读者同样是由那个地方进去的，总之，那里是很重要的导入部分。也许这篇《独一无二的魔利》，她迟迟没能找到中意的开篇方式，以至于在写作过程中时常感到索然乏味。因为即便执笔的人自认写得妙，可是读者却没看出有何趣味，到头来连作者也会觉得无聊，这部作品就算完蛋了。

魔利的浪漫主义小说努力效法的目标，诸如王尔德的《莎乐美》、施尼兹勒的《爱情儿戏》、都德的《圣·朱利安》、雷尼埃的《复仇》，还有忘了是谁写的《艾尔佳》等等。

——像奥诺雷·杜米埃的画作那样的风格，适合交给鳗泽死地蜡[1]写成小说。至于亨利·卢梭的一幅画作里，有对夫妻面对面坐在树下，而图景右边的空间只浮现两张面孔，一个是男人的前妻，另一个是较为年轻的男子；这样的作品，则应该交由烧野雉三撰写小说。还是别妄自尊大吧。用这种和这些作家平起平坐的口吻书写，未免太奇怪了。

这目标虽然过于崇高，可魔利思忖着，不把目标定高一些可不行。老实说，若没立志写出超越奥斯卡·王尔德《莎乐美》的小说，连稍具可看性的小说都写不成。

起初，魔利根本没有定下目标。她是在偶然间发现自己写完的小说，竟然不自觉地受到了《爱情儿戏》和《艾尔佳》的影响，从此，她开始把这些喜爱的小说，当成师法的目标。这些小说不论哪一本，每一次的展读都令她如痴如醉。

《爱情儿戏》是讲述两个龙骑兵成天把爱情当儿戏，其中一人周旋在美丽的少女和能干的夫人之间的故事。《艾尔佳》是描述一个名叫艾尔佳的美艳如纤细玻璃蛇的女子，如何毁灭了一个男人的故事。艾尔佳被盾牌重压身亡，而她的情人奥金斯基则遭到暗杀。伯爵（那个男人是伯爵）攀上一架以玫瑰装

1　喻指深泽七郎。

饰的爱情梯子，往上一望，赫然发现梯子在半空中断了。他试图爬下去，却见下方的玫瑰梯子已经变成一架烈红而灼烫的金属梯子了。至于在《复仇》里的那一幕，原本在罗伦佐旁边的李欧奈鲁罗，看见罗伦佐的至交好友进来，那美丽如女人般的手，顿觉无趣地停下了弹奏吉他，搁放在桌子上。罗伦佐被李欧奈鲁罗刺杀身亡，罗伦佐宅邸的水面映着一轮红色的花形，宛如他喷洒出来的鲜血……

从上述罗列的片段来看，仿佛可以看到一个甜美而感性的老太婆，至今尚未剪断少女时期的脐带（不可否认，魔利确有几分那种心态），可魔利最喜欢的就是甜美的浪漫主义。所谓现代小说究竟是指什么？是现代的空虚吗？还是现代的忧郁呢？其中非得包含某种抽象的意象吗？以魔利的资质，根本不可能明白，但在她的想象中，应该是把由外部强加进来的老东西，自然而然地消融到自己的思维里，不是采用和众人相同的感觉与意见，而是以不受拘束的见解，从中窥得某些观点，再转化为文字，以小说的方式呈现。打个比方，并不是诸如双亲或兄弟姊妹过世就会悲伤、同父母重逢便得相拥而泣、杀人即代表可怕残酷、动手杀人必有其正当的理由等等，心的反应并没有一定之规，在自由无拘的状态下写出的才是小说。魔利深信，这才是现代小说应有的形态。如果能再罩上一片往昔的小说里那层若有似无的面纱，就能成为最上等的小说了。魔利虽不知道欧洲的小说目前的走向为何，但就她观赏的文学性电影而言，呈现的倾向是人类具有自由且不受掌控的思想及行动，整体作品亦罩着一层古典而优美的面纱。

或许魔利的小说算不上是现代小说，但纵如魔利这种完全依循潜意识写作的人，似乎也有某个声音，要求这样的人应该交代写小说的原因，以及想要写出什么样的小说来。即便非得要写成现代小说的样貌才行，可光是在现代当中胡搅一通，也弄不成个样子出来。基于上面所说的理由，魔利相信，自己对于感性小说的喜爱，绝非什么古怪的癖好。

至于她的穿底小说，有人说和法国的belles lettres十分相像，魔利听得相当得意，可她毕竟从没看过belles lettres长什么样子，心里还是没个谱的。依魔利的想法，这种小说是她尽己所能，装在高级葡萄酒的桶子里酿造而成的，她自诩和法国餐酒的等级相当；但打开酒桶一瞧，下面老早就穿了底，空荡荡的桶子里只飘出一缕酒香罢了。至于为什么桶子会穿底？根据魔利的推测，由于她写的是日常生活的样态，而魔利这个人本身，根本和穿了底的桶子没两样。水谷梅子就曾说过："牟礼女士，您这人好似身上有哪个水龙头没关紧哪！"

魔利索性自甘堕落，当个无赖，学起人家等着从天上掉下好东西来，静候着幻想的涌现。比方当她发现阿尔钦博托[1]的《狩猎》《图书馆员》《春季》《冬季》等诙谐的肖像画时，倏然对那些与鲁奥的道德浑然迥异的恐怖画作感到心倾神驰，渴望自己也能写出风格近似那种肖像画的小说。可惜，就凭魔利这块料，唯有怨叹望尘莫及的份。

"反正我又写不出像阿尔钦博托的画作那样的小说！"

魔利嘟囔着，冷不防箍起朱丽叶（*猫名*）的下巴，把它整个身子托悬在半空中。

1　朱塞佩·阿尔钦博托（Giuseppe Arcimboldo, 1527—1593）：意大利画家。

蹲在魔利身边，终日耽于冥想的黑猫朱丽叶是魔利的出气筒，这只黑猫和魔利在精神上的关联性，几乎和人与人之间相同。当它爬上魔利的膝头，打算试一试今天的运气，魔利蓦然朝它脑门敲上一记爆栗，把它当围脖似的团成球，试图将它推到被窝里的热水袋上。朱丽叶抗议地喵了两声，仍是不敌，终究被塞进棉被里面了。过了半晌，它从棉被的下方爬了出来，走到搁着猫饭碗的报纸上，背对魔利坐下，开始无言的示威。而当它索讨餐食，魔利故意视而不见时，它便大发雷霆，猛然奔上魔利讨厌的欧外全集的书堆上，或在那只里面插着紫罗兰色的翡翠、宫野百合子送的平底大玻璃杯的旁边，或是窗边相片的周围，飞快地绕着圈跑，甚至旋绕着床上的红茶、砂糖罐、巧克力盒子兜转。近来，它开始会像一个黯黑的恶魔般，踩在写了一半的便笺、瓦楞纸箱之类的东西上面走动。瓦楞纸箱里用钢笔的盒身和盖子做了分隔，里面依照固定的位置整整齐齐地摆放着合利他命、维生素B2、麸酰胺酸——

朋友看到麸酰胺酸瓶身的标签上写着“养脑素”，不由得笑了出来。魔利解释：“我的脑筋不大对劲，得吃这个。”其实，所谓的麸酰胺酸是指加了麸胺酸钠的营养补充剂，广告文案上写着这种药有助于增强脑力，最适合准备应考的学生服用，所以魔利拿它当作可保佑顺利写出精彩小说的特效药。

——浅绿色、奶油色、深红色等各色笔身的铅笔，白色、玫瑰色、淡青的圆珠笔，笔芯出水已不太顺的《群像》杂志致赠的钢笔、六角形的红蓝双头粗铅笔、肥后守牌子的折叠小刀、箍着金黄色边框的橡皮、软木塞开瓶器、指甲剪、剪报用的剪刀、装在塑料小筒子里像蚕茧似的从细孔里穿出线来的线轴、缝衣针、口红等物什。直到瞧见朱丽叶像这样四处撒气的时候，腰间宛如装了铅锤的魔利才终于愿意站起身来。

杂志和周刊在魔利的眼前堆得像座山一样高，上面再摞上收着剪报的盒子、没开封的空白稿纸、装有尚未完稿作品的盒子、书信用品盒，旁边同样有一大摞的杂志、尚待剪报的报纸、赠阅的杂志、信件、明信片、刊登了魔利文章的报纸和杂志、颜色迷人的包装纸等等。在这几座小山里，应该也夹着以埴轮不三夫的名义寄送的文艺美术健康保险催缴函（虽说应该在里面，但依经验多半是找不到的）。埴轮不三夫这位文学家和魔利之间，仅仅是透过健康保险的催缴函产生连接，他们两人除了一个是要求履行义务的人，另一个是相对的履行义务的人以外，并没有其他的书信来往。在魔利看来，这样的关系简直麻烦得要命。埴轮不三夫（正确来讲是埴轮不三夫担任会长的保险公司职员）必须寄送明信片、密封的信柬、催缴函，而魔利得要收下那些文件，双方都相当伤脑筋。除此之外，那几堆小山里面，还逐渐混入了一些会务通知、应回复的信函、收据、名片等等，万一哪天突然需要某一份文件或明信片，最好甭指望还能找得着。

像幻影般的花儿和瓶子，写作时所需的各式道具，疲累时提振精神用的红茶、砂糖等物品，到这边为止，还算是渴望跻身浪漫主义作家行列的魔利，确实应当摆在屋子里的必备用品；但是，一旁的电影杂志堆上面，摆着的那颗巨大的高丽菜，可就让人有些纳闷到底是怎么回事了。殊不知看在熟悉魔利生活样态的人眼里，其实不感意外。设若场景换成年轻的真岛与志之[1]那与银行内部同样极度冷峻，想必和厨房相隔甚远的书斋，在书籍整然排列（在那样的房间里，书本该称为书籍）的书桌上，要是放了一颗高丽菜，必定会陡然窜出妖气来，人人大为震撼，怀疑自己看错了，否则怎会看到这种绝不该出现的怪现象；可换作出现在魔利的房间里，却是天经地义。

魔利的床上有个桌用型的切面包砧板，上面摆着三公分长的红萝卜、八分之一颗高丽菜、两个马铃薯块，以及夹好的草莓和牛油三明治；床下的朱红色染织蔺草垫上，有只银色锅子里搁着每一粒都用盐搓洗得发亮的蚬贝，以及三州味噌、白味噌、白鹤牌清酒、酱油、柴鱼花等等，做妥了煮味噌汤的准备；而床尾的小桌上，还放着装在透明容器里的牛油、盐、砂糖、橄榄油、月桂叶、黄芥末、三冠牌的醋等等，这些可以用来煮出罗宋汤、德式沙拉、味噌和醋调味的凉拌菜等各式菜肴。另外，还有三只小瓦楞纸箱，与小憩片刻用的（不过魔利从早到晚都在休息就是了）红茶用具呈对角线依序摆放，里面有装了黑麦面包丁的合利他命空罐、装了胡椒的小瓶子、装了味素的三色堇小筒子、高丽菜卷罐头、牛肉汉堡罐头、罐装西红柿汁、罐装蔬菜汤等等。奢侈的魔利，除了自家烹调的肉汤、沙拉、煎蛋卷以外，即使上高级餐厅也经常觉得不合胃口。魔利确定眼下再也挤不出小说了，但为了要凑满足够成书

1　喻指三岛由纪夫。

的印制页数，眼看着目前正在执笔的“穿底小说”和其他短文的截稿时间分秒迫近，连日来心情十分烦闷，频频以罐装的西式餐点作为主食。西式罐头食品用美国生产的蔬菜汤和同样是来自美国的西红柿汁加以稀释（美国生产的蔬菜汤虽然不能直接拿来喝，但倒进西式罐头食品里可冲淡西红柿的味道，让餐点变得比较好吃。在日本，大凡西式菜肴必定散发着浓浓的西红柿味，连煎蛋卷也要淋上西红柿酱汁，魔利向来觉得很悲哀），搁入牛油块、黑麦面包丁和胡椒，魔利这才终于有了几分满意。为了达到这个状态，必须经过几道工序，这便是箱子里站着许多只罐头的理由了。

至于生切食用的食物，尤其是魔利重要的营养来源——高丽菜，则威风凛凛地端坐在魔利的房间里，在两种玄妙光线的交互映照下，白皙的粗梗叶脉透着淡绿的光泽，叶片仿佛会发出嘎吱嘎吱的旋绞声般，紧紧地包裹着，灿烂的光彩将周边的对象全比了下去，这景象实在令人震撼。这一段是魔利模仿前辈作家龙冈笙太郎[1]的《山边的风景》所写的“一颗高丽菜的光景”。今天，连摆在高丽菜旁边的那些从野原野枝实家里拿来的八朔蜜柑，也一起闪耀着橘红色的光辉。

看着玻璃的时候感到绝望，绝望的时候瞧着玻璃入迷的魔利，倏然想起一个差点忘了的约会，赶忙看向时钟。魔利过的时间和现实的时钟之间，通常都有些时差（约莫相差三四个小时）。她以为现在大概是九点左右，事实上已经是十一点三十七八分了。她今天和野原野枝实约好一起去普利

1 喻指安冈章太郎（1920—2013），著有《海边的光景》。

司通美术馆看深海鳟夫[1]的画展，再磨蹭下去，等到天色渐暗，只怕就要闭馆了。她们讲好了先在“蔷薇园”咖啡厅碰面。

魔利大梦初醒似的，准备出门了。

普利司通美术馆的响亮名声，虽然早已如雷贯耳，但魔利还没实际造访过那栋建筑物。尽管在那里举办海内外知名画作及雕刻展览的广告，并没有经常在报上刊登，可魔利觉得自己仿佛已经听过、看过这座美术馆的名称数不清多少次了。时常聚集在那种场合的精英族群生态，使得魔利还没亲自进入会场赏览，已先挨受不住那种气氛，因此光是看一次美术馆刊登的广告，在她脑海中已产生看过十遍的记忆强度。而且不仅限于绘画和艺术，还包括音乐和电影，举凡精英族群喜欢聚集的地方，魔利都绝不会去。若拿电影举例，就像最近当红的那部《阿拉伯的劳伦斯》在日比谷电影院的首映会吧。要魔利待在一群以独特的方式欣赏艺术，没有交谈声，也没有脚步声的人们当中，会让她没有办法呼吸。尽管在欧洲的那些地方，人们同样鲜少讲话，也不会发出扰人的走动声，却不会像在日本欣赏知名艺术展览的那些人那样，散发出紧张的气息。这些人一个个的脑袋里都装着要来鉴赏高级展品的意识，全部汇聚起来以后，就营造出一股异样的紧张了。那种连一根针掉到地上也能听得见的紧张气氛，会让魔利的脊梁骨发麻，而为了消除那股哆嗦，她便不由自主地想要讲些傻话。她甚至觉得如果是在音乐会里，当乐音的声波撞上那股紧张时，会被紧张的气息渗

1　喻指版画家、小说家、导演池田满寿夫。

入，使得奏出的音乐变得有些僵硬。

在那样拘束的环境当中，只有在某一个场合里，魔利能够悠然自得、自由自在地呼吸。身为戏痴的魔利，唯独在观赏法国戏剧的演出时，可以感到舒心惬意。当魔利观赏让-路易·巴伦特演出的《哈姆雷特》时，就在帷幕揭开的那一瞬间，魔利整个人自然而然地由那股紧张的束缚中溜了出来，目不转睛地盯着巴伦特裹在黑色裤袜般的紧身裤里的双腿跳跃舞动，以指尖挟着短剑的两手好似白花一般，在黑暗中熠熠发亮。法国人是由衷爱国的国民，尤其在艺术上展现美学的时候，那种情感更是格外强烈。或许是魔利一面看着巴伦特，心里如此思忖的缘故，每一句台词听在她的耳里，都像是隐含着"Vive la France"（法国万岁）的呐喊。魔利全神贯注地聆听着巴伦特讲法语的余音绕梁，他说出"cris"时的发音，真像把某个物品搁到坚硬的大理石上发出的清脆声响，魔利把那当成珍宝深深地藏进心底。魔利既是狂热的戏痴，又崇尚迷恋法国文化，当然一定要去看巴伦特的《哈姆雷特》，但由于三千元的门票有些昂贵，魔利只能去看一次，因此她把今日今夜，当作此生绝无仅有的一个晚上，尽情地沉醉在法语之中。随着巴伦特说出的台词，魔利几乎同时跟着在自己的唇上发出干涩的声音（因为不晓得他接下来要说的话，所以迟了一拍）。由于是紧跟着巴伦特的台词说的，因而从魔利唇间迸出的法语和法国人的发音毫无二致。于是，巴伦特秉着自豪结合起两种美学，使"莎士比亚的《哈姆雷特》与近代的法国舞台剧"谈起恋爱，令魔利陶醉不已。魔利深信，比起那些藏在异样的优越意识（不晓得巴伦特本身具有什么样的意识）硬壳里、表情僵硬地望向舞台的观众们，不如像魔利这样，专注地观赏巴伦特竭力要传达的内在意义，会让巴伦特更加高兴。观看《哈姆雷特》以后，魔利对于绮丽而轻快的法式表演相当感佩，更感动于隐匿在极度法国人作风的华丽呈现之下的空虚内容与空洞的感动，以至于不久后，当她从杂志上读到许多人对巴伦特演技的批评时，不禁涌起一股莫名的愤慨。于是，魔利挺身为他辩护，写下一篇标题为《莎士比亚与近代法兰西之夜》的看似出自一位对莎士比亚和近代法国舞台剧皆知之甚详的评论家之手的文章，便送去《艺术新潮》杂志了。不过，或许编辑觉得用这样的标题恐有托大之嫌，因此后来出现在杂志目录上的标题，改成了《法语中的哈姆雷特》。魔利想在文中表达的，确实可以浓缩成魔利自定标题里的意思，但要这样写，至少总得对近代的法国舞台剧，以及英国舞台剧或英国文学的其中一样有所涉猎，否则实在说不过去。魔利还记得，四十年前，她曾挽着当时的丈夫镰田环[1]的手臂，在巴黎的法兰西喜剧院与老鸽舍剧院等处，似懂非懂地观赏过*Aimer*（《爱吧》）以及*Le Paquebot Tenacity*（《坚韧号商船》）等多出现代剧，从此自认已经了解何谓法国的现代剧，因而即便在对莎士比亚一无所知的状态下，她仍勇于论述莎士比亚与近代法兰西。换个角度来说，魔利写的小说有多么可疑，由此可见一斑。当然，魔利并不是像甍平四郎那样的，能够飞越失学与无知的藩篱，跃身与野原洋之介不分轩轾的天才。她只是对美丽的事物有几分了解，因而终日向往着美丽，也希望能够把她所向往的美丽事物尽量呈

1 喻指森茉莉的第一任丈夫山田珠树（1893—1943），法国文学研究专家。

现出来而已。不过，要是一时得意忘形，万一害了魔利敬畏的甍平四郎，让批评他的文学是没有学问、只凭感觉的特异文学的那些人大力撰文说甍平四郎果然有和他如出一辙的崇拜者，岂不无异于让甍平四郎的恶评锦上添花，这么一来可就糟了。魔利这个人从来不曾痛悔前非，也不曾自我反省。她以为，世上再没有这般拥有艺术性（尽管她根本不是个像样的艺术家）、这般深爱美丽、这般具有“超越了道德的道德”（实在弄不懂她到底在讲什么），并且没有瑕疵的人了。只是她似乎也有些夸张的妄想便是了。

如同前面所述，当魔利观赏戏剧时，注意力会立刻被舞台上的演出吸引过去，于是得以从周围人们的紧张气氛中逃溜出去。但若遇上的是音乐、画作、雕塑，由于她看不懂，因而有一半的精神受到展演对象的吸引，剩下的一半，则无法从会场的人们释放的毒气氛围中挣脱出去。魔利始终不明白，为何到普利司通美术馆看双年展的参展作品，以及伦勃朗与卢梭的画作，便代表你是个优秀的人。在魔利的认知里，不管看了多么伟大的东西，魔利仍旧只是原来的那个魔利。在会场里的某种紧张气氛下变得僵硬的人们，只消出了街走上几步路，就会恢复成原本的那个人了。

魔利进了普利司通美术馆一看，优秀的天之骄子们果真一个个蹑着脚走，步态颇为造作。当然，即便里面也有些并非疑似赤痢，噢不，是疑似精英的人，但似乎连那些如假包换的人种，都染上了这种紧张病。不过，即使是没有紧张病的人，也没像魔利这样傻气，不会因为无关紧要的小事而坏了兴致，只是保持静默地与紧张的人种交混在一起。可这么一来魔利实在分不清谁属于哪一种，只觉得那一整个由灰蒙的紧张形成的群体正朝她压迫围逼。

牟礼魔利和野原野枝实照例发挥弥次与喜多[1]这对搭档的憨傻本色，搭乘电车来到银座，好不容易才找到普利司通美术馆这栋豪华建筑的大门，先是往推了也不会打开的门扉进攻一次，这才改由左手边的门扉顺利进入。总之，两人经过了重重磨难之后，终于平安抵达“圣保罗双年展参展作品会场”，来到那一幅她们有些印象的深海鳟夫画作面前了。

虽然她们没打算拿讲话来抵抗那股紧张的气氛，可两人既是弥次和喜多，总得边走边聊。她们七嘴八舌地谈着：“深海鳟夫的画具有文学性，所以我看得懂”“这张记事本的图片和皮埃尔·路易的*Le Crepuscule des nymphes*（《精灵们的黄昏》）里的插画非常相像，画得真好”“鲁奥和梵高都像在写一部苦恼不绝的人生私小说，所以让人看得疲惫”等等，到了进入伦勃朗的展览室时，她们的声音愈来愈大，连别人都听得见。魔利说：“伦勃朗的作品应当摆在像意大利的美术馆那种穹顶挑高、光线昏暗的建筑里，人物的脸和手在黑暗中隐隐浮现，要在那样的地方才好；装在这种漂亮的玻璃框里，整个房间亮晃晃的，像是高级的人才会去的大阪大厦里的牙医诊所里打的照明，这样根本和伦勃朗的风格不搭衬嘛！我真想再去看一次画作人物在黑暗中散发出犹如微亮灯火般的色彩哪！”

总而言之，牟礼魔利和野原野枝实就这样口无遮拦地畅所

---

1 《东海道徒步旅行记》的主角弥次与喜多，被用来形容憨傻逗趣的搭档。

欲言，在会场踅来踱去，甚至连雕塑品展示室里分明摆着一面威风凛然的雾银色细长板子，上面刻有“请勿触摸”的字样，野枝实仍是老大不客气地伸手去摸。即便她没像那群紧张族那般情绪紧绷，可也未免超出英语所谓的manner（礼仪）太远了。至于为何野枝实会伸手去摸雕刻品，缘由是魔利看了尺寸很小的罗丹作品《沉思者》和《青年》，说了这也是罗丹做的。“这不是模型，而是罗丹除了做成大型的雕塑以外，又另外做了这样比较小的喔！”魔利说完，野枝实立刻反驳：“这是模型啦！用翻模做出来的模型啦！”就在她们于这场深奥的美术论战中争执不下之际，始终坚持嚷着“模型啦！模型啦！”的野枝实也逐渐半信半疑，忍不住伸手敲了敲《沉思者》的背部。世上就是有这么愚笨的参观者。虽然在争辩以后，魔利立刻察觉自己好像输了，可她平素老是摆出数落对方“野枝实什么都不懂啦”的派头，眼下着实有些尴尬。

魔利和野枝实与紧张的族群一起被关在这栋完全没有通风，又和高级牙医诊所相同照明的建筑物中整整一个小时，精神已经十分疲累，她们宛如两条大鱼般翕合着嘴巴，终于从出口游入了街头的人潮中。

临离开美术馆前，打算购买明信片的魔利和野枝实之间又起了阵小小的骚动。连旁观者都难以辨别这两个到底是成熟的女人，还是懵懂的少女。

魔利先是犹豫地问卢梭的两种明信片该各买三张还是五张好，接着看到庞贝城壁画的明信片又补买了几张。而野枝实也不遑多让，嘟囔着“要寄给人家的还是买色彩明亮的吧”，一会儿又嘀咕着“还是挑这个好呢?”，简直和她买洋装的布料时一样举棋不定。她们在明信片贩卖部女员工轻蔑的注视下，嚷嚷着我要四十二号、我要六十五号，吵得一旁的那些高级的紧张人种，更是看不起她们了。

到了银座街头，这两人继续发挥饶舌的本性，唧唧喳喳讲个没完，结果同样遭到故作高尚的银座人种不屑地掩鼻皱眉。她们四处晃悠，很想吃那种只有店里才能炸得喷香酥脆的薯条，于是走进一家啤酒屋，点了一大杯啤酒共饮。两人黄汤下肚后陡然长了气焰，毫无顾忌地恣意高谈，先是说起方才那个卖明信片的女员工，瞧她那副表情，简直要从嘴巴、眼睛里飞出几头由无聊和不耐烦生成的野兽似的。可当一个站在魔利身边的年轻绅士开口咨询时，女员工转而笑靥如花，这女人何必这样惜笑如金呢？接着她们又谈起了对至亲的感想，要是听在一般人耳里，想必会误以为这两个都是不容饶恕的冷血坏女人。然后她们又幻想着葭雪俊之介[1]若是个深受柴米之苦的武士，趁着黑夜，上身直接披起染有家徽的黑色绉绸外褂，腰间松垂地缠上白色的博多腰带，随手把朱漆刀鞘往身侧一插，半悬不掉，便往护城河去垂钓禁止捕捞的金鲤鱼，岂料半途遭到挂着官府灯笼的禁卫船追缉，他赶忙飞也似的划船逃命，眼看就要被追上了，只得故意用船舷去撞官船的舷侧，高喊着："这可是禁钓的紫鲤呀，要烤要炸悉听尊便！"说着便捉起一条金色的鱼扔到对面，在官府灯笼的光影下，眯眼斜视着官员……这一幕真是太适合他了。就这样，她们两个或阔论文学，或迸些傻话，痴醉在连绵不绝的愉快谈话中。可魔利忽地想起自己

1　喻指吉行淳之介（1911—1988）：日本小说家，一九五四年以《骤雨》荣获芥川奖。

还得继续写小说的宿命，只得告别了同样与小说陷入鏖战的野枝实，带着谛观命运的神情，翩然回到那间读者们已知之甚详，有着花儿和玻璃，她写不出来也得挤出文字的炼狱斗室里了。

古怪的魔利

说魔利是遗传了父亲也好，是遗传了母亲也罢，这便是她有些异于常人的缘故。换句话说，双亲的毛病和怪癖，全都遗传给了她。（尽管我父亲思维敏捷、逻辑清晰，被誉为一晚可编百双草鞋之人，但毕竟是文学领域的相关人士，个性上有些古怪也是在所难免的。他是个精力充沛、头脑聪敏的男士，亦是著名的翻译家，纵使不是卓越的小说家，仍是一位杰出的文士。）父亲有着异样的洁癖，从不泡澡。他说："浸入浴槽里面，等于特地让自己的身躯去沾上别人的体垢。"洗澡时，他惯常在面前摆上一只空桶子和另一只盛了热水的桶子，就用这些水来擦拭全身。不晓得什么原因，父亲不用肥皂盒，总是把赛马牌肥皂搁放在标签绘有英国骑手的殷红缎面包装纸上，纸面还附着金黄色的细绳子。虽然很想把这幕情景描写得更详细些，可这么一来就不够地方写魔利的异常之处了。为了能投稿到《新潮》或《群像》，就必须控制篇幅，这道理好比想吃上等的料理，只得咬牙多付些钱一样。父亲说："你母亲老说羽左卫门[1]是个美男子，可比起羽左卫门身上带着花柳病菌，泡澡时连太太的病菌也全沾到自己身上的那种洗澡方式，我的方法

1　歌舞伎名角历代承袭的名号之一。以第十五代市村羽左卫门（1874—1945）最为著名，相传父亲为美国人，相貌格外俊秀。

来得清洁多了！”父亲用餐结束后，会把筷子戳进茶碗搅一搅，用里面的茶水冲涤干净后，再拿撕成半张的怀纸裹住筷子的前端，朝筷箱“喀当”一声搁进去。他在小解之后，也和裹筷子一样，会用怀纸包住下体，再覆上围腰布。母亲本就爱干净，在父亲的同化之下，越发神经过敏。她要推开剧场盥洗室的门扇时，会预先备妥三四张怀纸，举到大家平常不会碰触的上方很高的位置开门。歌舞伎座那些高雅的夫人和艺伎们，无不盯着她打量。夏天，哪怕只有一只苍蝇飞近餐膳，母亲必定会尖叫起来：“啊！苍蝇、苍蝇、苍蝇！”一面伸出白皙美丽的手使劲地挥赶。

母亲小题大做的尖叫声，也遗传给了魔利。魔利现在住在名为白云庄的地方（不只是现在，魔利已经觉悟将要永远住在这栋屋子里了。魔利相信，自己若不待在目前的房间里就写不出小说，因此当荻原叶子邀魔利搬去她的公寓时，魔利也是用这个理由拒绝了。富冈多惠子听闻这件事以后说：连叶子女士的邀约都能拒绝，真是茉莉女士的作风），这栋建筑物本身的肮脏，以及住在里面的人们那充满日本庶民作风的污秽，实在令人瞠目结舌。每天到了半夜或是四点左右，魔利的低声尖叫时常从室生犀星于《灰色的舌》里面描述的楼梯下的洗物台附近传来，回荡在四周的混凝土墙壁之间。魔利之所以在三更半夜洗碗，并不是因为她想要趁机尖叫，而是同一栋楼的大婶们，常把四五人份的碗盘和杯子——那些形状和花色光是看了就令人生厌的食器（不晓得为什么，她们买的食器款式，总是和那些开在乡下便当店二楼的小餐馆用的饭碗、小碟、小钵，或是鱼铺的生鱼片盘子一样；而杯子则是镇上的杂货店特地批了货给自家用，以及卖给鱼铺、便宜餐馆和这些大婶们，有些是深蓝或胭脂色的六角形，也有像牵牛花绽开花朵的样式。恐怕这些人种的最佳伙伴——奋力不懈地制造这些食器的工厂，这世上应该算不清有多少家吧)，不管是油腻腻的碗盘，还是喝果汁用的杯子（他们也属于经常喝果汁的种族。那些先杀了自己的小孩再自杀，或是杀掉丈夫或父母的大婶，总是在果汁里下毒)，杂七杂八地把一只大碗盆堆得沉甸甸的，旁若无人地背对着大家埋头努力洗碗（她们在知道魔利会写些东西以后，见到她总要说声加油。可她们那些人自然无法体悟到：魔利这人不能努力，得像这样懒洋洋的才能活下去，才写得出小说来)，而且她们几乎从白天到晚上都占着那个洗物台，使得魔利使用的那两三个透着巴黎的优雅的瓷碗和小匙，根本没有空当能够放进去洗，何况魔利也不想搁到那种脏兮兮的台子里。所谓日本的庶民，不分男女，全是会随地吐痰的人种，本白云庄的绅士和淑女也不例外，早晨洗脸时顺便吐痰，白天擦抹身体时也要喀的一声吐上一口。那声音让待在房里的魔利连口水都不敢吞咽，背上好像快要冒出疹子来了（令人不快的吐痰声细细地传来，使她觉得那痰丝好像钻进自己的嘴里似的)。“讨厌死了啦！真没想到我竟然会和车夫住在一起！”魔利大叫着，接着是一连串就算当着他们的面讲，他们也听不懂的抱怨，“在巴黎的旅馆里，就算是那个白化病儿杰尔贝吉，或是当男妾的让，我都从没看过他们吐痰。爸爸要吐痰时也会吐到怀纸里扔掉。更不用说爸爸吐痰时的声音，就像德语发音的喉音，而且吐的时候，脸上的表情也很帅气哪！”从白云庄走廊上传出的响动、交谈声，全属于魔利的世界无法容忍的噪声，惹得魔利焦躁难耐，不停地把木床的床头板撞得乒乓作响，尽量掩盖掉外面的响动。近来，魔利又遗传了永井荷风的异样作风，使情况更为复杂了。随着外面声音的大小强弱，她撞击床头板的噪声也跟着时而烦躁，时而微弱，与永井荷风的反应完全一样（说魔利具有永井荷风的遗传虽然有些奇怪，但是，当永井荷风倒在自己的屋子里死去时，他一断气，脑细胞里的坏因子立刻在空气中全部分解，由市川本八幡乘着风飞到世田谷，然后附着在魔利的头上。暂且不论这种说法有无科学根据，就情感上来说是很可能发生的）。因为那时候魔利非常迷恋永井荷风，他曾在日乘[1]（这个词好像是日记的意思。永井荷风甚至会用晡下[2]代表午后。提起永井荷风、鸥外、漱石等人的用字遣词，别说是现在的年轻人，就连明治时代出生的老婆婆也看不大懂。他们用日文写的英文和法文拼音也十分特立独行，漱石的ボイ是指ボオイ，永井荷风的モオパスサン先生，好像是指モウパッサン，而鸥外的アテエネ应该是アテネ，至于フリツツ并不是指下雪不歇的ふりつつ，而是男子的名字[3]）中提到一个以前待过吉原[4]的老太婆，并“倘为愚蠢之人，余将前去探瞧”的句子，彼时正值孤独寂寞的魔利读了那段文句以后不禁恨起了老天爷，心想自己也是个傻子，为何永井荷风不来找她呢？总之，一切古怪的东西似乎全都附到

1 “乘”为春秋时晋国史书的名称，例如“史乘”泛指史籍。

2 “晡”为申时，约午后三至五点，泛指下午或黄昏。

3 “ボオイ”即英语的“boy”，男孩或男服务生，现代日语表记为“ボーイ”。句中的“モオパスサン”为莫泊桑，现表记为“モーパッサン”。“アテネ”是希腊首都雅典。“フリツツ”则是男子名弗里兹（Fritz）。

4 位于今东京台东区，江户时代曾是幕府认可的红灯区。

魔利身上来，可都是趁着她没察觉时附着的，以至于她想掸掉都来不及。或许她该学一学在吴淞江上驾着小船运送弹药的友田恭助[1]，一直保持身体左右摇晃，这样就不会粘上那些怪东西了。回头来讲白云庄的洗物区吧。洗物台是用不等边三角形的黑色和灰色碎石片，掺入了灰泥涂抹而成的，从昭和十三年（1938）开始使用，现在已显得陈旧，整体呈现赤褐色，成了蛞蝓和蚯蚓之类的蠕虫在上面爬来爬去的极乐天堂，更是所有住民的痰液凌空落下的场所。魔利光是站在那里，就已经不由得绷紧了全身的神经。不论是赤茶色的灰泥台面，或是担放在上面的沥水板（这块沥水板上面总是附着一些不明的物体。魔利有时以为上头的是蛞蝓，定睛一瞧，原来是味噌汤里的洋葱块；有时觉得应该是背上长着条纹的蛞蝓，仔细一看，原来是在味噌汤里泡软了熬汤使用的小鱼干），魔利在洗东西时，宁死都不愿碰这些地方。包括公寓的走廊、油漆斑驳和隆起即将剥落的墙壁、厕所的门扇以及门锁，白云庄这栋尊贵建筑物的里里外外，没有任何一处能够让人安心碰触。若有人说，摸完以后去洗个手不就行了，只能说敏感的魔利可没法那样大而化之。每次她碰触到白云庄的某一处之后，那种讨厌的感觉，恰是与时下不长脑的女孩间流行讲的“酥麻感”相反的刺麻感，令人嫌恶得很。那股不管洗多少次都无法去除的恶心，虽不比麦克白夫人掌中的血渍，仍一直留在指头上，犹如残火般燃烧，久久不灭。Oh！那犹如激情过后的余韵，亘永不熄的残

1　友田恭助（1899—1937）：日本话剧演员，与同为演员的妻子一起发展话剧，不遗余力。一九三七年被征召入伍派至中国，在淞沪会战中被击毙。随军记者拍下其中弹身亡的过程，送回国内的电影院作为战事新闻片放映，一时轰动日本。

火啊！魔利对这玄妙而永恒的余焰，深感恐惧。问题是双手不利索的魔利，手上拿着或使着什么的时候常会搞砸，以至于总在猝不及防的刹那，她的手背、手上拿的碗缘或刀尖，已经碰到了赤茶色的灰泥，或布着红褐锈斑的肥皂盘，或是那一只已用得秃毛且上面沾满饭粒的洗锅刷，等等，甚至有一晚，魔利以为那是死老鼠，吓得跳了起来，结果是一团很细的铁丝。这就是魔利尖叫的原因。深夜里，公寓传来的娇喘声颇让人会心一笑，若是尖叫声可就扰人清梦了。

> 魔利的尖叫声，回荡在混凝土的山谷间，轰隆不绝于耳。（犀星语）

那些满不在乎地把大碗和锅子，放在布满痰液、蛞蝓和蚯蚓的赤褐色灰泥台面的大婶们，常会趁着魔利回房间一下的空当，把魔利的洗碗桶直接搁到灰泥台上。这举动使魔利浑身充满一股恶心的刺麻感，险些叫出声来，无奈她不好意思在大白天里尖叫。比这更悲惨的是，魔利在上厕所时不小心让拖鞋滑脱，结果光着脚板踩到厕所湿漉漉的地面的刹那。白云庄的每一处地面全都等同于痰盂，尤其是厕所的地面。这些比猫还没规矩的白云庄绅士淑女们（相比之下，魔利饲养的黑猫朱丽叶来得优美多了。魔利想起了从她窗口可以看见的那片灌木树丛，朱丽叶蹲坐在下方那块草地上的优美姿态）在吐了痰以后，只拿一柄开了花的扫帚并倒水冲扫而已，即便是扫干净以后触摸，那湿湿冷冷的触感，仍旧和摸到蛞蝓的背部一模一样。那股余焰的刺麻感令魔利作呕，她忍着跑到井边，汲起井水冲洗脚底和拖鞋，回到房间以后再把热水倒进专用的桶子里，拿缪斯牌婴儿肥皂仔细清洗。父亲的遗传在这时候展露无遗。只是赛马牌肥皂换成了缪斯牌婴儿肥皂而已。

在白云庄附近那条河的另一边，有一家名称不雅的町立澡堂，名叫花柳汤。虽然住在靠近目黑一带高级住宅的居民也不见得多好（魔利向来认为，只有她出生地的本乡，以及和本乡邻接的追分、汤岛、广小路、下谷，延伸到她第二故乡的下车坂一带和浅草——虽然魔利也想去瞧一瞧从浅草再过去的吉原是什么样，可一个妇道人家总不能在那地方闲逛，所以她还不曾去过——再由广小路一直到黑门町、日本桥、银座，还包括芝及神田，这一环区域以内够资格称得上是东京，至于其他号称是东京的地方，住的大抵都是些不怎么样的人吧），但在花柳汤的附近，住的是和白云庄绅士与淑女们同一类的族群，因此花柳汤肮脏的程度，也和白云庄相去不远。花柳汤的建筑外观在那附近算得上整洁，但进去的人同样都是些吐痰族。花柳汤的瓷砖也成了吐痰的地方，而漂在热水上的痰团，还可能会漂到魔利这边来。澡堂里那些肤色像马肉火腿的类女人（只要上所谓的大众澡堂瞧一瞧，立刻就会明白，一般被称为女人的，其实大多数都不是“女人”，而是该唤作“类女人”的东西。那些姑娘、主妇、家境小康的千金小姐、夫人们，在男人面前的害羞模样全是演技。她们在大众澡堂里的态度和动作，有魔利可以出面做证。除了偶尔有些属于住家应该有浴室的阶层，超过四十岁的太太，以及像西洋小女孩般抬头挺胸走向浴池的十几或二十几岁、令人看得着迷的女孩以外，多数的女子都让人瞧着十分厌恶。若是在澡堂看过了她们真实的面貌，就会发现再没有比那些在路上拼命把迷你裙往下拉，作态遮掩的女孩，更滑稽的了。魔利思忖着，若在男同性恋当中，有些男士的举止比较高雅，原因之一或许是他们对这种类女人的丑态了如指掌吧？魔利不曾看过澡堂的男浴室，也许男人们的举动比较粗鲁，总不至于像女人那样表里不一才对），连横尾忠则画的裸女见了也要退避三舍。而且不晓得为什么，她们喀的一声吐得老远的痰液，总是没法瞄准通往下水道的水沟，屡屡落在沟槽的边缘。这时候，这些火腿女便会伸出一只手，从脸盆舀出热水泼向痰团想要冲掉，可这动作有时看来缺乏真要把痰团赶进沟里去的积极。就像很多人在打扫房间的纸拉门时，根本没用心扫掉积尘，只是拿掸子随便拍一拍作数，亦即鸥外所说的“敷衍了事”。魔利于是捧起脸盆，与火腿女泼水的动作同步将盆里的热水全部泼光，协助冲掉痰团。魔利必须全神贯注，绝不让自己的毛巾和手碰触到澡堂里的水龙头、置肥皂处、瓷砖等所有的地方，就和在白云庄的洗物台那里一样。她在旋扭水龙头以后，一定要舀些热水来冲手。那些火腿女把廉价肥皂往头顶像土著人一样烫卷的头发上搓抹，出动十根手指戳进里面拼命耙抓。她们在澡堂里刷牙，漱口，吐痰。她们虽穿着缀有蕾丝花边的华丽连身衬衣，但毛巾却脏脏的。如果是以前一高[1]的男学生围在腰间的毛巾，魔利拿来连脸都敢抹；但要她向澡堂里的火腿女借来擦手巾一用，那可就敬谢不敏。魔利边朝那些肤色呈深桃色的类女人投去厌恶的眼光，仍以绝不容妥协的固定步骤与程序，以最快的速度完成洗浴。尽

1　旧制第一高等学校，简称“一高”，日本东京大学教养学部的前身。

管有些环节做了省略，可魔利在绝不乱套也不偷工的坚持下，急匆匆地赶着洗浴的模样，简直和两分钟之内就要切腹的武士一样。

还有一件令人想不透的事是，来澡堂的女子洗浴的程序全都一个样，好像早就商量好似的，来了十个就有十个、来了二十个就有二十个，上自洗脸下至洗脚跟的方法如出一辙。这是魔利住在白云庄归纳出来的结论。他们这些庶民，从清早起床，直到夜里入睡的一切生活，毫无例外地完全相同，连脑袋里想的事情都是一样的，谈论的话题也全部相同，所以从元旦的清晨开始，一直到除夕的半夜寺院鸣钟祈福为止，一整年间，他们的行动千篇一律，今年和明年当然全无二致，换句话说，每个庶民的一辈子都是一模一样的。他们把橱柜、缝纫机之类的家具分别摆放在屋里的两侧，没有一分一毫的偏移，就像银行摆置成列的文件柜那般整齐，甚至连折叠矮桌倚靠在墙边的位置，也全都相同，既未突出也没内缩，于是房中央留出了一块正方形的空间，他们就这么安坐其中。一栋公寓里如果有二十个房间，他们就会打造出二十个这种呆子似的空间，使魔利不禁寒毛直竖。魔利一看到那仿如从呆子脑瓜里跳出来的正方形空间，就会感到一阵大量灌饮了没味道的水似的反胃。简要来讲，那块空虚的精神空间，存在于由吐痰、污秽与奇妙的秩序所构成的生活模式中，表现出他们这些原先属于市郊的庶民和准庶民的人生。而那均一且平等的生活模式，亦在他们入浴的方式中如实呈现，只是凑巧把和他们一起进入澡堂的魔利吓得魂不附体罢了。至于魔利洗澡的程序，如同方才提过的，很不可思议地竟也遗传到了宇野浩二的古怪脾气，也就是把手臂和腿脚当成一根有四个面的棒子（宇野浩二则是当作了有六个面的柱子），拿起抹了肥皂的毛巾，将身上的每一面各擦拭两遍、每个指甲各擦拭三回等等，如同魔利的父亲磷太郎[1]的全身擦拭法，亦和叶隐武士的切腹法相同，属于某一种仪式。魔利洗澡的时候，总是用缪斯牌的婴儿肥皂，在淡红色或柠檬色的簇新毛巾上搓出大量的泡沫，把泡沫仔细地抹在全身的每一个角落，仿佛要让那些白云庄族、淡岛族好好地闻一闻这高雅的芳香。除非是天寒地冻的季节，否则她绝不踏入浴池，即便不得已必须泡澡，那挥之不去的“污秽”念头也催着她快快起身。尽管魔利万分明白，古怪的是自己，可在魔利看来，他们这些千万个高等贱民千篇一律的生活模式，正是头脑空洞的人类造出的，像某种鱼卵或细胞般低阶的、最该被轻蔑的东西。

不过，到了夏天，魔利在白云庄除了害怕碗盘和身体有可能会碰触到痰液蒸发以后留下的残痕以外，还会碰上另一个令她几乎要尖叫出声的讨厌情况。由于魔利从幼时一直到十六岁的每一个夏天，都是在一处两室相连的房间里度过的，那里通风良好，连山里高级旅馆最顶级的房间也比不上（带着绿意的微风，从青桐、枫树、杉树、枞树、木莲花的树梢间，从北方穿过两室相连的房间送向南方，在不同的日子有时会往相反的方向吹拂，凉风习习。因此每年夏天有两星期要住到房州日在[2]地方的小屋子，简直是去讨热似的。可父亲认为，为了孩

1　森茉莉的父亲森鸥外原名森林太郎，此处被女儿化名为“磷太郎”。

2　房州位于日本现在的千叶县一带，日在村位于靠太平洋的一处平原上。

子的健康，还有他本身想在那边有沙丘的院子里观测星象，以及体验他的一部小说《妄想》里主角的心境，因此要去那里小住一阵子。这对于向来讲究洗练，只喜欢都市和看戏，对其他事物一概非常讨厌的魔利母亲而言，等于是每年一度自我牺牲的两个星期），因此魔利实在受不了大热天里还穿着衬衫待在白云庄里。

于是，她只好挑选尽量没有蕾丝和刺绣、正面领口也没有开衩的儿童款连身衬衣，搭配裙子当日常的穿着。到了近两三年，魔利甚至就穿成这模样在廊道上走动。但白云庄的淑女们仍如《源氏物语》里的后宫女官一样谨守礼仪，平时依然穿着衬衫；不过绅士们可就裸着黑黝黝的上身，下面穿着内裤，或是居家穿的过膝松紧裤，四处横行无碍。当然，魔利已是老婆子了，而这些绅士们，即便和魔利擦身而过，也不会把她当成女人看待。因此，绝对不会发生像在吉行淳之介描述的酒吧里，悄悄地伸手抚着身旁女子腰际的场景（要真被白云庄的绅士摸了一把，可是万死不足以雪恨的奇耻大辱）。问题是，一个女人不管年纪上了七十还是八十，只穿着连身衬衣和裙子，就和裸着上身的男子错身而过，总是不够庄重。至少魔利打从心底厌恶这种轻佻的感觉。不知道什么时候会从哪里出现的裸体绅士身影，让魔利十分忐忑。有时候，她深夜洗碗洗到一半回房一下，再过来正要继续洗时，冷不防洗物台对面的门打开，冒出一个裸着身子的绅士来。但自己既已是个老婆子，总不能尖叫或吓得冲回房里去。魔利的父母从未在她面前表现出男女情爱的互动，长大后对此依然纯洁无知的她，只在偶然间度过了不可思议的婚姻生活，是个至今仍怀有一颗少女心的奇特老婆子。因此，尽管她不能表现出来，但对于旁若无人地裸露身体的行为，仍始终抱持着极度的恐惧与厌恶。那些像车夫的绅士们虽没把魔利当成不检点的老婆子，但这股可怕的屈辱感同样让她难以承受。然而奇怪的是（其实应该是正常的感受，没什么好奇怪的），魔利厌恶的是“男人”的裸露（希望大家能对这个引号里的词汇特别留意），假如袒露躯体的是三岛由纪夫、吉行淳之介、福田恒存[1]、池田满寿夫、深泽七郎等人；换言之，那个裸身的人物仍是“三岛由纪夫”，是“吉行淳之介”，是“福田恒存”，是“池田满寿夫”，是“深泽七郎”，这样魔利既不讨厌，也不觉得可怕。何况三岛由纪夫裸露身体的模样，她有一回已在健身房里见过了。吉行淳之介的胸口，虽然只是一眨眼，可她曾看到的面积约莫是夏洛克[2]打算割下肉块的二十分之一（那是因为，经宫城真理子提醒，吉行淳之介立刻把衬衫胸前的扣子扣好了）。至于三岛由纪夫，也不是刻意在裸着身子的时候请魔利去找他的，他原本想邀请魔利去的是忘了叫花马车还是金马车的餐厅，但是魔利说她讨厌去像花马车那样豪华的场所（这只是魔利擅自认定的，或许那地方不像她以为的那样奢华），也不喜欢他家那种想必有着光可鉴人的透明地板的地方，于是S出版社的编辑建议到那里找他一定在，便带着魔利去了位于水道桥的健身房。那时候，三岛由纪夫请魔利他们到健身房附近的咖啡厅，他稍后过去会合。过了约定的时间，他依然没有出现，于是编辑和魔利先点

1　福田恒存（1912—1994）：日本评论家、剧作家、导演。

2　莎士比亚《威尼斯商人》中的人物。

了沙拉和面包来吃。吃到一半，编辑朝魔利的肩后瞥去一眼，顿时惊讶地呀了一声。原来三岛由纪夫正坐在魔利背后的座位上。可能是他认定魔利应该是个外表古怪的老太太，而熟识的编辑又恰巧被魔利挡住了，所以他没看见魔利二人。[1]三岛由纪夫于是起身走向这边，一面大声地向服务生们吩咐："给我柠檬水……用真的柠檬榨汁的那种。"他来到魔利身旁，像个中学生向女老师毕恭毕敬地躬身施礼，接着请原本坐在魔利对面的编辑让出座位来，然后从皮质文件包里窸窸窣窣地掏出一盒状似糖渍栗子的物品，摆在魔利的面前说道："常见的东西，不成敬意。"从这一连串声音和举动来看，魔利认为他是个挺不错的人（意思是不作假的好人。也有些好人是弄虚作假而来的，既复杂又烦人），很明显地可以知道，即便面对像魔利这样身份较低的人，他也没摆出一副高高在上的名人架子。不过，他也有颇为令人不解的一面。在剧场的走廊或是聚会的时候碰见的他，可说是乏味至极。遇上这种时刻，他只会立时站起身来，或是丰姿飒爽地从旁经过，若是魔利与人结伴同行，他才会多加一句"上次承蒙关照"，或是"请多指教"，可说是比电报更为简略的，带有学习院[2]气息的问候。魔利原先以为还能见到第一次会面时的那个一双眼睛如写乐[3]般灵活地溜转、

1　根据作者于一九七一年十月接受《一张画》杂志的专访，这是作者和三岛由纪夫的首度会面。作者特地穿上和服，头发梳拢整齐还加以发针别妥，端庄地坐着等候，但三岛由纪夫进咖啡厅后，没能看到预想中的那位古怪的老太太，便坐在作者背后的座位等候，之后才由编辑发现三岛已经来了。

2　学习院为日本的贵族学校，许多学生皆是皇族世家。三岛由纪夫从六岁至十八岁都在学习院里接受教育。

3　东洲斋写乐（生卒年不详），日本江户时代中期的浮世绘画师，擅长人物肖像。目前仅知曾于一七九四年至一七九五年间出版过一百多幅锦绘作品，之后消失无踪。

大声朗笑且充满魅力的三岛由纪夫，满怀期盼地前去剧场和聚会，但从第二次以后，她就不再抱着这份期待了。

话题回到白云庄。每当魔利和裸露的绅士在廊道上错身经过，总是感到满腹的屈辱，与此同时，亦觉得只穿连身衬衣和裙子的自己太过轻浮，每每令她浑身不适到极点。从寻找写作材料的观点来看，这种经验或许有所帮助，可魔利的感知在面对欢喜和不悦时都没有免疫性，每一回的反应都像第一次碰上那样强烈。所以每次遇到裸露的绅士时，魔利都感到和昔日在千驮木町的老家走廊遇到裸着上身的卖鱼郎时相同的惊异、恐惧与厌恶。请各位不要误会，魔利并不是因为出身豪门世家，就有优越感。现在围绕在魔利周遭的日本庶民，在全日本庶民当中，属于应该被归到世田谷[1]的类别，他们这些乡下人虽不是单口相声里那只化为人形的白狗[2]，却在战争结束后装出一副东京人面孔，是以勤劳与认真自豪的高等贱民。这些原本栖息在东京周边广域地区的市郊族群，在战争开始前，去过的百货公司顶多是上野的松坂屋，可说是一群连咖啡厅长什么样都没见过的人。他们专去一家在东京有许多分店的三好野甜点铺，叫上一碗蜜豆水果羹或豆粉麻薯，到了春天就吃绿茸茸的青豆粉裹豆沙馅麻薯，配的是色泽发褐、淡而无味的粗茶或苹果汽水（这些人在战争结束后改喝果汁。他们不能没有果汁。不管是先杀了小孩再自杀的大婶，还是毒死了生活比自家

1　东京世田谷区，作者居住在该区的下北泽。

2　《原本是狗》为日本单口相声的古老段子，描述一只白狗非常虔诚地祈求神明让它在这辈子里变成人，终于如愿，却因狗性未脱，屡次错听其他人的谐音问话，老实招认自己早上刚从狗变成了人类。

优渥的邻居太太的大婶，全都是在果汁里下毒的）；想打牙祭就上松坂屋的餐馆，要不就是到难吃的寿司店、荞麦面店、浅草的小馆子、伊吕波（牛肉专卖店，和三好野同样在东京有好几家分店）；夏暑时节，他们就到冬天卖烤番薯、夏天改卖冰品的小店，坐在长板凳上，把擦汗巾叠在膝头上，先用右手把刨冰堆成的那座小山往下压扁，再拿一把像家家酒玩具似的铝质小匙子从上面把冰铲碎，接着才舀起一匙往嘴里一送，吃了起来。他们就是这样的人种。战争前，真正的浅草族虽和这个种族做同样的装扮，也在同样的地方出入，可两者的根本性质却完全不同。魔利是在昭和十一、十二年（1936、1937）左右，搬到浅草附近的下谷神吉町的公寓和浅草族同住一个屋檐下时，才知道有这样的族群存在，她立刻感到无比亲切，并且爱上了他们。在那里，不管是卖菜的、卖鱼的，还是装裱师傅，每个人都将工作视为天经地义的劳动，绝不会往脸上贴金说成勤劳。每当魔利沿着公寓后方，穿过两旁店铺屋檐下的小巷弄通往浅草六区[1]时，公寓房东那位姿色中等的女儿便会扬起如歌唱般的轻快声音问道："牟礼姐，您出门玩儿吗？"换作是在白云庄，邻居探问上哪儿去时，若是回答要去参加侄儿的婚礼，或是要去帮忙接生小孩，不在时请帮忙关照一下，大家都很乐意；要是答说只是出门去溜达，邻居可就不大高兴了。同样是上街转悠，浅草那里不管是蔬果店的老板娘或是鱼铺的老爷爷，人人都爽直地认为："有钱有闲出门玩，不愧是豪气作风哪。"如同魔利多年前一抵达Gare de Paris-Nord（巴黎北

1　东京浅草寺西南边的娱乐街，聚集不少电影院和曲艺场。

站）[1]立刻融入了巴黎，她从搬到浅草那一天起，同样立刻变成地道的浅草人。浅草的天空清澄蔚蓝，洋溢着自由自在。魔利曾躺在摆设如同站街女小屋的四席半陋室里，听着窗外的雨声打在不远处仓库的镀锌板屋顶上。有一群钣金店的男工就在魔利房间的窗下干活，他们应该不会像那个到白云庄的补锅匠，只在见到那个魔利给她起了PTA绰号的假贵妇的时候，才会使用敬语吧。说到这个PTA，还真是不得了的角色，是个有点古怪小聪明的女人，很像阿加莎·克里斯蒂笔下的珍·玛波小姐，她在冷笑的脸上覆着天使般的微笑，用带着权威的嗲气娇声，把那群大婶摆弄得服服帖帖的。报纸她只看朝日新闻、广播只听NHK电台、书本只读岩波书店，除此之外一概不听不看，这是魔利最无法忍受的。就因为有这种人，所以魔利才会讨厌朝日新闻、厌恶NHK电台、憎厌岩波书店。每当不巧撞见她独自走在巷弄间，脸上浮现着诡异的窃笑时，那种令人不舒服的感觉，就和瞧见了树叶背面满是黏糊糊的虫卵没两样。在浅草的乐园庄赁居的住民都是些六区的女演员、每天伺候金主老爷前来午睡片刻的女人、带着没爹孩子的女人、酒吧和咖啡馆的女人等等，她们凭着直觉立刻感受到千金小姐出身的魔利对她们的好感，看到魔利费劲地拖着配给的木炭袋时，马上一声不吭地伸手帮忙。唯独住在邻房的那个老婆子，可能觉得魔利知道她女儿淫荡的性生活内幕，因而非常痛恨魔利。尽管魔利并非经过一番流离转徙，才到这地方来的，可那老婆子始终瞧不起她这位千金小姐："瞧你到处流浪，沦落到这里落脚，

1　巴黎北站是位于巴黎市区的铁路车站，亦是欧洲重要的交通枢纽。

怕是翻不了身喽。”纵使如此，魔利依然同样爱着这个老婆子。有一天，老婆子被脚下的虫子吓了一跳，那姿态和义平次老太婆[1]一模一样，从围腰裙下露出的两只外八字脚跳了起来，张着嘴巴放声大叫：“我的娘啊！”只见她扁塌的鼻子下面被挤出一堆横纹来。刹那间，魔利仿佛看到了那个老婆子小时候在昏暗的小弄里踢着玻璃弹珠玩耍的模样。“老婆婆，别吵啦。我可没瞧不起你家的闺女哪！”魔利在心中说道。总而言之，那种会让人胸闷气躁的优越意识，魔利是绝对没有的。起先，魔利看见她们穿着粉红或白色连身衬衣，走在廊道上把木屐踩得喀啦喀啦响时，心里颇为吃惊，但很快就融入她们的世界里了。魔利能和在洗物台前擦抹身子的钣金工匠说说笑笑，也能对那些与永井荷风的《某天夜里的事》的彩画电影招牌上十分神似的女人们，投去喜爱的眼神。

“雨啊，下吧，再下吧，直到冲走我的烦恼……”

听到工匠们中气十足的畅怀高歌，魔利感觉自己来到一个没有任何苦业的世界，心情宛如打了哈欠又伸了懒腰的舒畅。乐园庄的住民应当也属会吐痰的人种，可魔利却不记得当时曾介意过地上的痰。魔利和浅草的庶民一起在浅草生活，恣意浸淫在六区，春风拂来时摘下金盏花插在瓶子里，系上碎白花纹的铭仙绸围裙，把头发梳拢到后面扎起，每天在歌剧馆、金龙馆、松竹座之间随意兜转，不时被古怪的老爷爷叫住算个命，耳边传来“来呀，米果、牛奶糖、红豆面包、弹珠汽水”的叫

1 《三河町的义平次老太婆》为江户时代后期的浮世绘画师歌川国芳（1791—1861）根据歌舞伎戏的一幕情景完成的作品。画面左侧是右手持刀的年轻艺伎，神色慌张地几乎跌坐在后方一个跪趴地面的裸体男子身上，艺伎刀尖指着画面右侧一脸面目狰狞、丑陋而驼背的义平次老太婆。

卖声，听得魔利恍然出神，有时还夹着专卖鱿鱼的小贩吆喝几声“来呀，鱿鱼”。从卖红糖水或黄糖水的老爷爷，到貌似在歌剧馆打杂的长工，甚至是流浪汉，每一个人都接纳了魔利。浅草和巴黎一样，毫无阻碍地将魔利吞了下去。

简要来讲，浅草族是地道的东京人，而世田谷族是乡巴佬。他们铺天盖地充斥在世田谷、阿佐谷、杉并这些“原本的市郊”，悄无声息地压迫着魔利。他们一瞧见魔利，当下就嗅出了魔利“曾是千金小姐”，隐藏在他们轻蔑态度背后的是极度的自卑。这些“原本的市郊族”的人种，多数都瞧不起动物和孩童这两个至高无上的族群。他们嘲笑猫狗的智能比不上自己，将动物贬低到极低的境地，时常可以听到他们用“毕竟是畜生哪”这最轻蔑的词语来辱骂动物；他们对孩童采取的态度也相同，每当小孩说些感想时，他们立刻回以轻蔑的讥讽封住孩子的嘴。然而事实上，论感知、论纯洁，孩童和动物在这些方面的智能，都远远超越他们。只是以他们粗浅的脑筋，自是没有能力察觉出来罢了。于是，原本市郊族的孩童们，不断地饱受大人们的侮蔑，多少委屈的泪水只能往肚里吞，不久后转而拼命模仿大人们的行为。因此，等孩子们长到七八岁左右，已经彻底学到了父母们低阶的智慧，包括痴憨的笑容和坏心眼也全都运用自如了。幼时的魔利刚进小学，立即遭遇了这种模式塑造出来的孩童们的包围，度过了一段忧郁的校园岁月。猫狗这些动物族群，其实应当被置于远比原本的市郊族更高等的位阶上。因为猫和狗不像孩童那样屈从于“原本市郊族”的庶民，而能秉持着崭新的知觉与纯洁，永远凌驾在他们之上。每当魔利看到猫狗们，总是感到一股哀伤，相信它们曾经是情感灵敏而纤细的人类，却因故遭到了神明的惩罚，变成无法言语的生物，尤其当魔利望着它们的眼睛时，那满满的哀伤总会重重地袭向魔利。魔利对“原本的市郊族”的气愤虽和摩西的愤怒同样炽烈，但魔利那打从心底喷发的怒火，却将他们充满施虐狂味道的奸笑，激发得更为阴险而昂奋。魔利这种强烈的愤怒，同样来自魔利父亲的坏遗传。魔利的父亲在外面走动时，时常受到这种庶民的轻蔑，因而大发雷霆。会惹他生气的人，包括西餐厅的侍应生、市营电车的司机、帽铺和杂货店等商家的中学徒和小学徒，乃至于在上野的山脚下与两国车站等着载客的车夫（在千驮木町载客的车夫都晓得他是陆军中将，对他十分尊敬，所以另当别论）等等，魔利随着父亲出门时，经常感受到他对那些庶民打从心底怒不可遏。满肚子怒气的父亲会等到走至没人的地方时，低低地咒骂一声：“混账！假洋鬼子！”魔利父亲奇特的服装也常遭到那些人的嘲笑。夏天，他会穿着像《四谷怪谈》里的宅悦[1]那样短幅的浴衣，腰间胡乱地绑着一条像第五代菊五郎[2]在妾宅里系的博多腰带（虽是产自博多，但和常见的博多绢织腰带不同，而是质地柔软，没有硬边，类似有凹凸浮纹的和服面料，里面也没有加硬衬，所以就算对折起来系绑，也没法当成外出用的像样腰带），并在神似威廉二世的面孔上，戴着一顶平顶硬壳草帽；时序入冬，他

1　《四谷怪谈》是根据日本古时的事件写成的灵异故事，多次被改编成小说、歌舞伎剧本、单口相声段子等等，各种版本的内容都不太相同，共同的梗概是烈女阿岩被丈夫伊右卫门害死，化为幽灵复仇。按摩师傅宅悦的角色出现在《东海道四谷怪谈》的歌舞伎狂言剧本中。

2　歌舞伎名角历代承袭的名号之一。第五代尾上菊五（1844—1903）为活跃于明治时代的歌舞伎演员，相貌十分俊秀。

那件长摆吊钟形的德国斗篷下方，会露出一截厚厚的仙台平丝布裤裙，随着步伐发出布料摩擦的窸窣声，而头顶则戴着黑色的凹顶绅士帽。不分冬夏，他出门时，手里总是握有一柄像冉·阿让带走珂赛特时，带着防身用的那种既粗又直的黑檀手杖。况且由于他的头特别大，帽子的横幅宽大，看起来格外扁平。精养轩饭店的侍应生料定魔利那形貌怪异的父亲是个乡下老头，带着一个身穿稀罕的洋装、愣头愣脑的小女孩一起上门来开洋荤。精养轩饭店的侍应生和魔利父亲的那场斗嘴，最后是父亲赢了。她父亲在点餐时要了"绞肉料理"，侍应生马上露出了不怀好意的笑容，故意用英语半是揶揄地反问："要煎得薄脆又通透[1]的那种吗？"魔利的父亲怫然作色，立刻又用字正腔圆的英语（侍应生方才听不懂的原因是父亲的英语带有德语腔）重又讲了一次餐点。然而，据魔利观察，她父亲平时和侍应生或车夫辩斗总是输，和精养轩饭店侍应生的这一役是唯一一次胜利。精养轩饭店的侍应生会讲的英语，虽然仅限于饭店菜单上的餐点名称，即便程度不高，至少还属于智识阶级的最低阶，只是一时失算，用外语揶揄了魔利的父亲，她父亲才能在紧要关头扳回一城。若说遭到惨败，要算他上帽铺买帽子，还有到杂货店买马夫用的麦秆帽的时候了。他夏天戴帽子的主要目的是遮阳，所以平顶硬壳草帽那样的帽子，根本派不上用场。魔利的父亲说，像戴在马匹和马夫头上的那种宽帽檐的麦秆帽子，最适合用来挡太阳了，于是去杂货店购买那种摆放在店门口、绿白相间细绳沿着帽缘捻了一圈的马夫帽。杂货

1　作者在此用了"ペラペラ"这个词，可用来形容物体轻薄，亦可形容说话流畅或饶舌。饭店侍应生暗讽作者的父亲点餐时炫耀自己的外语能力。

店的老板娘只见一个奇装异服的男士从上等的钱包里掏出钞票，说要买马夫用的帽子，瞧他像个乡下老头却又不大像，自然不会对他太客气。杂货店的老板娘看着这个形迹可疑的顾客，随手把帽子递给他，收下了钱款，那随随便便的态度简直像拿给孩童似的。不过，魔利的父亲去帽铺时饱受中学徒、小学徒们的讥笑，那才叫作万箭穿心式的总攻击。任他试遍了整家店的帽子，却没一顶戴得上的。他已在忍受着中学徒、小学徒的讪笑，却发现那些学徒一旦发现他真被惹怒了，那股捉弄之心更是有增无减，只见他们硬憋着笑意，表情越来越像大神乐[1]里那张瞠目噘嘴的男丑面具。魔利的父亲最痛恨的就是那种瞧不起人的嘲弄模样。还有一次，上野山脚下的车夫，把这位连远在德国的柏林和慕尼黑的人们都十分尊敬的Rintaro Mure[2]，误认成刚从上野车站前的旅馆走出来的乡下老头，没细听他吩咐的是“载到团子坂的顶上”，抬起车来就埋头往前跑，到了池边的博览会入口处便停住，将车把放下来了。气急败坏的魔利父亲根本不听车夫忙着解释马上改送到团子坂，两三步下了车，从钱包里掏出车夫索取车资的两倍金额塞进他的手里，唤了搭乘后面那辆人力车的魔利下车，牵起魔利的手便径自走开了。不晓得什么原因，每逢他生气，就会付出双倍的钱款。当然，起初满面错愕的车夫，脸上旋即绽开魔利父亲最讨厌的那种嘲笑了。

至于魔利在这方面也不遑多让。对于讥笑魔利的男店员和

1　原是伊势神宫的奉祀活动，后演变为曲艺场里杂技的流派。

2　此为牟礼林太郎的英文拼写。森茉莉父亲森鸥外本名森林太郎，拼写为Rintaro Mori。

女店员，她的愤怒甚至超越了父亲。魔利的这种愤怒不仅是父亲的遗传，也是来自永井荷风的遗传。永井荷风在世时不顾自己早已上了年岁，每天晚上仍是戴着那顶在市川的菅野边一带只有他一个人会戴的贝雷帽，到附近闲逛晃悠，但附近的酒馆似乎没给永井荷风格外礼遇。听说有天永井荷风对酒馆的老板愤然斥道："我是荷风（Kafu）呢！"这件趣闻传到魔利的耳里，虽身为同类人，也忍不住喷笑出声。永井荷风明知市川的酒馆老板的脑筋和那些浅草舞女们差不多，肯定会把荷风错读成Nifu的，却仍是忍不住严词指正，显见他的脾气比魔利的父亲来得大多了。对于受到这种蠢笨庶民尊敬的那些人而言，却完全无法理解这种愤怒从何而来。比方魔利的母亲对丈夫的震怒总是回以一句"这有什么好气的"，一笑置之。

话说魔利的父亲磷太郎这位男士，对肉体上的些微缺点极度自卑，这又是他的另一项古怪之处。年轻时，他对自己分明没喝酒却红红的酒糟鼻非常苦恼，待在柏林的那段时间尤为严重。魔利十七八岁时和年轻时的父亲有着相同的烦恼——面疱长了消、消了又长，鼻头永远留着一处略微凸出的红色痘疤。随着启程前往欧洲的日期接近，魔利的心思全搁在鼻尖上头，嚷着要随身带着两年分量的治痘偏方药出发，母亲生气地骂她别犯傻了。磷太郎当即护着魔利，神情凝肃地说道："魔利当然会在意！我年轻的时候也遇过同样的事。朝我迎面走来的家伙没半个人有红鼻子，那些长相比我更下等的家伙，就因为鼻子不是红的，看起来反倒比我上等。我甚至曾经想过，要从腿内侧移植一块皮肤过来，就算移植上去和周围有一圈明显的界线，也比红鼻头来得好。人们总把有酒糟鼻的家伙，当作是酗酒的下流老头子，实在让人不悦！”魔利的父亲向来认为女儿是个大美人，对于魔利鼻尖上的小红痘，也和魔利同样介意。魔利的母亲一脸难以置信地瞧瞧魔利，又看看丈夫，说道：“魔利的面颊和脸上其他地方都是红润润的，所以根本看不出有小痘疤呀！换作是脸色泛青的人长了，那倒是没法不在意了。”父亲听了勃然大怒，凶颜怒目地回道：“照魔利说的去做！反正带着又不碍事！”这种极度在意肉体缺点的心结，好像是室生犀星遗传给魔利的似的。那些莫名其妙的缺点、某人特有的怪癖，几乎全都集中附在魔利的身上，那程度，可以说到了令人悚然的地步了。犀星曾在文章里不厌其烦地提到，年轻时对自己的样貌相当自卑，他在作品里大叹自己这张脸长得和扒手、小偷、吃霸王餐的家伙一个样。直到犀星成名以后，似乎依然对相貌苦恼不已。但到了晚年，犀星将自己这张面容，当成名匠制作的稀有茶器，也像是价值连城的珍罕宝石，似乎变得相当中意。从他年老时很喜欢让人拍照，甚至向杂志社索讨刊登的肖像照未果而大发脾气来看，他确实已经改变想法了。魔利的父亲到了晚年，好像同样对自己散发知性的容貌充满了自信，“步入壮年以后，连鼻子上的泛红也变得完全不醒目了”，管他鼻子泛红也好，额头泛紫也罢，他丝毫不在意。直到今天，魔利的鼻子上依旧留有暗红而微凸的痘疤，但近来魔利更介意的是那个大鼻子，她深信若能让别人的视线，集中在脸部的某一个焦点上，比方疮啦，痣啦，甚至是沾着的脏东西也行，这样鼻子看起来就会比较小，所以，她反倒很高兴鼻尖上的那个有点红、有点凸的痘疤，不再像年轻时，百般努力用玫瑰色的粉遮掉那处瑕疵了。

圣诞节的盛宴

真岛与志之捎来一封未封口的信，魔利惊讶地打开来看——

魔利惊讶的原因是，之前虽曾收过一封真岛与志之的信，可两人的交情还不到保持书信和电话往来的程度。那次收到的信，起因是四五年前他在《黑潮》杂志上撰文称赞了魔利的小说。魔利看了以后一时乐昏了头，洋洋洒洒地给编辑写封信寄了出去。信里把真岛与志之的服装和住宅批评得一无是处，说因为他没有健身所以白净文弱，若能穿上某某式样的和服、摆出写乐的浮世绘那样的面孔来称赞她的话，她会更开心云云。结果编辑来说要把那封信全文刊在《黑潮》上。魔利大为惊慌，难过得要命，哀求编辑千万别刊出来。没想到真岛与志之竟说他非常期待看到那篇文章。魔利当即察觉了自己的愚蠢，撤回了对编辑的要求。仔细想想，真岛与志之专程为文，赞美了魔利的小说。对他而言，就算为魔利的小说写了赞赏文，也不会得到任何好处。若把这些称赞说给人听，只消花上短短五分钟就讲完了；可他特地耗费时间写成文章，作风相当洋派。魔利心想，自己真是昏了头，根本不须担心他会有凡人的世俗反应。（甍平四郎在世时作风也很洋派。魔利是吉普夫人的书迷，曾经寄过仰慕信。当时她重病卧床，由她的千金代复一封相当恳切的回函，甚至附言愿意致赠吉普夫人的所有著作。甚至连raplapla“呆傻的老马”这种任何词典都查不到的巴黎俗谚，也教了魔利。第一次世界大战结束时，魔利捎了祝贺的明信片给乔治·克列孟梭和福煦将军[1]，他们二位都在信封里搁入名片回给了魔利。若不是地道的西方人，以及作风洋派的人，像魔利这种蜷在某个角落蠕动的小人物，根本没机会得到赞赏。单看魔利的文章，会以为她英姿飒爽，可她的真实样貌却是疏慵愚钝。）其实，魔利写的那些坏话，全是出自善意的坏话，等于是为她很喜欢的人物写了一篇素描。文章之后刊出来了，可魔利觉得光是用一则通篇戏谑的文章表达谢意还不够，尽管担心会害每天送到真岛与志之那里成堆的信件又多添一封，依然恭谨地寄出了一封致谢函。方才提到真岛与志之寄来的信，就是那封信函的复笺。当然，他也曾寄来贺年卡的回卡，并在上面写了几句对魔利那篇《黑猫故事》小说的感想。话说不管是收到安东杏作[2]的迁居通知书，或是喜多守绪[3]寄来致谢卡表示接到了贺年卡，魔利一概都很惊讶。因为，魔利一直待在黑暗的时代里。若以法国做譬喻，她宛如身处丹东和马拉[4]的时代；如用俄国打比方，就像活在俄国沙皇尼古拉惨遭私刑的时代。魔利就像被围困在别人看不见的石墙当中，不管她待在家里，抑或去任何地方，那圈石墙皆如影随形地跟着魔利一起移动。如果要她去国外好像还可以，但在国内，不管南

1　前者为法国著名政治家，后者为法国陆军元帅。

2　喻指小说家远藤周作。

3　喻指小说家北杜夫。

4　乔治-雅克·丹东（1759—1794）：法国政治家、法国大革命领袖。让-保罗·马拉（1743—1793）：法国政治家，建立雅各宾专政。

下九州岛或北上北海道，统统不行，那感觉就像要被石墙压到地底下去似的。在那段期间，能够突破石墙递送进来的邮件，只有魔利的亲戚和中原鸿太郎（这位人士同样是洋派作风）与其公子的信函，其他就是商店的广告、小波书店寄来的欧外全集、红叶银行在中元和年节赠送的包袱巾，以及魔利每回遗失便会再次寄来的新存折（即使魔利得到重发的存折也没费神保管，而且应该占了银行不少便宜）、税务署的通知、画了红线提醒的催缴函、画了双重红圈的第二次催缴函、用粉红色的纸张印刷的最后通牒（对于魔利这种乐天派的人，税务署的科员也拿她没辙，每年都得重复一次这老套的程序。某一天，官署恐怕是真的生气了，寄来了财产查封的通知。这下子魔利终于脸色发白地冲去税务署了。那个时候，魔利虽知道自己没有赚一毛钱，但她不晓得那张查封通知只是暂时性的，还以为父亲著作的版税和所有的财产都会被拿走，自己就要沦为乞丐了。当时的魔利觉得，税务署的公务员真是天底下最坏心的人了。她虽没看过巴黎税务署的信函，可她认为同样的情形，巴黎的公务员应该会这样写："夫人，在您缴纳税金之前，将暂时查封您的财产。"）、"四越"[1]的请款单、名为《四越》的杂志，旁的就没了。魔利总觉得那个时期仿佛就是前阵子的事，因此当她看到邮差送来了当前的媒体宠儿，仍属文坛新锐作家的迁居通知，或是他们收到贺年卡的回复谢卡时，那种惊讶几乎让她心脏少跳一拍。尽管收到了安东杏作的迁居通知，魔利和他的交情并没到登门拜访的程度，但如果魔利搬了家，大抵还是会寄

1　喻指东京的老字号百货商场三越。

通知给他吧。他们之间就是这样的关系。至于和喜多守绪的交谊，也仅限于寄送贺年卡或赠送著作而已。有一天，魔利擅自写了一篇幻想的文章，把这两个人再加上其他两三位作家当成故事的主角，内容是他们在关东煮店里喝醉以后去了吉原，到了傍晚时分一群人聚在茶馆里饮着茶，一面思念着昨夜遇到的美丽青楼女子。后来，为了表示歉意，魔利送了书给他，于是双方便开始展开了这种淡淡的友谊。依魔利这个人的个性，不会积极主动拉近距离。她像躲在壳里的某种穴居动物，只会从开口窥看世间众生而已。魔利在欣赏完江里明美演出的《有颗痣的淑女》之后去了后台，那间逼仄的休息室里有着一面大镜子和一只插满盛开的银莲花的玻璃花瓶。明美身穿掺着奶白的深玫瑰色外套和黑色的紧身衣，头戴一顶纸艺品似的黑色帽子，学着康康舞女郎那样倏然掀起裙子，放下裙摆时脸上隐隐带着一抹笑意。魔利仿佛看到了她置身于一群巴黎女子之中的景象。又或者某一天，葭雪俊之介穿着像船帆一样被风撑得鼓胀的上浆浴衣（那件浴衣几乎可以容纳五个葭雪俊之介了），看不出身躯到底藏在宽大衣服的哪里，但从面孔来看确实是葭雪俊之介。只见他一脸闲适地将雪利酒倒入杯里啜饮，霎时间，神色澄明的他蓦然发现，眼前的年轻武士们一个个的腰间都插着文学的刀……之所以会发生诸如这般不可能的事情，都是由于甍杏子与这些人士均有往来，自从有天她邀牟礼魔利和野原野枝实同席聚会以后，这才开始的。至于和真岛与志之在咖啡厅聊谈，甚至跟着去健身房，就这么看到了在贝拉方特[1]

1　哈瑞·贝拉方特（1927—　）：美国乡村流行乐歌手。

音乐的伴奏中，赤裸着上身、只穿一条白色紧身裤的真岛与志之正在锻炼肌肉，那也是魔利为了写作而请编辑带她去的。就这样，魔利和那些就算送了他们著作，却懒得写明信片致谢的人们更是渐行渐远。魔利会认识深海鳟夫及梦冈芙美子，并且与深海鳟夫一起合办了庆生会，亦是野原野枝实先在某处和他们结识，再介绍给了魔利的。听人说，龙冈笙太郎在收到贺年卡后，也会和喜多守绪一样回寄谢卡，而且是文情并茂的杰作，可惜魔利到现在都还没收到，实在遗憾，但她和龙冈笙太郎的交情，又没深到可以请他再写一张寄来，这使魔利更是扼腕。换句话说，魔利和他们只是泛泛之交，因此收到他们的书信时格外惊讶，就像收到了情人捎来的明信片时，那种透着欢喜的惊讶。

再回头讲到魔利把信打开一看，原来是圣诞节宴会的邀请卡，里面全都是以英文书写的。

魔利一看到“at buffet Christmas party”里的“buffet”，立刻明白了应是“站着饮食”的意思。所谓的buffet是指在会场的角落设置摆放酒类的架子，四周用木板围起来，再加上固定的横木，还能吃到肉肠和熏鱼之类的点心。魔利那颗知识贫瘠的脑袋瓜，忽然想起buffet这个字词还是某位画家的姓氏[1]，他专画魔利最讨厌的“苦闷的人生百态”类型的画作，那种人物画看来真像是被不等边三角形的亡灵附身的考生。再说到邀请卡的第二行，魔利只认得22这个数字，至于卡片的底边写着

1　应喻指贝尔纳·布菲（Bernard Buffet, 1928—1999）：法国画家，第二次世界大战之后具象绘画的代表画家之一。画风忧郁，线条锐利，多数作品呈现战后的痛苦与不幸的人生。

informal（随意的，非正式的），这个字在法文中也是同样的拼法，幸好卡片上重要的讯息她全看得懂。

看明白了以后，魔利的心开始七上八下了。那小小的、许多的不安，像被装在袋子里的蝉一样，拼命地拍动着翅膀。当然，基于方才说过的因素，魔利非常高兴，但在高兴中又浮现几分不安，在拍翅声中穿梭交织。

魔利长大以后，就不曾度过如此辉煌灿烂的圣诞节了。这虽让魔利开心，但要去真岛宅邸这件事却令她倍感压力。多次出现在报章杂志照片上的真岛宅邸。打磨得光亮如镜、穿着鞋子踏上去肯定要滑跤的地板，在魔利的眼前（视野）一望无际。远远地，燕尾服的前襟雪白灿亮、配搭黑色蝴蝶领结和漆皮短靴的真岛与志之，翩然地滑着步伐，宛如在《死城布鲁日》里已经惯于走在教会地板上的修女，踏着滑行般的步履，那光景委实可怖。在由晶莹而硬质的角度与切面汇集成的水晶吊灯散发出来的光芒下，真岛与志之隐藏起其白蛇精的原形，悄无声息地来回走动。围绕在真岛与志之身边的众多绅士和淑女手持杯子，静静地移动，随处不时发出浅浅的笑声。

白蛇倏然挺直了脊梁不动，那双眼睛到底在想什么呢？它的眼神陡然发亮，是看到了什么呢？是仙后座里的一颗星星吗？是北斗七星的其中一颗吗？肯定绝不会是人们近来议论纷纷的火星。以前在众星中光芒最为亮白耀眼的某一颗星球上的那条蛇，曾经在古希腊的满天星空下，循着白色的墙垣匍匐爬行。

那是一条通体雪白，形貌美丽的蛇。某一天，纳西索斯走近池畔，单膝跪下，望着水中的倒影看得入迷。蓦然间，他化为蓝色的火焰熊熊燃烧，待得燃烧殆尽，变成一堆透明的灰烬，躺在暮色渐浓中逐渐变冷的沙地上，忽然又复活变回原本的样貌，在池边绽放淡淡的小黄花周边缓缓地移动，旋即昂首吐出温柔的气息，迈上了前往埃及的漫长旅程。

它经过了无数日出日落、披星戴月的漫长旅途，终于抵达埃及首都的时候，黎明前的市场上已经满满地摆着猪腿、猪肾、牛肝、羊心、切口全是血的牛头、像心脏般猩红的剥皮牛身，与丑陋同类的成束牛尾，还有绿果子和柠檬。在水果摊的微暗帐篷一隅，刚摘下的莓果在篓子上堆得像座小山，鲜嫩欲滴的模样润泽了周边的空气。时序刚刚入夏，感觉有些闷热。白蛇真想溜进那堆泛着冰凉与湿润光泽的鲜红果实里。

穿着蓝衣的年轻王宫仆役们，将精挑细选出来要送到王宫的食物，有成袋的谷物、水果，橄榄、柠檬、核桃、咖啡豆等各种树果，还有香料和香草，兽肉与鲜鱼，以及盛在瓶子里的水与装在皮囊里的酒等等，顶在头上或堆到车上，成群结队地穿过了市场，唯独其中一个头戴长黑巾的女子脱了队，到水果摊的帐篷接过莓果的篓子，朝一个卖蝮蛇血的男子靠了过去。那个蹲在地上的男子伸长胳膊，从身旁的笼子里掏出一条黑蛇来，藏进女子的莓果篓深处。白蛇预知了女王即将遭逢的灾厄，十分羡慕那条泛着黑光的同类，祈求自己能代替它缠上女王的手臂，露出利牙狠狠地咬下。

那天晚上，夜空中出现了一颗如夕阳般的红月亮。白蛇悄悄地溜进王宫，在王宫的露天池子里泅泳，身上的鳞片在月光照映下熠熠闪亮。即便在这样的时候，抑或在尼罗河边避人耳目地爬行、浑然忘我地望着自己倒映在水里的身影时，甚或在任何时刻，当无数的冰冷沙粒在那细长身躯的腹部下面，当带有几分阻力的水波温柔地划过皮肤，它总是舒心惬意地时而爬行，时而停下，依然向往着星辰的世界。

又或是在某个没有月光的黑夜，在阿拉伯的沙漠里，没有月亮、没有人，连骆驼也没有的时刻，随着狂风卷起的漫天沙尘，白蛇升天了。后来，不知道什么时候，它来到地球，变成了一位名叫真岛与志之的作家。早在真岛与志之还是一个少年的时候，的的确确被那条蛇吃下肚了。

在真岛与志之体内的那条白蛇，没有办法忘却肚腹下面的冰冷沙粒和满天的星星。真岛与志之总是向往着白光。真岛与志之总是穿着白色的衣物。他盖起一栋白色的家。他摆放白色的椅子，他从意大利运来白色的雕像。因为意大利的天空，就像希腊的天空一样明亮。Cielo Italiano，意大利的天空。他在那片天空下，顶着骄阳的灼吻到处奔走，只为寻找雕像。他喜爱的东西，洁白的光，澄澈的东西，冰冷而硬质的东西，水晶吊灯，宝石，雕像，字形优美的方块文字。从纯白的阿波罗肩头洒落而下的透明晨曦中，真岛与志之想起了希腊的天光和维纳斯的头颈与乳房的雪白。

真岛与志之一举手一投足，白蛇的背部便在水晶吊灯的照射下，映闪出尼罗河流域及希腊古老的月光。

在这一场水晶吊灯的光线和从六角形的透明鳞片里面散发出来的白色光芒相互辉映、璀璨闪耀的宴会中，魔利到底该站在哪里才好呢？她真不知该怎么办好。水晶吊灯亮光下的孤儿。说是《黑潮》的R先生也受邀前往，可老是跟在R先生旁边也显得奇怪。不过，到头来还是得紧紧巴着R先生走吧。魔利之前只和真岛与志之见过二十分钟，知道他为人算得上亲切。就因为明白这点，所以她已经打定主意要参加了。可即便真岛与志之是位亲切的男士，总不可能把魔利当成小朋友，牵着她的手，领着她去摆放餐食的地方，带着她去找寻一个个熟人。

出席甍杏子的新书发表会时，魔利一进到位于银座的“花月”会场，只见沿着宽广大厅的四面墙边摆满了椅子，里面坐满了人。霎时间，每个人的面孔全像把玻璃加热熔解之后搅动而成的混沌液体一般，魔利完全无法分辨谁是谁，一双眼睛形同两个空洞。

魔利到人多拥挤的宽广场所时，向来都是这样的。魔利觉得，除了她以外的其他人，居然能在进入那种场所的一刹那，清晰地识别出每一张面孔，立刻找出适合自己的所在位置并且前往就位，实在很不可思议。若说原因出在会场太大，似乎也不尽然。有一天，魔利出席了最上书房编辑的守灵夜，诸多亲友们聚集在六铺席大的房间里（当时的出席者们同样是沿着房间的三面墙边依序就座，这是魔利最不知该如何应付的形式），幸亏魔利和最上书房的折见枥子一起入场，因而不必费神寻找适切的入座位置，可她依然头昏眼花。过了好半晌，这许多依序就座（其实不能说是依亲疏辈分入座，毕竟在六铺席大的日式客厅里已经摆上了棺柩及供品，人们只能在剩余的逼仄空间里并肩坐着罢了）的一张张面孔，才渐次映入她的眼帘。魔利从她前方那人的背后看去，赫然发现鹿野治次侧身坐在前方，赶忙向他问了安。鹿野治次露出像让·迦本[1]饰演乡间老

1　让·迦本：法国电影男星，曾数度获得柏林影展银熊奖及威尼斯影展最佳男主角奖。

爷爷那种开怀的表情，看着魔利说道："每次见面都是在这种场合哪。"魔利放下心来报以微笑。又过了一会儿，她又觉得坐在迦本和自己中间的那位人士好像曾经见过面。原来是碓冰保见，曾在她的座谈会上担任主持人。魔利推想对方应该早就看到她了，越发慌张地向他问候。这便是魔利在这种场合的窘态。因此，魔利对即将到来的真岛宅邸宴会忧心忡忡，即便形容她的心情像被装在袋子里的蝉一样，拼命拍翅挣脱，也绝不为过。

即便把该站在哪里才好的问题，还有对水晶吊灯下的宴会厅的恐惧，全都暂且搁在一旁，剩下的还有关于guest的疑问——到底会出现哪些人物呢？魔利原本以为guest指的是受邀上广播节目和电视节目的人士，可似乎单纯只是"来宾"的意思而已。这是她最近从广播节目《英语à la carte》（法文：意为单点菜品）里现学现卖的英文知识。既然邀请函上写的是英文，她自然也得用英文回应了。但是，如果是悠哉游哉地踅过去的，或是到金鱼店做客的园艺师傅，这种情形是不是也能称为guest，魔利到现在还没弄清楚。总之，这字眼指的如果是受邀的宾客，自从甍平四郎过世以后，魔利只当过三回guest而已。

毕竟，真岛与志之和哪些地方有往来，与哪些人有交际魔利一无所悉，必须先做好心理准备，不管什么人物出现都不能惊慌。或许田川歌之丞会梳着箱根一流旅馆新建分馆的俊美掌柜的发型，顶着一张用棉面巾和米糠搓洗过、露出古旧的女儿节人偶般色泽的沉蒙面孔，脚上趿着阿波屋买的三千元草屐，下身穿着厚实的仙台平丝裤裙，上披染有家徽的黑色外褂，在水晶吊灯下映显出一身潇洒的打扮也说不定。抑或是矢泽圣二会在那张国字脸的下方系着白色的方形领带，穿一身笔挺但看似快要裂开的燕尾服站在她的眼前也有可能。又比如高村松夫、山上月太郎、逸见扶佐雄[1]、岛本宪吉[2]等等，这些让人在他们面前大气都不敢喘的大家，大抵都会出席吧。这些都是魔利多希望他们永远只被嵌在《旭日新报》《日日新闻》《帝都新闻》《敦盛新闻》等其中一页上方，题有“文艺时评”几个大字的专栏里的大人物们。她一点都不想他们出现在平常的世界以及宴会里。该不会连罗纳德·波恩、伊登·史宾赛[3]这些比日本人更熟知且能侃侃而谈日本文学，虽说不上来哪里不对劲却启人疑窦的美籍评论家也都会来吧？这几位也是魔利不想遇到的。

即便是去巴士沿线的街市买东西回家的路上，“真岛的宴会”这件事都会乍然浮现在魔利的脑海。一想到即将在水晶吊灯之下，见到曾沐浴在埃及月光下的那条蛇，这念头令她忽然高兴起来；但与此同时，小小的不安和恐惧，以及那只蝉的拍翅声，依旧在她耳际盘绕不去。就在这样的日子中，二十几天一眨眼就过去了。在那二十几天当中，魔利写完一部失败的小说，一部纵使失败，亦非得完成不可的小说。尽管不是基于文艺评论家深信的动机写就的（其实根本不需要附注这样的说明，但魔利最困扰的是，有很多人都会采用“日本男儿”的方式来解读她的作品，或许在读者当中也有人属于这种类型。魔

1 喻指小说家林房雄（1903—1975）。

2 喻指小说家、剧作家藤森成吉（1892—1977）。

3 喻指唐纳德·基恩和爱德华·塞登斯蒂卡两位美籍日本文学研究家。

利幼时的记忆告诉她，当年聚集在魔利父亲身边的人都不曾散发出那样的气息，不过，往昔的事犹如浮云幻梦一般，她已记不真切了），总之是一篇很糟糕的小说。

那部小说总算赶在举行宴会的六天前竣工，魔利接着开始张罗变身用的装备了。她平素外出时惯常顶着一头蓬松的乱发再搭上一件毛衣，这副装扮只在年轻女孩的身上才显得青春漂亮。一旦要前往真岛的宴会可得大费周章做足准备。由于魔利平时不穿和服，因此从腰带衬垫，乃至里面的硬衬、前衬，还有布绳带，全都得重买新的。她从衣橱里找出白底的和服以及银箔的腰带。她没自信能梳出像样的发髻，因此还得买来缀有黑色细珠的发网，罩在上面遮丑。好些个琐事都得一一安排。

——最近有位名为牙田剑三郎[1]的人发表了一篇文章，标题为《魔利的肖像》，逗得人人不亦乐乎，可看在魔利眼里却一点也不好玩。倘若她真是文中描述的那种脏兮兮、满肚子坏水的女人，纵使某一天突然要参加宴会，哪怕洗过多少次澡，甚至模仿她母亲有孕在身的年轻时候，将《维纳斯的诞生》和阿波罗的画像贴在墙上赏览以求潜移默化之效，只怕也没法化身成另一个人，那么魔利此刻为了变身所做的一切努力，等于全是徒劳。有一本名为《夫人》的服装杂志，最近开始邀请魔利每个月捧着鲜红的玫瑰，乘车到各地拜访歌舞伎演员、话剧演员、电影明星、作家、导演、棒球教练等各个行业的杰出人士，再将访谈过程写成文章，可谓工程浩大。想来，那些受访者得和诡异的老太婆交谈，还需收下一束红得扎眼的玫瑰花，

1　喻指历史小说家柴田炼三郎（1917—1978）。

不啻天外飞来横灾，估计他们得有两三天连饭都吃不下。魔利到现在依旧是一穷二白，即便要出席真岛宅邸的宴会，也只能穿上二十年前做的和服，系上十八年前左右，亦即第二次世界大战刚打完时买的腰带。不过，她十二岁时参加由佐佐木信纲[1]的竹柏会主办的游园会，游园会结束后，辗转得知当日风传："今天的与会者之中，大仓喜七郎[2]家的三千金福子，以及欧外的长女魔利这两位小姐的衣裳堪称连璧呀！"消息传入魔利母亲的耳中，母亲非常开心。想当年，魔利的母亲曾拥有明治第一夫人的封号，儿时被问到长大后做什么的时候，她的回答竟是："我想成为皇后陛下！"加上魔利的父亲欧外也是位贯彻贵族主义的男士，在父母共同的影响下，奢侈的思想早已在日常生活当中渗入了魔利的精神和体内了。身上穿的服装和缎带之类的装饰品自不待言，甚至连化妆品都由魔利的母亲为她备妥了昂贵的品项。参加游园会的那一天，魔利的衣裳是由父亲欧外亲赴"四越"为她挑选回来的。那匹面料只是用平织丝绢染上图样，以价格来说，自然无法与大仓喜七郎的千金相提并论，但那缤纷的色彩是以艳红、雪白、橄榄绿、墨黑、淡橄榄绿这五色的偌小四方形，构组而成六种样式的三角形图案。欧外选了这匹马赛克样式的面料做成垂袖和服让女儿穿上，里面搭配纯白的平丝衬衣，腰带同样是银蓝相间的三角形图纹，配上一条正红色的圆绳绦带，长发自然垂落披肩，仅在耳上缀着白色波纹绸系的蝴蝶结，颈子上还戴了一条意大利制的马赛

1 佐佐木信纲（1872—1963）：知名的和歌歌人及日本国学大师。

2 大仓喜七郎（1882—1963）：日本大仓财阀的第二代当家，创立大仓饭店集团。

克项链。魔利的母亲非常信任丈夫欧外的眼光，在定制这件垂袖和服时，从头到尾一概交由欧外决定，既没指定面料非要选用丝缎不可，也没指定必得加上刺绣才行，绝无插嘴干涉。那一天，盛装打扮的魔利连竹取公主都要相形失色，纵如牙田剑三郎之辈亦无法擅近半分，肯定只能在关东煮摊贩的遮阳篷下喝得微醺，如痴如醉地远望着那娇艳的身影了。

变了个人似的（？）魔利趿着全新的草屐走出了家门，却忘了带上真岛宅邸的地图，于是在大森的臼田坡上的巴士站下了车之后，只能毫无目标地往前走去。

黑暗中，有个宛如存在主义者的年轻女孩为魔利指点了去路，可魔利随后又遇上了另一个提着晚餐食材的女子，这才明白原来该往反方向走。这位女子一身黑灰，有时吹起口哨，或者哼唱着歌曲，与魔利并肩而行。魔利虽对她有那么一丝不相信，依然认定她必然是被文学附身的一只狐狸，由于渴望参加真岛与志之的宴会，因而化身为女子的样貌在这里徘徊。

魔利走进门厅以后，只见一座阿波罗的雕像耸立在黑暗中，散发着熠熠白光。它是昔日魔利抬头仰望的那群庄严的罗马纯白众神之一。意大利那冰冷的石块，火辣的太阳，运河，灿白的天空投下的影子，忽远又近的钟声。魔利几乎不敢相信，在她这些记忆中的白色梦境，居然会在东京的黑暗里再度出现。

半晌，魔利总算将视线从阿波罗的身上移开。

魔利偕同在玄关遇到的《黑潮》的R先生步上了走廊，却在那里停下了脚步。有人在前方右边的沙龙邀他们过去，可也有人唤着他们爬上正面里侧的昏暗阶梯。阶梯上方的沙龙和右边的沙龙之间也设有楼梯，亦即二楼和一楼的沙龙相通。走上昏暗的阶梯后往左转，在玄关正上方还有一个房间，也就是连同右侧一、二楼的两个沙龙，全部都是宴会的会场。这三个房间和西欧的小说里画着舞会场面的插图一样，宾朋满室，笑谈喧闹，有些人端着饮料杯走动，遍访这三处。魔利发现自己根本没法掌握这场真岛宴会的全貌。R先生看起来好像知道屋里的格局，却同样不大清楚今日宴会的安排，因而和魔利一起呆立在原地。

身后的宾客把他们往前挤进了一楼的沙龙里，真岛与志之旋即来到魔利的身旁，虽然没有牵起她的手，仍为她一一介绍了宾客，只是魔利照例眼前一片昏花，完全认不出谁是谁。当他把魔利介绍给外国人，魔利说了句“Enchantée, Monsieur”（先生，幸会）的时候，真岛与志之立刻说道：

“今天没有法语系的人来啦！”

魔利顿时尴尬万分。假如真出现了法国人，魔利在文章中看似挥洒自如的法文，只怕就要露馅了。

真岛宅邸，以及真岛与志之举办的宴会，完全不像魔利想象中可怕，反倒相当愉悦而intime（亲密）。真岛与志之体内的白蛇，并没有背叛魔利幻想的世界。

“果真是蛇没错哪！”

真岛与志之在水晶吊灯的光芒下站得笔直。

水晶吊灯灿白的亮光，把真岛与志之体内的那条希腊白蛇照得高亢奋昂。那一对魔利曾隔着狭小桌子看过的黑眼珠格外圆大，炯炯有神，而眼白的部分也同样硕大。在真岛与志之的眼睛之中，魔利看到了那条白蛇。

“这是希腊的光亮啊！”白蛇轻声念道。

白蛇从身穿深蓝西装和黑色衬衫、系着浅黄领带的真岛与志之体内爬了出来，犹如烟气一般，悄然无声地从面对庭园的那扇玻璃门溜进黑暗之中，消失了身影。它会否迅即伸长了身子，在黑暗中攀缠上阿波罗那一尊散发着透明光泽的躯体呢？

魔利以前曾听过一篇意大利的小说，故事里的大理石石像趁夜爬上阶梯，朝做出了背叛行为的主人身上倒卧下去，压死了他。

魔利只确定对方是人类，并且是与爱情有关的事件，其他的细节全忘了。魔利如今虽会把现在的事误以为是三天前发生的事，但是从前的事一概牢记在心，甚至连外褂绑绳的颜色也都历历在目，实在没料到自己竟会忘了故事的情节。这不是衰老造成的。不长记性，以及宛如线控人偶一般腿软摔跤，都是自她七岁以来就有的老毛病。每当她要从高处下楼，一双腿便软绵绵地使不上力。她总是害怕地想着，这两条腿会不会松脱了，拐个弯朝向正后方屈曲，然后再接回身躯上？她几乎没听过其他人像她这样胴体和腿脚的连接关节不听使唤的，忖想会不会是曾经染上轻微的小儿麻痹自然痊愈的后遗症。魔利尽管很想请个医术高明的骨科医生诊察看看，却也害怕万一诊断的结果确实是肢体残障该怎么办好。不管怎么做都很可怕。

魔利一面和不认识的人交谈（我不认识这位人士，并不是因为我不尊敬他。当真岛与志之介绍我们认识的时候，真岛与志之的面容和话语、对方的面孔，以及站在他身后的女子系绑的腰带全都和水晶吊灯的灿烂灯光溶在一起，化为一种不想让人知道真貌的诡异生物，像莫泊桑的奥尔拉[1]那样流动着），满脑子想的都是那部小说。

魔利心想，不知道二楼的沙龙是什么景象呢？于是和R先生一同上了二楼。令魔利心里既挂意又十分抱恨buffet——当魔利明白了buffet这个英文单词的意思是“站着饮食”时，顿时十分沮丧。所谓站着饮食的用餐方式，是“没有预先分配每个人的分量，想要吃多少可以尽管拿，但总不能毫无节制”的方式。以前，佐佐木信纲举办的游园会中，在宽广的庭园里摆了各式各样的摊位，由于魔利当时已经十二岁了，不能像妹妹那样大模大样地凑近一处处摊前享用，至今依旧怀恨在心。所谓的buffet，是一种到了回家的时候，只能将堆积如山的吃食，搁进心里带走的供餐形式——的所在位置一直被人墙挡住了，直到魔利再度下楼的时候，这才总算瞧见了。当她步上正面里侧的阶梯，进入左侧的房间以后，看到这里同样有许多人或坐或站，笑声和烟气静静地笼罩着整个房间。阶梯才走到一半，已经可以听见里面传出的低语声了。

“这是岩潮楼[2]和歌之会的梦境呀！”

魔利一面步上阶梯，不禁喃喃自语。

她正要走上去的时候，恰巧见到下楼来的阿澙具之，忍不

---

1 莫泊桑的短篇小说《奥尔拉》描述一个原本生活正常的男人，身上忽然开始出现一些奇怪的症状，家里也逐渐发生各种难以解释的现象，他认为有个看不见的生物控制了他，并将它命名为奥尔拉。

2 喻指作者儿时旧居，位于东京千驮木町的观潮楼，因二楼可远望东京湾而得名。森鸥外经常在此和文友聚会，诵诗赋歌（和歌）。

住轻呼了一声：

“啊，阿潟先生！”

在魔利的脑袋里，真岛与志之和第三代的新锐作家阿潟具之完全没有关联。她不晓得真岛与志之是属于第几代的人物。阿潟具之必然不晓得魔利的讶异从何而来——

大抵来说，除了魔利以外，其他人全是成熟的大人，数不清的人生秘密尽皆隐藏在那淡淡的微笑之中，尤其是这群称为作家的人物，更是拥有所谓的灵通能力，对于魔利的心境与惊讶可说是一目了然。其中，尤以男作家格外具有这种感应的才华。他们对于魔利是从“魔利的壳”这个特殊的壳里，隔着不透明的膜观看外面的文坛分布图、文艺杂志和作家的关联、著作的出版事宜，还有她并未在真岛的宴会上得意忘形而大言不惭等种种事项，全都像伸手握住一个实际存在于桌上的茶杯那般，瞬间就掌握了全貌。那是一种声息相通，一种禅学问答。近来，魔利对于文坛世界（魔利不在那里面，而是待在壳里）越发感喟（以前她感喟的对象是法国文学的世界），甚至想要包下日生剧场三个月，招待文学世界里的所有人，即使没坐满也没关系，每天上台三次向他们请安问候。魔利认为，这么一来，包括魔利的外观（外观即是内容），以及她是个写小说时，只以“美”为目标（因为她没有其他的素材，也没有别的知识了）的外行女作家，还有她在人群中会看不见眼前的人，这一切事情，人们都将释怀。遗憾的是，那是不可能办到的。这比起没能收到龙冈笙太郎那张据传颇为精彩的明信片，更令魔利遗憾数千倍。

——他只是因为和真岛与志之熟识，顺理成章地前来赴宴，因此态度从容而自在。

“您好。”阿瀉具之说道。

阿瀉具之无意对魔利隐瞒他和真岛与志之素有深交，却得无端承受魔利投来的讶异目光。不过说起来，不论魔利是去葭雪俊之介那里，或是来真岛与志之的宴会，总会遇上阿瀉具之这号人物。

上了二楼，魔利虽又见到了龙冈笙太郎、喜多守绪、住吉美和子，但她不再吃惊了。魔利直到最近才知道，住吉美和子与那批第三代的新锐作家是同期出道的。她不晓得真岛与志之和他们都相当熟识。提到第三代的新锐作家，魔利脑中浮现的是葭雪俊之介、龙冈笙太郎，以及安东杏作这三个人。她心神恍惚地想着：三个人，恰巧和第三代新锐作家的分类不谋而合。不知道“第三代的新锐作家”这个名称到底是怎么跑到魔利的脑袋瓜里的，可光是知道这个名词，魔利就足以号称文坛通。就因为这样，在魔利拿葭雪俊之介、龙冈笙太郎、安东杏作三人写了一篇滑稽的文章时，有位人士面泛浅浅的微笑，对魔利说了句“挺懂得替人抬轿的嘛”的时候，令魔利感到极度不悦。话说，葭雪俊之介、龙冈笙太郎和安东杏作这几位名家，怎会是在魔利吹喇叭抬轿子的帮衬之下，才跃上《黑潮》杂志发光发亮的呢？光想起来都要教人喷饭，套句永井荷风的话：“当笑之。”

二楼那里的沙龙布置得光线柔和，略有几分微暗，沿着墙边摆着舒适的椅子，人们在这里能够放松谈笑。一些外国宾客（guest）的夫人、真岛与志之的母亲和夫人熟识的女宾（guestess?）以及和真岛与志之熟识的（魔利是擅自闯进来的）人们，全都聚集在这里。

楼下规划成供餐的会场，人们大都是站着的，一些人依着各自的交际，分成几群围站在一起。这一天的真岛宅邸宛如国营电车的客满状态，连阶梯上方左边的房间（据说平常是夫人的小客厅）也开放成宴会的场地，聚集在那里的似乎全是文学领域的家伙（虽然魔利还没来得及造访那个房间就告辞了）。第三个房间或许只在那一天充作会场，但是上下两间沙龙分别由里外两座楼梯连接相通，可以楼上楼下兜绕个遍。看来，这栋宅邸在建造的时候，已经考虑到为了举办独树一帜的宴会，特地设计成这种格局，魔利心领神会。

正坐在地毯上说话的阿潟具之忽然回头问道：

“牟礼女士，您认识住吉女士吗？”

魔利在一张既似贵妇人的踏脚台又像巨大沙包般的椅子上落座，当即认出了此时转过身来的住吉美和子。不过，住吉美和子将自己藏在一抹暧昧而神秘的笑意背后，似乎并不记得魔利。在住吉美和子出名之前，魔利其实曾见过她，但魔利只说了：“在您还留着长发的时候，曾经见过一面。”并朝她投以微笑。若是用“在您出名之前”的说法，只怕有些失礼，魔利因而不自觉地换了个说法。结果，这位fair sex（意指女性。魔利从广播节目《英语à la carte》上学到的）似乎陡然露出了警戒的神色。她只用了短短五六年，即到达了今日名利双收的地位，靠的全是自己一个人的力量。住吉美和子在正式踏入文坛时把头发剪短，整个人立刻变得很可爱，甚至称得上是个美人。她写的小说虽不是魔利喜欢的类型，但同样身为小说的写作者，着实令魔利暗自讶异；不过，对方忘了曾见过面的事，算是一件遗憾。

由于buffet设在一楼，魔利于是下了楼，与住吉美和子结了婚的仁安艺夫碰巧就站在阶梯下方。

——魔利是个报纸、杂志、周刊的成瘾读者，虽然会掏钱买的只有两三本，但是每一本杂志她都会站在书店里看完。鸭北泽[1]有两家书店禁止顾客只在店内翻阅而不购买，只消每隔两三天轮流上这两家店翻个几页，举凡东京、巴黎、伦敦、罗马的动态，魔利没有不知道的。通过时事杂志，魔利得以全盘掌握世界动态，再加上魔利特别有兴趣的纯文学和大众文学两派的文坛人士、评论家、指挥家、各领域的音乐家、歌舞伎演员、话剧和新派及新国剧与电影各界男女人士、外国影星、舞台导演、电影导演、电视导演、主持人、作词家、作曲家、落语家、漫才家等各领域名人的长相与体态的特征，乃至于他们的穿着打扮，魔利向来目不转睛地仔细观察，早已烂熟于心。因此，当这些人出现在路上、剧场、电影院、国营电车、井之头线的车厢、月台、咖啡厅，凡是有人出没的一切场所，都绝对逃不过魔利那双眼睛。从星期天拾起画笔怡情养性的大臣，到醉心于法国文学的企业家，都是她长期关

1　喻指下北泽，作者居住的地区名。

注的各界名人，也因此，在欧外作品《鹬》[1]的试映会上，魔利第一个发现大臣就在最前面那一排。魔利的弟弟慌忙为受邀前来的贵宾重新安排座席，到最后反而匀不出位置给魔利了。所幸在千钧一发之际，一位外号白手帕的人士把原先搁在邻座空位上的黑色绅士帽拿到膝上，并向魔利比个手势说“请坐”。魔利向他道谢之后这才落了座。尽管魔利少有机会和上述人物交谈，但她在街上发现的演艺界人士，可说是不胜枚举。魔利对于牙田剑三郎说他曾经见过她，十分存疑。魔利能在路上一眼就发现艺术界人士，其本事如蛞蝓之于“染谷九斋”[2]（欧外的小说《染谷九斋》里的主角）那样厉害。基于这个深奥的理由，魔利打从心底深爱所有的艺术界人士。因为艺术界人士的情感相当丰富，对于生命的欢愉和痛苦，感受分外强烈。甍平四郎虽是特例，但若以他为例，对于甍平四郎，甚至包括他那青花鱼色泽的外褂，庭院里的石头、树木、青苔、小桌、俑偶、壶罐、金鱼，以及他所有的时间，魔利全都由衷敬爱。再举个例子，倘若真岛与志之的体内此时长了个硬块，魔利想必会痛彻心扉（瞧这是什么话，先走的是魔利吧）。自从魔利得知平四郎得了癌症的那一天起，她从早到晚都在哀怨叹气，就连走在路上看到七十岁上下的老人家，都像厉鬼般恶狠狠地凶瞪着对方的背影，心想：“这个人怎不替他去死呢？”即便到了今天，每回看到平四

1　喻指森鸥外作品《雁》。

2　喻指森鸥外的历史小说《涩江抽斋》。

郎的照片，她依然忍不住叹息。听到川村礼吉嗜吃蜂蜜蛋糕的传闻，她心头也不禁揪紧了一下。就是因为这样，所以魔利绝不可能漏看了牙田剑三郎——那个嘴巴特征像极了吃到全日本第一酸橘的大隈重信[1]的人。牙田剑三郎笔下的魔利和她的相片一模一样。不属于幻想派的牙田剑三郎，读了魔利试图描绘炽烈的爱情却没能顺利发酵、导致床戏情节格外惹眼的作品《野兽们》后，脑中继而浮现常见的魔利相片，想必顿觉反胃吧。依照这样的解释，魔利相信牙田剑三郎的文章表现的是他真正的愤怒。但是，魔利向来只把牙田剑三郎当成“就是写那部《平手匡四郎控》[2]小说的人嘛”，直到有天随意翻阅了他的作品，赫然瞧见她最讨厌的谈情说爱片段，连忙合上了书页，心想如果是自己绝不会把这一段写出来。魔利这种深奥的心境，即便不这样为文剖白，但凡艺术家应当早能心领神会。不管是盛衰荣枯，欢愉哀愁，魔利和牙田剑三郎都该是声息相契的伙伴。那篇文章，真是令她惊讶万分的背叛。基于前述理由，魔利能够认出住吉美和子的结婚对象，自是理所应当。

——看到仁安艺夫的面容，魔利当即想起了自家侄女的面孔。那侄女在仁安艺夫的公司里做事务工作。

1　大隈重信（1838—1922）：日本政治家，曾经担任日本第八任和第十七任首相。其相貌特征为嘴部尖瘪。

2　《平手匡四郎控》应喻指柴田炼三郎的《眠狂四郎》系列最初的作品《眠狂四郎无赖控》。

魔利赶忙走上前（在一个致送英文邀请函的宴会上，淑女没有经过他人引荐便主动找男士说话，是一种很糟糕的行为。站在他们身后的真岛与志之看到这一幕，想必会暗暗皱眉），十分有礼地向他问候，没料到仁安艺夫不仅没有点头致意，反而把下巴扬得高高的。魔利后来才听说，仁安艺夫的公司在他出外旅行期间闹了罢工，魔利的侄女也被迫捺了印。难怪他看了魔利就满肚子火。话说回来，仁安艺夫的礼仪程度，还真是和魔利不相上下哪。

总而言之，住吉美和子的回应与魔利想象中的相反，而仁安艺夫的态度也令她不解。那种感受虽然异样，顶多只像是浮在气味芬芳的水果酒表面上那若隐若现的微尘罢了。

身穿黑西装的男士们，以及闪耀着银色光芒的仕女们，与魔利几乎是摩肩接踵地擦身而过。既有昔日红颜美少年的身影，又如西洋人般高大魁梧的北杜夫，像在巴黎舞厅里的那些人一样，静静地、缓缓地“游”向魔利，与她交谈。在衣香鬓影，在笑意盈盈的一张张脸庞间，龙冈笙太郎在夜色低垂的天幕下支着脸颊，探出卸了妆的意大利喜剧丑角似的面容，朝魔利微笑着说些什么。此时，只见从住吉美和子的身后，走来一位穿着简式日本和服、身形娇小且貌似大家闺秀的女子，原来是龙冈笙太郎的夫人，说是曾经读过魔利的小说，令她欣喜极了。此外，魔利也和岛泽武比古以及他的夫人聊谈，诸如这样的巧遇一桩接着一桩，魔利甚至有种错觉，就连女星若叶多美尾、吉川坦的夫人冈田秋丁（这些全是魔利从照片上认识的人）这些和她没什么交集的人，也都在对她微笑。魔利的情绪愈来愈高涨，新生的血液热滚滚地涌上了面庞，一张脸像平常高兴时那样涨得通红，她一下子坐在美丽的椅子上说话，一下子又起身微笑，不知不觉间整颗头变得烧烫，开始觉得不舒服了。

在这文坛人士群集的辉煌盛宴中，自己也成了其中一分子，好似在轻飘飘的梦境里，魔利仿佛回到了她强要参加岩潮楼和歌之会，抵死不肯去睡的童年时光，但身子却愈来愈不对劲，胸口像是堵着一团凝滞的空气，终于恶化到再继续待下去，只怕就要呕吐出来的恐怖状态了。

魔利告诉了坐在身边的R先生，两人一同起身下楼，朝真岛与志之走去，向他告退。

站在水晶吊灯正下方的白蛇转过身来问了他们：

“现在就要回去了呀。”

他虽露出了一瞬错愕的神色，但旋即掉过头去和周围的宾客继续方才的话题。

这一瞬间，人们欢笑闹腾的模样和岩潮楼记载里的一模一样。

真岛的母亲与夫人前来玄关送行，听到魔利身体不适，建议她不如到外头呼吸一下新鲜空气再回到会场，魔利险些脱口而出：“那么，恭敬不如从命。”她要真这么回答，可就滑稽了。为了配合魔利的精神年龄，她的身体构造几乎和孩童的一样，有时感觉非常不舒服，但下一刻就复原了。一个年岁早已超越成年女子的祖母级夫人，总不能说声：“我已经没事了，那就再多打扰一会儿吧。”事态发展至此，魔利委实无比遗憾。

魔利和R先生，以及另一位早前已介绍了也打过招呼，只因魔利心不在焉所以想不起来是哪位的《黑潮》编辑，三个人联袂离开了真岛宅邸，准备招辆出租车回家。就在步出真岛宅邸大门的时候，几位年轻男子和他们擦身而过，魔利觉得其中一位好像在哪里见过。原来是球山弓彦和两三个同伴前来赴宴。他本人的神态比印在独奏会邀请函上的那张照片还要好看。

他开心地抬起头，脸上的表情仿佛在告诉同伴："应该就是那里吧？"那模样看起来真是天真直率。

这一刻，魔利越发感到遗憾了。

"牟礼女士还真是敏感呀！"

真岛与志之的言下之意，无疑认为魔利应该是个大而化之的人。在真岛的宴会结束过后约莫两个星期，这句失礼的评语，就这么随着风儿飘入了魔利的耳里。

文坛绅士们与魔利

在三十四点一度的房间里，魔利恣意地把腿往铺着大毛巾（一条在两边深玫瑰色、中央浅玫瑰色的部分缀着花样，浓淡相间的地方透着浅浅的天空蓝；另一条是色泽已经变得深如黄昏暮色的素色条纹，和柠檬黄的素色条纹相间。这两条大毛巾交替使用）的床上伸出去（这是夏天里最舒适的铺巾。魔利相信，这般舒心惬意的享受，绝不输给大抵都在书房里吹着冷气的文坛绅士们，包括躲在像意大利的大银行似的书斋深处写小说的三岛由纪夫在内），满脑子浮想联翩却不知该如何下笔。这种写法好似一只趴着一动不动，看不出想要爬到哪里去的蛞蝓。即便如此，魔利仍然相信每年至少能写出一部小说。为了挤出那种蛞蝓小说，魔利唯有日日夜夜搜索枯肠，拼命找寻起首的第一句，这已经成了魔利一贯的信仰（并不是像基督徒、伊斯兰教徒，抑或亲鸾[1]门徒——日本究竟是从什么时候开始把基督教的信徒简称为基督徒的？日本人似乎相信，只要把所有的用语都浓缩起来，就能赶上这令人目不暇给的太空时代——那般坚定的信仰，而是像崇拜太阳或膜拜干枯人颅的土著人那样空茫又不可靠的信仰），并且奉为唯一的圭臬，像

1　亲鸾上人（1173—1263）：日本净土真宗的创始者。

这样苦闷的日子仿佛永远没有结束的一天。然而，原以为充满幻想景幕的脑海，多数时候其实只像是一大盆浑浊的洗衣肥皂水。今年二月写的小说，原本打算在十二月完成后续的部分，可到现在我[1]这只蛞蝓仍旧没动没静。事到如今，连其他出版社很久以前委托我写的另一部小说，也已被逼到了跪哭谢罪亦无济于事的窘境了。就在这个当口，手上正在赶写的这份稿子，又被已经等得不耐烦的编辑提议，不如另写一篇轻松些的文章。事态演变到这地步，真不知该怎么收场了。这就是编辑的作风，他们对于写东西的人和他们奋力分娩作品的苦闷，就我来说是必须等待那只蛞蝓爬出来的苦心，向来佯装不知。更伤脑筋的是，编辑总在我左右，步步紧跟。魔利写完一部小说之后，就像生完小孩的母亲一样需要睡眠调养，只不过休息的日子稍稍久了一些，某个早晨正盘算着差不多是时候认真投入另一场大苦闷了，就在同一天下午，电话铃声响起，编辑说要来家里玩，其实来玩是骗人的，直到临走前才抛出一句："是不是该开始动工了？"我们不像一般的情侣，一个想要今天见面，另一个还对前一天见面时发生的事愠怒在心，或是一个忽然把情人的事抛在脑后，另一个却拼命为对方着想，以至于两人见了面，一个甜蜜开心，另一个则满腹忧愁。蛞蝓小说家刚松了口气，突然又冒出一种奇怪的预感，觉得接下来的写作恐怕不太顺利，于是陷入了和写小说时同样苦闷的心境。恰巧白石嘉寿子[2]来了电话，随后又接到宫城真理子的来电，她便向

1　作者时而用第一人称，时而化身"魔利"改用第三人称，是她的一种写作特色。

2　白石嘉寿子（1931—　）：诗人，笔名为白石かずこ，与作者交谊深厚。

她们倾诉了烦恼。这一天早上六点钟，魔利突然睡醒过来，心里明白今天再不动工绝对来不及写完，于是埋首续写五天前写下的开篇部分，六点开始渐渐发亮的天光旋又暗淡下来，以为是打雷的缘故可又不像，这才惊觉原来时间还是昨天的下午六点[1]。魔利为这平白捡到的一天一夜欢喜得紧。然而，有不少日子原本打算半夜起来赶稿结果一觉到天亮，睁开眼来，赫然发现在梦里写好的部分，其实连半个字也没落在稿纸上。原以为如此这般苦闷的只有无赖的魔利而已，心想文坛的前辈绅士们应当比自己处之泰然，没想到有天看了一本妇女杂志，上面刊登着三岛由纪夫窝身于满堆的稿纸或文件下面振笔疾书的照片，报道中引用了他的话："一进这样的房间里，我就像在受苦刑啊！"这才使魔利如在炼狱般的苦痛减轻了几分。再有一天，魔利向另一位绅士吉行淳之介诉说了心中的苦闷，他劝慰说道："我也有写不出来的时候呀。写小说相当耗费能量，只要想到要上二楼就生厌哩。"魔利这才放下心来回道："那么，也许安冈先生和远藤先生也都是这样的。还真想找一天突击造访，一家家登门确认，图个安心呢。"细想起来，但凡写作的人怎可能不受折磨，令魔利惊讶的是，没想到大家的情况竟和自己十分相似。不过，说起来，魔利的苦闷比别人的来得愚蠢。魔利本有机会在两本杂志上刊登小说，很高兴终于能独当一面；到头来，这份喜悦又化为泡影，末了只能花上好几个小时向人哭着谢罪。像这样一年只写一部，甚至两年才写一部小说的人，怎么有脸以为自己足以独当一面呢！魔利也曾发生过这样

1　这段文字的时间序列有些不合常理，仍依原文译出。

的事件：先是答应试着写写看，后来还是觉得不行，心想这是第二度辞退邀约，应当亲自前往婉拒。好不容易到了从没去过的杂志社，却没能与主编见上面，只得另行会面，并晤谈了好几个小时，对方原本愿意把我视为杰作且曾经放映过的戏剧改编出版，但最终仍旧作罢了。

然而，这位充满苦闷的蛞蝓小说家在不苦闷的时候，亦即出去外面的时候，同样会干下充分展现出蛞蝓小说家本色的傻事——当魔利和文坛与画坛的绅士们在一起时，就会有怪事发生。“那有什么好奇怪的？既然都能化成人形了，区区这么丁点纰漏，算不得什么！”魔利的耳畔，仿佛总是有条蛇在骇人的森林里嗫嚅的声音响起，如同《虞美人草》里描写的：那些谵言虽如嘲笑的铃声般叮当鸣响，还是别侧耳细听那长吁短叹吧。近来，有几位挚友对魔利说：“像魔利姐这样纯真的人，反而被看成是虚伪造作；而那些虚伪造作的人，却被当成是真情实意呢！”也有人告诉魔利：“魔利姐，别再多想了。我去神户演讲时向听众说了，诸如亨利·米勒、池田满寿夫，还有牟礼魔利女士这些描绘恶魔的人，其实本人都非常可爱，和孩子一样纯真呢！”有了好友的安慰，魔利总算不再把这事往心里去了。那些满口谎言的诽谤，全当作是蚯蚓的叫声便罢。

魔利绝非故意把前言写长一些，以便往文章里灌水增字，可这段序文确实太过冗长了。魔利和文坛绅士们在一起时，发生的怪事可说是不胜枚举，先讲一件去年年底闹出的糗事吧。那一天，魔利有事找S出版社的编辑（所谓的有事多半是去借钱的。大抵是弄丢了存折的印鉴，向银行苦苦哀求后，特别通融让魔利领些钱出来，过上一个月左右，这笔钱也差不多见底了。由于更换印鉴还得等上一个星期，无计可施之下魔利只得去借钱。只要在那里稍待一下，出版社就会从大金库里拿出钱来，从下一次的稿费中扣除。有时是到了星期六的下午已经身无分文，于是去借一天半的生活费以便熬到银行开门，像这样的状况也不稀奇。魔利曾向大谷藤子[1]拜托周转，也曾向室生犀星、萩原叶子、濑户内晴美[2]——那一次是在东庆寺的聚会上，魔利忘了带钱包，本来指望着萩原叶子能够解围，岂料她钱包里只剩下回程的电车车资，逼不得已只得向有生以来第二次见面的濑户内晴美借支会费，可一个转身，魔利便把已经借到款的事忘得干干净净，又央托了一位大富翁帮忙纾困——等等诸位人士告贷过，算得上是文坛的小无赖），于是冲进S出版社的自动门，奔到柜台前面。这时，端坐在里边一把皮椅上的川端康成，朝魔利这边望过来。从他端正的坐姿来看，魔利登时明白了川端康成并不是来请托周转的。只是一来两人并不相识，况且眼下也不像在某个会场上寒暄两句就算，即便魔利过去他旁边欠身施礼，也想不出话好交谈。他虽盯着魔利瞧，或许只是想着她有些面善，何况他还顶着一张让人退避三舍的扑克牌脸。总之，魔利没去向他打招呼，径自等候编辑出来，讵料，川端康成竟然主动起身，谦恭有礼地问候了声“好久不见”。就是因为素不相识魔利才没上前搭话，对方又怎会先过来问候呢？慌忙间，魔利没头没脑地回了一句“不客气”。恰巧柜台的小姐这时来到他们面前，准备领路去搭电梯，川端康

1　大谷藤子（1903—1977）：日本作家，代表作有《断崖》《再会》等。

2　濑户内晴美（1922—　）：日本作家，出家后改名为濑户内寂听，获奖无数，包括日本文化勋章，代表作有《问花》《源氏物语》白话文全译本。

成便随着她朝电梯缓缓走去，魔利竟糊涂地以为自己的会客室也准备好了（*更精确的说法应该是无意识地跟着行动。魔利一年到头老是在不知不觉间干了好事*），便跟在川端氏身后一起走，结果那位小姐比了个动作告诉魔利“还没轮到您呢”。魔利陡然回过神来，没再跟着川端康成往前走。事后定下心来细想，赫然想起不久前，妹妹的长女结婚，正是请川端康成担任介绍人的。当时魔利曾趋前寒暄并且向他道了谢。换作一般妇人，或许还会捧着礼物上川端家拜访，保持往来，可魔利偏像患了健忘症般闷不作声，于是彬彬有礼的川端康成便主动上前问候了。即便双方不曾相互登门拜访，但凡有常识的人，至少也会说一句“好久不见”。

同样的闹剧也曾在别处上演过。有一天，涩泽龙彦[1]招待即将受邀前往西德的池田满寿夫和富冈多惠子到位于镰仓的家中做客，也邀了魔利一起去玩，魔利便和他们两人结伴前往。多惠子起初提议约在罗迈亚[2]碰面，无奈魔利的方向感奇差无比，根本是个大路痴，没把握能找得到餐厅，多惠子便要她在原地等着，说是有人会来接她。等了一会儿，一位年纪介于成年与中年之间的男士开车过来，载着他们三人去了罗迈亚。魔利虽然饥肠辘辘，可到了涩泽家马上就能用餐了。满寿夫和多惠子建议先在罗迈亚吃点豆子汤、黑面包和一些沙拉再赴约。这个提议令魔利高兴极了，甚至想用印在中国料理店盘子上的

1　涩泽龙彦（1928—1987）：日本小说家、法文学者，不仅是池田满寿夫的好友，亦与三岛由纪夫有多年深交。代表作为《唐草物语》。

2　罗迈亚（Restaurant Lohmeyer）为一九二五年于东京银座开设的第一家地道德国料理餐厅，亦曾在谷崎润一郎的代表作《细雪》中登场。

那个“囍”字，来形容心里欢天喜地的激动澎湃。其实真正澎湃的地方该说是肚子里吧。假如满寿夫和多惠子生性吝啬，两人大可先在罗迈亚填填肚、抹抹嘴，把魔利约到别的地方会合即可；幸亏满寿夫和多惠子并不小气，魔利才得以吃到她在这世上最爱吃的却只能朝思暮想多年的德式豆子汤与黑面包（就是以黑麦或裸麦作为原料，掺了卡尔斯[1]——那是中国的杏仁吗？——及曾出现在那部俄国小说里，全家一起在庭院里享用的面包。那个大家族的成员有某某斯卡雅、某某尼夫、某某斯洛瓦、某某斯基等等）以及沙拉，顿时让魔利心花怒放。既然这里是罗迈亚，想必菜单上也有马铃薯沙拉吧。等到这些都上桌以后那位年纪介于成年与中年之间的男士便说：“请让我也拍一张像这样交谈时的照片。”魔利这才明白了他想要拍照。在他们享用完这顿不能称为餐前酒，而该称是“餐前餐”以后，那位男士开口请这对夫妻移驾到邻桌的座位上，于是满寿夫和多惠子换了位置。他们移过去的桌面上同样有盏亮着红光的台灯，与方才用餐的这张桌子布置完全一样，魔利虽不懂为何要换位，依旧准备跟着过去，结果多惠子以眼神示意她：“魔利姐留在原本的地方就行。”于是魔利又坐了回去，可越想越不解。事态发展至此，就算是个孩子，但凡机灵些的，肯定马上会意过来是怎么回事了。早前虽已听过介绍那位算是“中成年”的男士在报社工作，可魔利的呆头愣脑就是没法弄懂此刻的状况。那些银座的绅士和小姐们，瞧见一个向来被当成来历不明的洗衣婆似的女人，只穿衬衫搭毛衣还趿着没跟的鞋，就大模

1　应指“卡尔斯巴德矿泉盐”，作者将这罕见名词做了诙谐的解读。

大样地踏进位于银座的高级餐厅，纷纷朝魔利投以明显的轻蔑目光。但在看到她和拿着相机的男士与貌似年轻艺术家夫妇的两人同桌以后，忖度着这个老太婆只怕和媒体人士素有深交，便又转而用欣羡的眼光望着她。使得魔利满面春风、得意忘我，脑袋瓜里全都放空了。这位男士是来拍摄一对即将前往西德的知名夫妻，假如魔利也是位著名人士（魔利只在与其熟识的人们之间具有知名度而已），就会被邀请一同入镜，并且照片旁边会标注“这一对是某某夫妻，旁边的是某某氏”。魔利沮丧地想着，对方该不会以为魔利自认闻名遐迩，于是打算一同换到另一桌吧？旋又转念想到，以记者的敏感度，从多惠子和魔利方才的互动，应该能够嗅出实际的状况才对。举凡自以为声名远播的人，其实都不如想象中来得出名。曾经荣获大奖的人，在和名气更大的人士同席的场合中，若是出了差错可要糟了，不过萩原叶子（曾经荣获新潮奖）就不会犯这种错。换作是她和出名的人以及带着相机的人一起上餐厅，到了要拍照的时候，她必定会离开原来的座位，远远退到最角落摆着刀叉的桌子旁配膳用的小桌边，除非抓着她的手硬拽回来，否则死活不肯归位，所以她绝不会出错的。

自从魔利得知，有位名为久保田万太郎[1]的诗人在吃寿司时，不晓得是被魁蚶还是饭粒噎着了气管，倒在走廊上死了（当时的报道魔利兴味浓厚地详读过，所以印象十分深刻——魔利向来对人类的死亡有浓厚的兴趣，或许是对自己的死亡和

1　久保田万太郎（1889—1963）：日本小说家、俳人、剧作家，曾获日本文化勋章，擅长描绘东京庶民的生活。代表作包括《春泥》《未枯》《寂寞的时候》等。

死亡本身感到恐惧，亦是对动物和人类的生死抱持兴味与敬畏。魔利很清楚那不能拿来当兴趣。只有让魔利心怀敬爱的那些人，她才会关注他们的生死。但是，魔利对久保田万太郎并不敬爱，原因是魔利的母亲患了绝症以后，有一阵子他常来家里陪她下棋，与家里人都熟识，也对魔利与妹妹茉莉亚、弟弟路易吉[1]颇为亲切友好；可是一个叫作阿信的少年某天脱口而出的一段话，让魔利认为这个阿信必定知道某些内幕。这个阿信是当女佣没空陪不敢单独去看牙医的魔利时，陪魔利一起前去的少年。阿信的父亲好像是住在浅草的马道那边，专门制造剧场布幔的工匠。倘若那事情只是一场误会，只怕魔利形同犯罪，但魔利仍然相信阿信所言不假——可是日子过了太久，已经忘了详情）的变故以后，过了不久的某一个夏日，魔利去了吉行淳之介的家，他那长满青草的墙角和屋旁围起的庭院里，种着令人怀念的紫丁香。那桩意外事件，就发生在大家在院子里烤肉，大快朵颐的时候（若再举个小例子说明得更清楚些，比方魔利对吉行淳之介或三岛由纪夫的死亡报道就兴趣缺缺）。在第二次世界大战开始前，魔利曾请一位名叫铃木操的牙医装了三颗假牙，这位医生在美国待过十年，医术相当高明，可惜那三颗牙后来都掉了，使得魔利有很多东西都没法咀嚼，以至于在享用宫城真理子煮的凉面时，竟然严重失态。宫城真理子把面条烫煮得相当弹牙，光是用筷子夹起便已确信必定美味无比，魔利一时忘了自己缺牙，把一大口面条送进了嘴里，结果咬不动也咽不下，进退两难的魔利，连拿小碟子承接都来不及

1　森茉莉的妹妹原名森杏奴，弟弟原名森类。他们的名在日语中分别谐音：安娜、路易。

便吐了出来，而且还是在吉行淳之介的注视之下。宛如银鲛鳟次郎[1]的他，那时候正低着头把芥末搅进蘸汁里，刘海一派清爽地垂落额前。魔利虽拿了手帕遮掩，可从嘴里吐出满满一大团面条的景象，简直像在希腊的巴桑那座从嘴巴里吐出泉水的半兽神雕像一样，在场的人全都看在眼里。吉行淳之介同样满脸错愕地望着魔利，魔利连忙解释："我还以为会变成久保田万太郎那样。"事实上，魔利在那个瞬间，确实想到了久保田万太郎吃魁蚶时发生的意外，吓得魂不附体。魔利思忖着："这面条哪怕只要一两根进了气管，就要和久保田万太郎一样了。"这起事件过后，魔利有天又读到了罹患食道癌的高见顺[2]没办法吞咽荞麦面而吐了出来的报道，登时又回想起自己吞不下面条时的恐惧。魔利本就是个贪吃鬼，享用喜爱的美味时向来张口大啖，哪怕是一大颗米团丸子亦照吞不误。但在看过那则报道以后，只要稍有哽噎就担惊受怕，疑心自己是不是患了食道癌。

这位高见顺亦是一位文坛绅士，临死前对近代文学馆的设立贡献卓著，他的离世与其称为文星陨落，毋宁说是为近代文学馆奔走的一位人士溘然长逝。这样说虽对勠力于成立近代文学馆的诸位不好意思，可我若是高见顺的家人，对于众人感谢他为近代文学馆的努力尽管感到欣慰，却只能说是喜怒参半。对于他的过世，日本文坛充斥着一片怪异而浮泛的哀音，如歌

1　银鲛鳟次郎为日本作家志贺直哉（1883—1971）在一九一八年发表的短篇小说《赤西蛎太》的主角之一，是个相貌俊美、个性外向而好酒色的年轻武士。

2　高见顺（1907—1965）：日本诗人、小说家，与永井荷风同为知名的日记作家，著作《高见顺日记》为相当重要的昭和史料，晚年致力于日本近代文学馆的筹设。

声般久久缭绕不去，这让魔利很是怏怏不乐。魔利没读过其他作家的作品，包括高见顺的小说在内。然而，这样一位出类拔萃的文士，却好似只是为近代文学馆鞠躬尽瘁的。当魔利看到报上刊出高见顺最后写下的那个无法辨识的字（是写在日记上的字吗？魔利不大清楚）的报道，以及那张照片的瞬间，感受到极大的震撼。魔利所尊敬的其他文学家，大概总有一天都将如是写下最后一个字吧。建立近代文学馆确实是件杰出的事业，竭尽全力一肩挑起身先士众的举动亦是了不起，但是，去某某馆遇见文学的这个概念，却让魔利高兴不起来。拿高见顺为例，如果是要盖出一处仿佛可以遇上高见顺这位文人的地方，比方草木繁茂的木造洋楼，那倒还好；可日本连像样的政治都没有，根本不该把钱用在这码事上。日本政府从不把要事放在心上。日本的公款光是支应那些良莠不齐的国会议员的选举经费，以及把那些最适合在饭坂温泉妓户旁的旅馆里穿着夹棉宽袖袍纵歌乱舞的政治家和国会议员，送往欧洲进行所谓的观摩考察，就已经花得精光。连那个叫一氧化碳什么的议案也拖拖拉拉的，既不通过也不否决，简直就和魔利扒进嘴的那一大口凉面没有两样。倘若政府愿意试着先和某个国家的高官磋商讨论，想必当场即可通过以特案处理了。每次要拯救可怜的国民，毫无例外的总说得先修改法律或是宪法，又磨磨蹭蹭地没有动作。最重要的是，蛞蝓小说家写出来的小说既不属于日本文学，也不是现代文学，亦不是近代文学，更不是波利尼西亚文学，根本不存在于那些地方的任何一处，所以跟那间某某馆毫不相干。

人生中充满着各种困惑。最令魔利百思不解的就是深泽七郎这位小说家的思想了。魔利不大情愿把深泽七郎称为文坛绅士，因为他不像室生犀星那样的粗野之人，性格令人捉摸不定；虽不是绅士，也不是莽汉，亦不是马夫，又不像仆役。简而言之，深泽七郎就是“深泽七郎”。他的《楢山节考》魔利只大致浏览过，《笛吹川》也仅看过电影而已，不过，他的世界和寺山修司的《青森县的佝偻男子》[1]似乎有些共通之处，但是更为质朴一些，却又不像栋方志功[2]那种“浑然质朴”的感觉，属于以魔利的脑力无从解密的诡异世界，是一种看似与“理智”毫不相关的世界。然而有一天，魔利从《文艺》杂志上读到他的一篇关于小说撰写规则的文章，里面写着魔利不懂的伟大理论，俨然一派评论家的大家风范。自从读过那篇评论之后，魔利更不懂他是个什么样的人了。后来在B出版社的一本杂志的企划之下，魔利造访了他那间坐落于琦玉县一片田野中的独栋屋以后，反而越发感到困惑了。在阅读《文艺》杂志上的那篇文章时，魔利忖度着深泽七郎会不会是一只敛着利爪的苍鹰呢？可实际到了他身边聊谈并趁机端详了面孔，却怎么也嗅不出理论派的气味来。虽是如此，但他又比魔利来得成熟。依年纪来说，自是不可能比魔利年长，可他确实相对成熟许多。然而他的本性，以及在文学里的他，宛如吞噬着莫名梦境的一只貘[3]。他虽像住在楢山和笛吹川那一带的居民，但在那样的乡间，实在不会有和他一样的怪物，只能说是无法以言语

1　寺山修司（1935—1983）：《青森县的佝偻男子》为他写的戏曲，于一九六七年公演。

2　栋方志功（1903—1975）：知名的日本版画家，曾获文化勋章。

3　在上古时代的传说中，梦貘是一种以梦为食的神兽。

形容的一种异样的存在。深泽七郎像是祖上来自南洋的岛屿、蒙古，抑或喜马拉雅地方，在这里定居下来后经过了数千年的传承，日本人的秉性已经根植在他的体内了。因此，他虽不像彼得·奥图[1]那般可怕，但真貌未明亦如同另一种恐怖。举例来说，好比一个名叫阿呆的江户无赖汉，不晓得犯了什么案而在佐渡的大牢里蹲了八年，乍看之下长得愚蠢，其实是个佯装笨傻的强者。若是一时大意，没把这个隐藏本性的男子放在眼里，不经意间朝他投去一瞥，赫然与他满是嘲讽之色、正窥向这方的视线对个正着，不禁打了个寒战，就像那样的感觉。那股狐狸般的诡异和室生犀星的古怪有几分神似。

室生犀星也好，深泽七郎也罢，这两人同样具有那个狐或狸子千百成群的日本古老时代的诡诞，而魔利仅能隐约窥见其一。但是，相较于犀星好比一头山猪，伸出红焰般的赤舌，锋利锐牙探出鼻前，宛如一柄飞刀般疾速向前冲奔，全身的硬毛擦碰得噌噌作响，也像是一只不管是爱情或憎恶，皆以张牙露齿的方式表达的野猿；而深泽七郎则像在笛吹川附近某处民家，紧紧巴在墙上的一群蛞蝓，不晓得已经存活了多久，透着一抹莫名的诡异。遇上要打倒他人的时候，室生犀星应该会在怀里揣着菜刀，纵身扑向宿敌的胸膛一刀毙命，至于深泽七郎恐怕是拿把钝刀，嘎吱嘎吱地慢慢肢解对方吧。

魔利前去深泽七郎家拜访的那一天，他身穿欧洲花样的印花棉深红色衬衫，搭上阿兰·德龙风格的粗蓝布牛仔裤；可同样是这套打扮，三岛由纪夫穿上和六本木的年轻人一样的直纹

1　彼得·奥图（Peter O'Toole, 1932—　）：爱尔兰籍演员，代表作电影《阿拉伯的劳伦斯》。

或格纹衬衫、搭配牛仔裤的模样，就比深泽七郎来得挺拔（当然，三岛由纪夫展现出来的风貌更加成熟潇洒，不过还是别再对三岛由纪夫的服装说三道四了吧。每回魔利对三岛由纪夫的服装写些什么的时候，他总会在杂志上公开表达愤怒，或是写信来骂人）。总之，深泽七郎的衣着就是和他的性格不般配。那模样很像是来东京避难的老伯，从救援物资的包袱里随手抓出衣服来就往自己身上套的感觉。话说回来，如此批评人家的魔利这个明治时代的老婆子，自己同样穿着白色、砖红与深蓝相间的格子衬衫，那衣服与常聚在六本木敲弹邦戈鼓的十九岁男孩身上的衬衫没啥两样。看来，白石嘉寿子喜欢的小说家，似乎都在模仿六本木族。到了要在田地里帮深泽七郎拍照时，他在那身阿兰·德龙的衣装上，罩上一件仿佛是从附近农家拿到的灰扑扑的素纹蓝棉布短棉袄，手握铁锹站在火堆旁，一片烟雾朦胧中看不真切他的样貌。魔利觉得深泽七郎应当穿上由师傅的旧衣拆开重缝而成的深浅蓝色相间的格纹单层和服，系着从旧衣店买来的边缘绽了口子的皱巴巴三尺短腰带，或是拿绳子来缠绑，并且光着脚板趿着冰冷的草屐。（这同样不是地道江户人的豪气装束，而是有些不上不下的打扮，比较像在笛吹川流域长大的地痞。）他这个人徒有恶棍的狠劲却很怕疼，所以身上没有刺青。魔利在写完这一段之后，从白石嘉寿子那里听闻深泽七郎最讨厌看医生和牙医，比魔利更害怕打针和去找名医按摩。魔利对自己这双观察入微的锐眼，很是得意。

然而，不和客人应酬的时候，深泽七郎又是个打从心底喜欢和狗儿玩耍的古怪成年人。他很得意自己养了一条名叫Clay的精悍拳师犬，魔利拜访的那一天，正好是Clay娶亲的日子。

深泽七郎一听到后门有声响，立刻欢喜地大喊一声："狗女士来了！！"接着踉踉跄跄地走去，不停地轮流搓抚着开心得手舞足蹈的Clay，以及频频吠叫、撞顶着Clay的月牙阿夜（魔利擅自帮母犬起的名字），只见他满面喜色，再也顾不上旁的了。深泽七郎往上跳两三下，Clay也跟着朝上蹦了两三下，一人一犬默契十足，看来他们时常这样玩耍。那模样连千鸟群与智惠子[1]也比不上。当魔利他们要回去的时候，深泽七郎也带着狗从田里一直跑到路边来送行。这个古怪的成年人散发出一种可说是痴憨的感觉，应该不是装出来的（魔利没有自信可以把应该这两个字拿掉）。无论如何，倘若有朝一日，深泽七郎的身影不再出现在琦玉县那片一望无际的茫漠空间当中，只余下两条狗在那里来回奔跑（假设狗能和人类活得一样久），想必会让人感到一股难以言喻的哀愁吧。总而言之，深泽七郎这个人，是个无法辨别出究竟是善人，还是恶人的一位人物。魔利前去探访他的那天，也不是昭和几十几年的几月几日，而是忽然出现在宇宙中的不可思议的"某一天"。魔利他们在前去琦玉县的途中饥肠作祟，一行三人冲进一家格外明亮的街角荞麦面店，每人各吞了两碗撒上天妇罗渣的手工乌冬面，而或许连这家不知名的面店，也是不存在于现实世界里的幻影，下次想要再去，说不准能否还在同一个地方找着。魔利三人腆着装满了乌冬面的肚子，来到深泽七郎家里之后，把奶油煎比目鱼、从田里采摘的蔬菜沙拉、来自北海道的红豆汤，还有长十郎梨

1　典出高村光太郎诗集《智惠子抄》。高村光太郎（1883—1956）为日本雕刻家、诗人，与西洋画家长沼智惠子结婚，曾为爱妻写下许多诗篇。文中提到的诗名为《与千鸟戏玩的智惠子》，描述智惠子在海滩上与许多小鸟默契十足地玩耍的情景。

等美味，继续拼命往嘴里塞。可以说，深泽七郎是个性格复杂而奇怪、理智深藏在某处的幼稚的大人，而他那部引发争议的《风流梦谭》[1]，其实是他戒慎恐惧，生怕爆发革命，心想要是演变到那地步就糟了，结果反倒把在脑海里勾勒的那幕可怕情景描绘得过于写实的作品。对此，魔利非常了解他的初衷，旁人说他刺激了右翼云云，实在是欲加之罪。魔利发表了同情深泽七郎的言论以后，心想，要是右翼的人登门抗议可就麻烦了，但这毕竟是我的直觉啊！

方才写到的池田满寿夫，也是一位不带绅士气息的人物。听说有天他去到某个会场，坐在餐桌角落的位置上，服务生别说没在他面前摆上餐食，就连刀叉也没送来给他。池田满寿夫总是穿着圆领衫，或是分明在百货公司里买的，却像从旧衣店淘来的皱巴巴的麂皮西装外套（意大利运河的颜色），一副大正时代寄宿在神田或本乡的画家的穷酸样，长得则是一张现代流氓的脸（但是心地善良）。听说他曾被误以为是司机。再把话题拉回方才的罗迈亚上。他们和那位“中成年”的男士道别之后，三个人走在东京车站（应该是吧。魔利和别人结伴同行时，完全像走在梦中一般，根本没留意是在哪里上车，又到哪里下车的）的地下通道时，魔利仔细打量着满寿夫和多惠子，怎么瞧都觉得他们像是一对要逃往热海的年轻不良情侣（多惠子诗人那天也是做有点颓废风格的女孩打扮，当然，是用在伦敦买来的衣服做搭配的）。魔利把感想说给他们听，两人一齐

1　深泽七郎的小说《风流梦谭》，描述皇太子和皇太子妃遭民众斩首，以及民众袭击皇居情景的梦境，由《中央公论》杂志刊登于一九六〇年十二月号，刊出后引发右翼团体的严重抗议，一名十七岁的右翼少年冲进中央公论社社长家中，造成社长夫人重伤、女佣被杀的惨剧。

开心地笑了起来。魔利忽然想起一件事，问他：“你上回领的奖有颁发奖章吗？”“没有。”满寿夫答了以后，接着说道，“如果挂着奖章，看起来就像正派人士了吧？”“人家会以为是捡来的。”魔利说完，三个人同声哈哈大笑。事实上，这两人看起来不像所谓名声显赫的夫妻，而像一对情侣。满寿夫脚上那双暗红色意大利新鞋，很像是年轻的女友买来送他的礼物。不久后，三个人在北镰仓下了车，沿着铁轨走着泥泞的小路，抵达了涩泽宅邸。忘性很大的魔利，连上一刻都还很清楚的事情，下一秒便会全部忘光。当他们到达涩泽宅邸时，许多人仿佛望眼欲穿地争相出来迎接，魔利把自己也当成与满寿夫和多惠子相同等级的焦点人物，笑眯眯地隆重入场了。她压根忘了就在不久前，他们一直和那位报社的“中成年”男士在一起，而且中间他还为满寿夫和多惠子拍了两次照，显然这一天是为了庆祝满寿夫荣获某个艺术奖，以及欢送他即将前往西德而举办的宴会，魔利竟然忘得干干净净，当作大家也一起为自己庆贺似的。或许众人也觉得有些不对劲，但只要宾客之中夹了一个魔利，总会突然发生几桩蠢事，因此那股说不上来的怪，反而成了稀松平常。不晓得为什么，魔利每回去到很多人聚在一起笑闹的地方，便觉得大家是在庆祝某件喜事，并且好像是在为自己祝贺似的，这感觉让魔利飘飘欲仙，浑身欣喜无比，脸蛋涨得通红，连头发也变成像美国的流行歌曲里唱的“披头散发”。要是让公寓里的大婶们瞧见魔利的这副德行，肯定在心里嘟哝着：“唉，果然是个傻瓜呀！”所幸，魔利去的地方没人会这样想，可一旦安心下来，魔利更是开心得头发越发蓬乱了。何况在这个接受众人祝福与欢迎的日子里，在满寿夫和多惠子的眼中，不仅没把如此怪异的魔利视为怪人，而且总是投以愉快的目光，光是这样，便让魔利感到无上的幸福。古怪的魔利即便到了三岛宅邸，当然仍旧保持一贯的本色。

那是发生在某一天的事。受邀参加圣诞节宴会的魔利，由于太过兴奋又全神贯注地详阅邀请函，反而看错讯息，提早三十分钟到达了凡尔赛宫廷样式的玄关。由于没有门铃，魔利只能站在门前，那里一片安静，谁也不在。魔利悄悄地往里头探看，只见屋里右边那间去年准备了美食的客厅，在去年同一个位置上可以看到一部分桌面，餐刀、叉子之类的餐具和空盘子稳稳地安放其上，瓷器静谧的纯白与餐刀的亮银各自漾着光芒，但同样寂静无声。正当魔利忖度着宴会该不会是明天才要举行的时候，忽然从门里探出了一张男侍充满疑惑的面孔。等他又缩回去以后，门口重又恢复了宁静。假如那些刀叉餐具是银制品的话（屋宅虽盖成凡尔赛宫，但刀叉用的是普通的镀铬餐具），只要溜进去偷两三把回家，获得的暴利可比今日这一餐来得丰厚多了。这时候，通往二楼阶梯里侧的门突然开了四公分左右，系着蝴蝶领结的三岛由纪夫探出头来张望。那一双如写乐般的眼睛惊讶地瞪大，露出“是谁？有什么事？”的表情望向魔利，同一时刻，魔利也因为三岛由纪夫乍然出现的脸庞而吓了一跳，受了惊吓的两双眼睛同时齐齐对上。这是三岛宅邸的宴会前所未有的一刹那。里面那张脸庞倏然躲回屋，接着从房门内传来一句“不可以那样”的声音，好像是三岛由纪夫在对孩子说些什么。三岛由纪夫发出“在家时的声音”让魔利愣了好一阵子（魔利虽知道三岛由纪夫有家室，但是无论何时见到他，从不曾在他身上感觉到“家庭”或“孩子”的气息——他并非刻意佯装单身，而是自然让人觉得尚未成家——魔利记得曾经在哪里看过一则报道：有一回，他带着夫人去月岛还是哪里的海边划船，被警方怀疑这对男女与毒品或其他违禁品有关，还遭到了盘查。那幕光景简直历历在目。在魔利的想象中，当时的三岛夫妇，男方想必穿的是衬衫、牛仔裤，外搭黑风衣，女方则是一身风衣和领巾的搭配。三岛夫人袅娜纤巧的模样很像迪士尼里的贝蒂，也像让街头混混看得出神的上班女郎，浑身散发着碧姬·芭铎裸体时那种透着滑稽的艳丽，容貌则像是印度高官的夫人和英国武官之间生下的女儿。魔利以前就推测，三岛由纪夫之所以选择她做伴侣，应该是因为她既不伪善，又带着几分恶魔般的迷人魅力。魔利觉得自己不适合做风衣加领巾的打扮，但穿在三岛夫人的身上，却是再合衬不过了。倘若这对夫妻都以这样的装扮划船，确实怎么看也不像是一对叫得出名号的夫妻，更难以想象他们拥有一座法国凡尔赛宫殿设计融合意大利风格的豪宅，无法想象他们一同在从罗马运来的闪耀着白光的阿波罗雕像下，在那片模仿北斗七星图样铺设的马赛克瓷砖上漫步的俪影。不过，用父亲的语气向孩子说话的三岛由纪夫，更是远远超乎魔利的想象之外），这时，男侍再一次现身，请魔利进去客厅。过了一会儿，三岛由纪夫来到客厅，陪了魔利二十五分钟左右。纵使是和室生犀星一样认同魔利文章的三岛由纪夫，心里似乎也不大高兴，脸上露出百无聊赖的表情，先从凡尔赛宫殿款式的橱柜上面取下一张某个外国人寄来的圣诞卡拿给魔利看还说明了几句，过一下子又称赞魔利小说里出现的那个少年，还说听到丹羽文雄过了六十大寿总算放下心来，而轮到魔利赞他年轻时则露出了讶异的神情。两人就这么瞎耗着时间。魔利明知是自己不好，心里仍是不大舒服。耗着耗着，总算挨过二十五六分钟的尴尬了。虽然迪士尼的贝蒂夫人中间也出来应酬了一下子，想必夫妻俩曾背着魔利这个堂堂六十三岁的大人，凑在一起抱怨过："如果来的是个小孩子，交代她先在这里自己玩一下就行了哪。"室生犀星在世时，也被没照约定日期出现的魔利吓过好几回。魔利还曾在某个周日，整整提前了一个星期造访室生家。当魔利看见犀星从四方形玻璃拉门里抬眼望来的表情，立时察觉到自己来错日子了。那一天，原本该出现在餐膳里的柔嫩的炸猪排，由于来错了时间，室生家当然没买猪里脊肉，餐桌上摆的是平常吃的菜肉炖汤、煨鱼、甜炖杜父鱼，还有寿司。魔利虽然失望，可这不是犀星的错，也不是朝子小姐的错。不过以犀星的情况来说，魔利出现的时刻，是在他早上写完三张稿子藏到后面的柜子之后，恣意构思小说的情节，或像莫泊桑那样在脑海里琢磨这世间劳苦的时间。他把手肘支在小桌子上，从四方形玻璃门里探出黄色的脸庞，思忖着："这回是谁来了呢？最好别是男士。真希望能传来不到三十岁的女人把高跟鞋踩得咯咯作响的鞋声呀。"因此，室生犀星不至于像正在准备宴会的三岛由纪夫那样，被魔利搅乱了原有的安排。至于吉行淳之介不曾受过这方面的困扰，是因为魔利去吉行家的时候，总是和萩原叶子联袂同行的。

在三岛宅邸的宴会上，令魔利印象深刻的其中一件事是和北杜夫的交谈。听说北杜夫在书斋里摆了一张床，常躺在床上看看书或是翻翻漫画，以这点来说，他和蛞蝓小说家魔利有着共通之处。（其实，三岛由纪夫、吉行淳之介、北杜夫、阿川弘之等诸位小说家，算起来都和魔利的儿子同辈，他们从小看的是《红鸟》和《儿童国》，在有虫子的草原上奔跑，逢上庙会去凑热闹，读的是新版的国语课本，唱的是白秋的《叶子之歌》，用手摇式留声机听《枯萎的芒草》，吃的是冰激凌和棉花糖。他们就是这样长大的。这一群如今已经长大的少年，勾起了魔利的乡愁——在她二十五岁之前那一段黑暗日子里，曾经有过的些许欢乐。）当魔利第二次在三岛宅邸里遇到北杜夫时，这才发现他非常具有说服力。魔利蓦然想起曾在一本杂志上读过的片段，问了他："您在半夜吃拉面吗？"坐在对面椅子上的他答道："拉面很好吃喔！"在说出这句简短的话时，他的脸突然朝魔利凑近，那距离几乎让魔利以为看到自己映在镜盒里的脸那么样的近，而洋溢在话语中的信念，也使不喜欢拉面的魔利唯独在那一瞬间，被彻底说服了"拉面很好吃"。等到那一瞬过去以后，魔利再度恢复成讨厌拉面的魔利，可那奇妙的刹那，使魔利迄今难以忘怀，不时会忽然陷入"拉面真的很好吃吗？"抑或"说不定拉面挺好吃的"的疑惑当中，但旋即回过神来，恢复"自己还是讨厌拉面"的想法。魔利心想，照这样看来，若是北杜夫告诉某个人："到山里去很舒服喔。一个人静静地走在去年同样盛开着耧斗菜的树林间。"只怕对方相信了这个主意以后会在脑子里一直打转，浑浑噩噩地来到山脚下，这才倏然从梦中惊醒，掉头回去。如同卡夫卡变成了某种虫一样，同样曾经化为蟑螂的北杜夫，着实把蛞蝓小说家魔利吓了一大跳。不过魔利很有把握，北杜夫在夜里吃的那碗拉面里面，应该加入了北夫人事前准备好的豆芽菜或红萝卜、火腿或肉丸子等菜料。否则光凭那种像弯弯扭扭的黄色铁线一样的东西，绝不可能有那般斩钉截铁的说服力。三岛由纪夫每天早晨都吃夫人煎的牛排；吉行淳之介可以大口享用掺上青紫苏、姜末和芥末的绝妙凉面，即便不像招待客人的时候那般丰盛，至少也会搭配肉类或葱末凉拌竹荚鱼；川端康成应是坐在鲈鱼生鱼片、生姜泥佐炖牛尾鱼和岩鱼、冷豆腐，还有冰镇日本酒这一桌佳肴面前，板着一张扑克牌脸，难以看出他到底觉得好吃还是难吃；深泽七郎能够张嘴大啖从北海道的农地或琦玉县的田园里采来的青蔬；池田满寿夫则是享受着多惠子亲手烹调的海蜇皮、豆芽和火腿的中式醋味凉拌菜，以及滋鲜味美的炖菜。毫无疑问地，诸位亲爱的文坛与画坛绅士们过着这样舒适的生活，与魔利必须亲自烧饭煮菜吃的烦扰琐碎的书斋生活之间，有着十万八千里的差距。

魔利虽完全无法想象冈本太郎[1]这位人士平时吃的是什么样的料理，又是谁为他准备那些料理的，不过，只要本人有意愿，即便是单身的人当然也能有情人相伴，何况日本社会在这方面更是普遍默许男人可以这么做，既然冈本太郎有房间给帮佣住，在金钱上也应该颇为宽裕，怎么想他都不可能在一个人做前卫艺术品时，还得忙着跑进厨房煎牛排。魔利虽然赞成他宣称“绝对要一个人过生活”的理念，可魔利不懂的是，去他家的时候（同样是在M杂志的企划下拜访了他家），不管他平常是亲自下厨，还是女友来为他烹煮，总之完全看不出他家的厨房在哪里。他不时斜眼瞪向饲养的乌鸦，就像不在乎造物主如何看待他，只一心回归初衷似的，不断创作出各种前卫艺术

1　冈本太郎（1911—1996）：日本的西洋画家、雕刻家，曾旅居法国多年，作品充满抽象艺术与超现实主义风格。终身未婚。

品和绘画。魔利望着被链子锁住、偶尔发出尖锐叫声的乌鸦，以及冈本太郎的每个艺术品，一面这样思索：难道是因为他过于专心投入“生存与创作”当中，使得他同人类的生活，即饮食之事，从此彻底脱节了？于此，魔利想起了以前在巴黎时，曾到藤田嗣治[1]家做客，当时也从藤田身上感受到相同的气息。那时候，藤田嗣治和一位做模特的女子住在一起（那位模特穿着一条用日本制的条纹包袱巾缝成的裙子，而且那条包袱巾的裙子上还破了一个洞，看得魔利目瞪口呆）。由于那位巴黎女子也住在藤田家里，因此至少还能感觉到家中有个厨房（巴黎的女子不论过着何等优雅华丽的生活，即便是演员，看起来都不像是远庖厨的人），不过还是和一般住宅不大相同，仿佛整个家都是画室。令魔利惊讶的是，准备离开冈本家时，一来到玄关，赫然看见旁边约莫有十二三双大小完全相同（或许这是理所当然的）、形状亦编织得完全相同的短靴，整齐地横排成两列。魔利问道：“这些全是您的鞋子吗？”他回答：“嗯，我打算等长出一百双脚的时候穿上它。”从语调可以听出他心情已经好转了（不晓得为什么，那天他看起来心情不佳）。魔利于是很开心地告诉他：“那么，等到你长出一百双脚以后，我会来看的。”（要是他果真长出了一百双脚，魔利是真的打算要来见识见识。这一刻，她突然觉得两人之间的距离拉近了。藤田嗣治也是，虽然没有表现出明显的不高兴，但也没有满脸笑容地欢迎魔利他们前来。就这点来说，藤田和冈本太郎同样都是内敛自抑的，不把自己的情感和想法显现出来。）然后就离开他

1　藤田嗣治（1886—1968）：日本的西洋画家，属于巴黎画派，尤以独创的乳白色肌肤画法著称。

家了。从那一天起，那尖锐的乌鸦啼鸣、与厨房绝缘的主人，以及排成两列的黑色短靴，如同谜题一般，烙印在魔利的脑海里，久久不去。（冈本太郎给人一种黑色的感觉，也就是呈现出来的颜色是晦暗的。以野兽譬喻的话，就是乌黑的毛色；用鱼类来形容的话，就是黑亮的鱼鳞。这一点亦和藤田嗣治具有共通之处。）不过，即便身上散发出暗沉不明的感觉，藤田和冈本太郎两位的聪颖过人，同样属于世间罕见。魔利曾从母亲那里听说，魔利的父亲称赞过藤田嗣治的父亲（军医）是位“聪明绝顶的人”，因此，魔利虽不懂藤田的艺术，也不懂冈本太郎的艺术，但知道他们聪明的一面，光是天资超群一项，就具有极大的价值了。即便从这两人身上，拿掉魔利所不懂的绘画和艺术品，单是拥有那般顶尖的脑细胞，他们的生命就有价值了——纵使这两位的艺术在魔利懵懂的脑袋里，只是巨大的幻影。顺带一提（从老早以前，每次看到这个“顺带一提”总没什么好印象，但它在报纸上出现的频率实在烦不胜数，以至于她今天竟然脱口而出了），魔利的小说似乎也是“小说的幻影”。这和吉行淳之介的小说（尤其是描绘了Sex的空虚——虽然不太懂是什么意思——的杰作）透着淡淡的色彩，或是隐约带有几分透明而呈现出幻影的氛围不同，魔利的小说本身，仿佛就是名为“小说”的幻影。

然而，即便是幻影，魔利觉得自己写的小说中，仍有一些写得很好的。况且，倘若不认为应该有写出一些出色之作，就不可能继续写下去。魔利常讲自己写的东西一文不值，又说是在某人的鼓励或声援之下才能完成这部作品，或者坦言生怕会让伟大的父亲蒙羞，这些话确实都是她由衷的谦虚。然而，倘若果真一文不值，得靠某人声援的力量才有办法提笔，还被父亲的名气压得不能呼吸的话，最好别写（漱石语）。假如有人为了糊口而不得不写，最好直接公开声明后再写。只要不是为了发大财，为了出于虚荣心装饰门庭、购买汽车的需要而写作；即使不是因为喜欢而写，即使是为钱而写，作品也不会沦为龌龊的文学。魔利一直不曾放下笔来，为的是存些钱以备生病之用，也是为了别惹自己那任性得啰唆又难搞的舌头生气。魔利写到这里的时候（S出版社说过，假如家里实在太热，可以到出版社的冷气房里誊稿，但那个房间里有一把皇帝坐的大龙椅，即便把那把椅子推得远远的，单是坐在那个房间的正中央，就感觉身体快被解离开来，一眨眼便被四周那广袤无边的空间吸进去了。况且待在那里，既无法把滚烫的上等锡兰红茶冲到冰块上调制茶饮，身旁也没有摆上美国生产的糖衣巧克力、椰子饼干——只有淡淡的椰香，面粉和奶油用的都不是上等货——毒扫丸[1]、复方维生素、装了汉方汤药的热水瓶等等，根本没法定下心来，她于是编了个理由婉拒了。虽然出版社好像也有洋式座椅的房间，但那地方简直像是哈里斯和阿吉喝牛奶时，哈里斯喊着："Oh，阿吉小姐！ Milk！"[2]的屋子。不过，以S出版社的立场，那个室内空气会把人分解的房间，只希望顶多暂借魔利一两天，要是魔利果真进驻那里写小说的话，就得在门口挂上出租房的牌子长达两年左右了。而待在里面的魔利也挤不出灵感来，因此还是敬谢不敏。况且，倘若魔利占了

1 日本知名的便秘药，由山崎帝国堂公司自一九三一年生产至今。

2 典出美国首任驻日公使汤森·哈里斯与其侍女阿吉。哈里斯嗜喝牛奶。

那房间超过两天以上，平时常用那里的其他小说家就没法进去了，S出版社也不晓得该怎么把魔利弄出来才好），耳边传来了那位在广告里说些“马路如虎口，小心停看听喔！”云云的长岛茂雄[1]的声音。魔利向来最痛恨棒球和大众流行歌曲，在偶然间听见某个被昵称为“阿茂”的人讲话，话声中反映出其率直而诚恳的性格，虽然魔利并未留神什么时候会听到他的广告，但如果忽然出现时，总会注意听一下。三岛由纪夫在举办宴会的那个晚上和北杜夫以及他的夫人——是和魔利同样就读白百合女校的学妹——还有一位不认识的老人，一群人站在钢琴前面，他不知为何相当愉快，开怀地哈哈大笑，几乎能一路瞧进他肚子里去了。那笑声和第二次世界大战前的筑地小剧场开演时敲的铜锣一样响亮。吉行淳之介的笑声比他的容貌和体态还要老迈，像个亲切的伯伯般粗犷而绕梁不绝。魔利只能想起深泽七郎那看不出是好人还是坏人的长相，却想不起他的声音，该不会就因为他是个坏人，所以声音中带着一种透明（不是美丽的那种透明），终至消失无踪，使魔利想不起他的声音？

另一个人虽和深泽七郎的原因不一样，但魔利同样记不清楚——那是冈本太郎的声音。还有一个人的眼睛虽是半透明却看似澄澈，面容的肤色宛似浅黄蜡色，他的声音同样难以捉摸——那是福田恒存的声音。接下来的虽不是说话的声音，却如妖魔鬼怪即将出现之前的恐怖与暧昧——那是武满彻的音乐……

1　长岛茂雄（1936—　）：日本的知名棒球选手、棒球教练。

尽管号称要纵观文坛与画坛的绅士们，但魔利认识的人士委实屈指可数，写到这里，已经把材料用光了。比方那位虽不晓得为什么，总觉得他好像会写一部名为《青猿》的小说的安冈章太郎；抑或魔利一直盘算着要读他那本《幽灵》，终究仍是没看的北杜夫；或是以透明（其实无法用透明，或者明澄，或是明晰之类的字眼来形容）的笔风写了一篇关于鸥外的短论，由于过于透明而连魔利都还未曾读过的三岛由纪夫（至于他应是用同一颗脑袋写下的《假面自白》和《爱的饥渴》，感觉像是陀思妥耶夫斯基的长篇那般冗长，魔利没办法读）；还有在描写爱情和Sex的透明与寂寥的时候，使用现代的日文或许无法如实表达其意涵的吉行淳之介……想要写出他们这些人的趣事，以魔利这颗蛞蝓脑袋根本办不到。即便要魔利写的是在像寺山修司于《青森县的佝偻男子》中触及的一个阴险的世界里，与某些人相处融洽的室生犀星这位男士的绯闻花絮，魔利同样无能为力。

虽然室生犀星已经驾鹤仙逝，但在魔利的心里他确确实实还活着（比那些自以为还活着的人还要活蹦乱跳），不如以他的逸事作为这篇文章的尾声吧。

一天傍晚，魔利走在五反田（地名）的后巷里，走在前面的室生犀星忽然朝前方的室生朝子和松元道子那边扬了扬下巴，说道："瞧，很美吧？"魔利从室生朝子穿着黑外套的肩上往前看去，在蒙着一片烟雾般淡蓝的五反田街头，远远地，有两位穿着朴素大衣、看似办事员的女孩正在过马路。暮色中，唯独那穿着薄袜、深桃色的两双腿格外惹眼，交错着向前迈去。移动中的两双女性小腿十分鲜明，连同为女人的魔利也为之惊艳。肩线瘦削的犀星在单层和服的外面罩上了风衣，迈步时把脚下似用梧桐木做成的木屐踩得喀啦喀啦响。魔利边走边想，那两双浓桃色的腿脚划破了薄暮，所有的光线全被吸附过去，显得极度鲜艳，那种肉感和浓桃色的娇艳，映在犀星的眼里想必更是美丽吧。魔利多希望自己拥有一整天，或至少半天的时光，能够透过犀星的双眼看遍形形色色的世界。在咖啡厅的雅座里落座以后，魔利向犀星提了一下这个念头，结果犀星顿时慌张起来，一只手举在自己和魔利的脸孔之间摇得厉害，急得边咳边说："不行啦！这可没那种能耐呢……"此刻，魔利重又深深感受到，在他那本《女人》中，以魑魅魍魉来描述他内心那骇人的肉体、色彩与妖艳交织的世界，别说是魔利，想必没有任何人得以一窥堂奥。魔利思忖着，就因为犀星是浸淫在那个世界里的人，所以他的长相才会这么有趣，有几分貌似野猴子，又像是日本古时候山贼的模样。每当回想起彼时的往事，一股恐惧与滑稽并存的情绪，混合着他那宛如青色的鱼般的哀愁，便会浮上魔利的心头。那股哀愁，与其说像是源自中国、名为金鱼的日本鱼，不如说更像是不停追逐着艳红鱼儿——依犀星的讲法叫红得不害臊——的通体惨白的鲨鱼；而一位透着哀愁的文学家，一位任凭人们百般敬爱、万般爱戴亦远远不足的文学家，于焉现身。为何犀星非得沦至与其他人类相同的命运，承受精神和肉体的死亡、迎接那美得不可思议的生命的终结呢？平素谈不上有什么深刻思想的魔利，唯独在写犀星的死亡时，会变得非常认真且俨然深刻，描绘着永恒的美。

还曾发生过一件事，可看出犀星孩子气的另一面。某天，室生朝子和魔利聊起犀星夫人富子的俳句集，提及："我母亲也写了随笔喔。"话声未落，只见靠在火盆上的犀星一副气急败坏的神色，强抑着怒气没有作声。朝子吓得顿时慌了手脚，噤口不谈，只抬起手来似要劝慰，又像要辩解般动了动，没敢吭气。想来，室生犀星计划着把富子夫人的俳句汇整之后出版，至于她的散文，却认为写得不大好，因此不想让魔利与任何其他人知道富子夫人留下了散文篇章这件事。魔利抬眼望向犀星，只见他凶颜怒目，没法让情绪缓和下来，不仅表情僵住了，连身体也同样僵硬，两只手紧紧揪着火盆的边缘不放。犀星简直和那只铜火盆熔在一起了，整个人变得硬邦邦的。魔利和朝子都不知如何是好，只敢拿眼往犀星那边探瞧，完全束手无策。过了约莫三分钟以后，犀星才总算放松下来。浑身僵硬的犀星，好似那烤好后搁凉变硬的年糕，咬不断也掰不开。方才还有件事忘了讲。在刚刚提到的五反田的咖啡厅里，还曾发生过这样一段插曲。聊着聊着，松元道子顺口问了犀星："大师应该有过不少让女人握着手的经验吧！"结果犀星正方形的身躯当即变得僵直，原先轻搭在拐杖上的手也攥紧了杖头，缓缓地从嘴里迸出一句："……没有。"想来青春岁月横跨明治与大正两代的犀星，纵使年号已经改换昭和，却依旧保有大正时代的作风。他虽谈过恋爱，也该有过风流韵事，但诸如和女人牵手走路，或在咖啡厅里拉拉小手这一类举动，在他眼里全是时髦玩意，因而从来不曾有过那种双手交握的缠绵经验。冷不防被击中了弱点的犀星，一股强烈的自卑感陡然袭来。片刻过后，犀星从紧张的情绪里平缓下来，下巴往室生朝子那里扬了一下，说道："这家伙可比我经验丰富呢！"平时一受窘便瘪嘴欲泣，什么都没法处理的魔利，那时窥见了犀星比自己更孩子气和笨拙，不禁格外感动起来。

或许此刻，身在某处的犀星发现魔利把这些事写了出来，只怕又要气得全身僵成一个大大的四方硬块了。

室生犀星其人

室生犀星是一位文学家，擅于施抹浓深而晦暗的色彩。

有一天，室生犀星来到我的房间，在火盆旁蹲了约莫五分钟便回去了。亦即只有同行的摄影师杉村先生猛按快门的那五分钟而已（杉村先生似乎也因为冻冷难耐，赶着想离开）。

那天，犀星在大衣里暗藏着一把玻璃做的刀。记者近藤先生率先推开并按住仓运庄那扇雾白的玻璃门，室生犀星接着穿门而入，走进了灰色的走廊。那把身经百战的玻璃刀瞬即爆出火焰，沿着仓运庄的走廊转上楼梯，进了茉莉女士的房间，从包括黑猫在内的成群魑魅魍魉之中，寻觅出闪亮耀眼的自由之地，将其余斩除殆尽之后，旋又回到了犀星的大衣底下潜伏，丝毫不露痕迹。

茉莉回想起，当犀星在她房间把手伸向火盆烘着时，脸上隐约透着诡异的表情。那诡谲的冉冉烟气，是转眼间腰际已挂着两三只猎物的知名猎手隐藏在蓑笠下的蔼然微笑。

这一回，编辑给了我《室生犀星其人》这个标题。我之前虽写过关于室生犀星的文章，但《室生犀星其人》这个题目，隐含着对这位人士的评论，对我而言是项非常沉重的负担。老实说，人类，在我眼里是相当可怕的东西。我生为人类的同类，每一天都不得不与人类相处、向人类问候、与人类谈笑；可这些表面上的说说笑笑，其实都不是发自内心的。人类实在太可怕了。其可怕的原因在于多数人，或者该说是所有的人，都具有世故的机灵。人人的头脑都比我更世故、更成熟，那优秀的头脑就藏在如爱伦·坡般伟大的额头里，而在额头下的面孔和躯体，则是摇摇摆摆、晃晃荡荡。这便是他们的众生相。我最怕那种有着可爱小脸蛋、身形小巧的太太，或是穿着米色毛衣、沉默寡言（看样子他倒不是怕和人交谈，而是像嫌麻烦似的）、在廊道上走动时单侧的脚步格外沉重的男子，每当望着他的后脑勺，总令我感到无限的敬畏与无比的恐惧。或许有人会问，为何茉莉女士不换个想法，相信自己的头脑也有几分世故，让他们见识见识自己的厉害？这根本不必费事说明。因为在还没来得及和别人打照面之前，茉莉女士已先败下阵了。在鸥外的《雁》当中有一段描述，女主角阿玉屈身于长形火盆后方，采取抵盾抗敌的姿势，与那个名为末造的人两相对峙。茉莉女士也使上同样的招数，先用双手将掌心的名片对折起来，再用提菜篮的那只手将它揉掉，以这样来和其他人对抗。若是感觉到对方释出的是善意，我害怕的程度虽没那么严重，但即便是与上小学的女孩聊天，依旧没有信心能够彻底摒弃对世故头脑的恐惧。我虽不曾在某年某月某日拜入室生犀星的门下，与他结下师徒之缘，但在文学的世界里，他是唯一比较愿意对我释放出善意的人物。犀星待人相当和善，而且不管对方写出什么样的文章，他都不会感到诧异。尽管明白这点，可犀星毕竟是文坛的巨匠，暂且不谈对其文学作品的敬畏，我哪里够格对他从头到脚仔细观察，况且和他的交情也很浅。我虽曾在三十年前寄过一篇感想文给犀星，收到了他回赠的诗集与信函，但实际登门拜访是近两年的事，分别一年去过一趟和两趟，总共才三次。前往做客时，有时不得不和他正面相视。这时候，森茉莉女士的视线便像蹒跚的步履似的，在犀星的眼睛和鼻子之间徘徊逡巡；而犀星的面容，和他支起一条腿的膝头——身穿和服的他支起膝头的姿势，就和歌舞伎中饰演小人物的演员，在长年的训练下扮演画师、庶民等角色时，屈起腿脚时的动作一样干练，仿佛唯有那里嗅不到犀川[1]的气味，令我倍感不可思议——就在宛如加上模糊效果的电影镜头里那一圈朦胧的光亮当中，隐约地映入了我的眼帘。在那一圈光亮里，有时还会映入朝子小姐的面庞，偶尔也会瞧见一位姓泷川的酒吧女老板带着豪气的笑容，那笑容中不太感觉得到，或者该说是已经滤掉了在她的行业里常对女性抱持的敌意。森茉莉只得聚焦于眼前的景象，在那淡黄色的光线中，不自觉地眨巴着眼睛，使那圈光亮留在眼底，随着自己回家。在回途的巴士上和送行的朝子小姐道别时，视野中犹如电影画面的特殊效果终于一扫而空，一切总算重回现实的世界，只有安详与平静围绕着茉莉。巴士的玻璃窗映着余晖，夕阳在车里推推搡搡的人们的脸庞上洒上了微红透褐的色彩，毛料、棉布、金纱等各种质料的衣服时掩时映，尘埃飞扬的光线随着巴士的摇晃一起翩然起舞。

就因为这样，《室生犀星其人》的题目，委实让我难以

1　室生犀星出生于石川县金泽市，犀川为一条贯穿整个金泽市区的河流。

下笔。

那一天，室生犀星把玻璃刀一挥，坐进汽车里，与朝子小姐、我、近藤先生、杉村先生等五人一同离开，前往下北泽的风月堂咖啡厅。他在茉莉的仓运庄公寓里，挥刀劈砍着走廊和猫儿的时候，有一抹超脱文学以外的悲伤攀附到了他身上。他的哀伤，是来自他笔下描绘的我房里的冷冽空气与贫寒的景象。然而在同一天，茉莉也同样感到了悲伤。那一天，茉莉的屋子，根本不再是茉莉的屋子。茉莉还能隐约闻到一丝沾满灰尘的抹布气味。在那个冻寒的房间里，我从心底感到悲哀。天花板上的煤灰已被抹干净，绞拧过上百回的抹布从窗沟擦到门板的外侧，我屋里的生活气息被彻底消除殆尽了。平时搁在床上的热水袋，总是早中晚各灌进热水一次，然后我会钻进被窝里写写稿、看看书，与熟识的小女孩和太太聊天、喝东西，以及让巧克力在胃里融化。那一个属于茉莉的极乐世界，已然消失无影了。平常总被热水袋焐得面颊绯红，甚至热汗滴淌的茉莉，在接到一道“犀星来访”的急讯后即刻被赶下床，从屋里摆设的家具和餐具，乃至原本待在那里的人们，一切形影全被铲除刨尽了。我在满屋子冷得结冰般的空气中，带着一颗泫然欲泣的心，挤出了微笑。纵使如此，能在房间里看到室生犀星仍使我雀跃无比。我和朝子小姐一起坐在床上，想到接下来要去风月堂也让我又高兴又亢奋，因此不怎么觉得冷。然而，待在一个虽是自己的房间却又不是自己的房间里，总是没法定下心来，茉莉几乎快要招架不住了。即便这样，我至少还懂得应有的规矩，况且室生犀星向人致意时，讲究的是明治时代的那套礼数。他不仅在文章当中，很可能包括自身的为人处世，都是秉持着一贯的武士精神。何况室生犀星平常总是坐在一尘不染的房间里。再怎么说我也不能随心所欲让房里散乱一地，揣着热水袋探出一张红通通的脸，迎接室生犀星的到来。说这话，只怕会被一帮所谓值得敬佩的人、深爱庶民的人（或是表现出这种态度的人）瞧不起，可我最讨厌的就是贫穷。与其说是贫穷，不如说是那股穷酸气。我反而对现实生活中的贫穷引以自傲，更感到无比的乐趣。我把自己屋里的穷酸气彻底放逐出去，再用奢侈和华丽的唯美梦境里闪闪发亮的七色彩虹，装点每一个角落。可那一天，那个闪亮的梦境几乎没有映显出来。茉莉愣怔地坐在生疏得像是别人家的屋子里，感受着空气急速冻结。茉莉没精打采地寻思着，第一次造访时没能瞧出那一座幻想宫殿的人们，想必在他们眼里，这不过是个贫寒交迫的房间罢了。这时，近藤的脚步声由远而近，紧接着他的声音冲进了茉莉的耳里："室生大师已经离开了。"茉莉于是摇摇晃晃地站起身来。倘若要描述茉莉的生活样貌、如何让自己置身于无比奇妙的奢侈当中，以及是用什么方法赶走穷酸气，并将玛丽·安东尼特[1]的豪奢迎入房间里的，怕要用上四五十张稿纸才讲得完，只好略去。总之，茉莉迎接犀星的到来，寒冷使她瑟缩颤抖，灰心令她垂头丧气。那一天，这个贫寒至极的房间，包括茉莉的哀怨在内，深深地冲击了犀星。他将这股震撼化为文字呈现出来，使茉莉在哀伤之余大为感动，并将这件事告诉了一位小友，那个小女孩也同样深受感动，说了一句："能得到大师这么关心，真是太好了呀！"那个女孩名叫美佐

1 法国皇后，一般称为玛丽皇后，以其美貌与奢侈挥霍闻名。

绪，长得聪颖伶俐，有些小大人的模样。今年上六年级的她，将那份感动深藏在十三岁的心底，也把对父母与哥哥们的爱同样藏在心里；遇上她有感而发的时刻，便可窥见她内心深处的细腻心思。这位少女和茉莉开怀畅谈、笑声不断，两人直到深夜时分依然大声谈笑，吵得左邻右舍犯愁，也害女孩家等不到她吃晚饭，没法收拾碗筷，只得特地前来叫她回去，实在困扰极了。假如室生犀星那一天晚上站在茉莉的房门口，听见了里面传出的声音，想必能打破他以为这里是“沉默的房间”的看法，还会呆站在门口想着：“茉莉女士居然会这样傻乎乎地大声笑呀！”

然而，茉莉的哀怨，来自室生犀星的作品《黄金之针》[1]里无关紧要的部分。室生犀星之所以从茉莉的房间感受到贫寒的悲哀，是因为他只看到手中那把玻璃刀得以自由挥摆的地方而已。在他挥刀劈落的刹那，那股悲哀缠上了他，过后便以锋利的笔触，将那种悲哀添在《黄金之针》文末的最后几行了。房间里餐具和玻璃的色彩，能使茉莉幻想的世界成真，还有挂在脏污墙上那幅在茉莉眼里宛如巴黎的豪华房间里的哥白林织毯，以及波提切利《春》里面的女神和花朵。但在犀星的文章中，这些全被割舍撇弃了。说到底，去到犀星家的茉莉，对于屋里的陶壶肌理微妙的颜色，以及一种被称为“俑”的人偶之美，全没放在心上；而来到茉莉房间的犀星，对于映在茉莉眼中那空茫的欧洲色彩，以及玻璃的梦幻，也丝毫不关心。室生犀星没向茉莉说明陶壶的美，而茉莉也没对犀星描述隐藏在贫

1　相关文章出自室生犀星的散文集《黄金之针——女性作家评传》，该书为室生犀星对十九位女性作家的论述。

寒背后的梦境。或许茉莉其实很想告诉室生犀星，但毕竟交浅难以言深，何况两人往后的交情，也不可能深入到能让茉莉把古怪的想法一股脑全掏出来讲。只是，向来以欧洲的气息、充满回忆的枯萎花束、玻璃的梦幻扬扬自得的茉莉，即便屋里呈现出有别于以往的冰冷，却仍一心巴望着室生犀星应当能够看出那藏在里面的梦境。事实上，犀星确实看到了（从他对茉莉说了“假如把电灯开亮些，住起来应该会愉快”这段话即可得知）。只不过在室生犀星文章里提到关于场所的问题，将现实面里的冷感予以文学化了。于是，一位出色的文学家，以及仍在想尽办法成为优秀文学家的茉莉，这两人在彼此的文章中，发现了与自己无关的奇妙东西，并都认同那是了不起的美学。

室生犀星对于仓运庄走廊的描述，尤其是勾勒我那只黑猫的精妙笔锋，似乎并没有同步应用到茉莉这个人的身上。唯一的例外是对茉莉衣着的感想。室生犀星在文章里提到，茉莉那一天穿的洋装，给人一种久居殖民地的印象。在这个看不到平日愉悦的空洞场所里迎接犀星的到来，已使茉莉有些哀怨，再加上犀星的这番感想，更是令茉莉失望透顶。因为森茉莉自认为，那套可可色的夏服系上栗茶色皮腰带的搭配，不但是代表巴黎香榭丽舍大道的洋装，而且能让茉莉罩上一层幻想与自恋的面纱，想象着自己穿上那套衣服信步而行时的姿影。犀星对黑猫的描绘无懈可击。黑猫洁波的身躯被犀星的玻璃刀贯穿过去，其精髓被吸进了杂志的页面里，如今已成了一具失了魂的空壳，渺渺冥冥地游荡着。从今而后，想要描写黑猫洁波的人（只是除了室生犀星以外，不会有其他人异想天开，特地来茉莉的房间观察黑猫洁波以便叙述），根本没办法再在这段描述上增字添笔了。

记得那是在两年前的一个大热天，我去拜访了室生犀星。由于是第一次登门造访，心情格外紧张，可那天我心里还搁着另一件事，更使紧张的情绪有增无减。临出门前，我把一沓文稿放进袋子里，带着出门了。那是一份《回忆札记》[1]，描述了我婚后的那段日子。我无意把那份稿子拿给犀星看，只是就这么带出门了。不晓得我为何会有那样的举动。茉莉当时心里很是惶惶不安。茉莉的不安在于，这部小说出版后，必将招致前夫的朋友们对茉莉越发激烈的反感。前夫的言论，已在他们心里布下了诽谤的密网，使他们同仇敌忾，聚成了一大团蛇球；在看了那部小说以后，虽能使那团蛇球内心的纠结纾解开来，但基于友谊，他们仍然会瞒心昧己，导致事态往茉莉不愿见到的方向发展。无奈的是，茉莉的存款即将用罄，而除了存款簿以外的那笔土地财产，将要建盖茉莉不能进去住的房子，形同毫无作用的废物。望着仿佛被咖啡和巧克力挥霍殆尽的存款簿的薄透纸页，以及化成了空中楼阁的那块地皮，茫然若失的茉莉，终于从储藏柜的深处翻出了那部"恐怖小说"，只是心里仍揣着一丝犹豫。茉莉要去室生犀星家时，临出门前，脑中陡然浮现了一个傻念头——不妨请教一下室生犀星对于发表这样的小说有何看法。其实茉莉心底已经有个谱了，只是想借由听取室生犀星的意见，强化自己对于文章效应的心理准备。茉莉尽管明白，第一次拜访就提起这种话题并征求意见，实在很没礼貌，仍是强迫自己蒙着眼睛，当作没有察觉。此时的茉莉已

1　该篇小说收录于作者的第二本散文集《跫音》（筑摩书房，1958），记述了作者结束第一段婚姻的真相。

是六神无主了。

茉莉在东三丁目下了巴士，问了路后左转到一条大马路上，再从脚踏车店前面往左拐过去。不久后，茉莉看到了一座低矮的石门，定睛一瞧，门柱上挂着一块写着“室生”的门牌。那是一块接近正方形的矩形木牌。那块经过了风吹雨淋而显得老旧的四方形木牌，如实标示出室生犀星这位文学家的居所。进门以后，沿着围墙铺设的踏石左方，有间宽度约莫五公尺半的客厅，昏暗而沉稳。成荫的绿树掩映着每一个房间，只能听见从屋里传出人声的动静。由于没有玄关，茉莉不知所措地停下了脚步。这时，一位女子来到檐廊，问了大名，便转回屋里去了。不多时，忽然传来一个响亮的声音：

“哎呀，贵客临门！”

室生犀星接着现身了。他穿着厚质的单层和服，系上质地柔软的腰带，比茉莉想象中的犀星更像犀星。全身上下像由一块块四方体组成的室生犀星，上身挺直、膝盖微蹲，躬身施了一礼。屋里还有夫人、朝子小姐和泷川女士。犀星邀茉莉和他并排坐在壁龛旁。屋里一片昏暗古旧。绿叶蔽日的房间里，端坐着室生犀星。我望着坐姿端正、目光如炬的犀星，觉得他和北斋、甚五郎、夜叉王[1]那些我未曾谋面的人物们拥有共通之处。茉莉曾在照片里看过的那双猛禽锐眼，此刻正一动不动地观测着猎物。那两只不晓得在看着什么的眼睛，在茉莉的脸上停留了一瞬。在映着绿影的昏暗客厅里，那件上好的蓝色和服倏然变得松垮，只见一位瘦骨嶙峋、形貌异样的名人，坐在那

1　分别指浮世绘画家葛饰北斋、江户时代的雕刻名匠左甚五郎，冈本绮堂戏剧《修禅寺故事》主角面具师傅夜叉王。

里。那位宛如发出尖锐鸟啼般张嘴吐出文章的室生犀星，就在那里。室生犀星像在黑夜中飞向幽深山谷的泣血杜鹃，把嘴喙张大到几乎裂开的程度，吐出文章来。片刻过后，当犀星语气平静地说话时，茉莉看到了另一个犀星。那是一个无时无刻总把默默无闻的学生时代摆在心里的“老迈的年轻学生”。远从他的第一封来信，茉莉便已发现了他“老迈的年轻学生”的另一面。茉莉细细端详着了不起的犀星。我原本打算在这里写上几句，一报当初说我是从殖民地归国的侨民之仇；遗憾的是，犀星留给我的尽是美好的印象。

然而，身为崇拜者，毕竟是贪心的。茉莉依然觉得有些不满足。问题出在犀星庭院里的树木和石头。茉莉从犀星的文章里，想象着室生犀星的院子里长满茂盛的参天巨木，威容慑人，相形之下显得他分外瘦小。那些树木与石头确实有其存在价值，它们能够展现出室生犀星的趣味来。茉莉继而浮想着，它们静谧地围绕在室生犀星的四周，群石一动不动，众树枝繁叶茂，与他融为一体。房间里的许多陶壶、铁瓶、火盆、茶碗，每一只都有着奇妙的生命，倘若犀星骤然撒手人寰，茉莉就会看见它们代替犀星，断断续续地细声诉说时的模样。遑论那些围绕着他的树木和石头，昂然矗立，几乎要将这栋低矮的屋宅，连同端坐其中的犀星一起掩藏起来了。茉莉读过一篇描述盖屋顶的人与犀星的文章，在脑海里勾勒出那间黑暗之家、遮蔽屋宅的栗树、栗子掉落的声音，以及在家里发怒时和苦沙弥老师[1]一样凶颜怒目的犀星。茉莉把那些树木、石头、陶壶、

1　夏目漱石长篇小说《我是猫》里的人物，即为主角猫的饲主，职业是中学的英文教师。

人偶也全都纳入想象之中，形塑出室生犀星这位人物的样貌，组成了一个影像画面。那是在茉莉的脑海里完成的一幅幻象的图景。

茉莉在那一天，除了见到室生犀星之外，也遇到了那部《杏子》[1]的主角原型——朝子，亦即一开始来到檐廊的那位女子。茉莉在报上读着《杏子》的连载时，同样深深受到插画的吸引。在插画中，犀星的分身平四郎，比茉莉从相片看到的犀星更像他本人——以粗厚的线条勾勒的一头散发，还有那四方的平肩。插画里的平四郎，使茉莉未曾谋面的犀星跃然纸上。那天见到的朝子，亦与插画中的杏子同样非常神似。真实世界中的杏子本尊，看起来像是由插画里的杏子和一位名为理佐子的美丽少女糅合而成的面貌。她将一头带着茶色的细柔发丝，束绑成法国女子那种有趣的发型，身上穿着白衬衫与印花裙，肌肤白皙。当茉莉把这些感想说给犀星听的时候，他转头看向朝子，表情中透着近似怜惜的疼爱。那是在世上衍生出疼爱这种情感的亘古历史当中，屈指可数的经典神情，也可以说是哀伤的容颜。彼时已经失去了父亲的茉莉，霎时涌出了一丝嫉妒。

过了半晌，茉莉有些不自在地开了口，提起自己的那部作品。

“请问，只要是文学，不管写什么事都可以吗？”

室生犀星炯锐的目光再度射出，停驻在茉莉脸上。那是专注端详着罕见事物时的表情。室生犀星说道：

1　室生犀星的长篇小说，获读卖文学奖，亦曾改编成电视和电影。

“这就是文学哪。”

他的声音听似有几分轻弱，脸上透着看不见的诧异，声音也由于些许犹豫而微微地颤抖。但凡是文学，不论写什么内容都可以。室生犀星不禁心头一凛，身躯再度变得僵硬，他望着有些蹊跷的茉莉，不晓得这个人到底写出了什么惊天动地的大事。茉莉先是说明自己以离了婚的丈夫写成一部小说，也简略地解释了前夫和他朋友的情况。但是，犀星对茉莉的前夫和友人一无所知，他不明白茉莉这位初次上门的客人，为何突然变得如此悲壮，何况他完全不晓得里面写了哪些事情，根本没办法提供建议。片刻过后，室生犀星问了茉莉那本关于父亲的著作大致内容，接着提议不如请新潮社把那本《父亲的帽子》重新以文库版发行。由于爵[1]几乎一星期没来看这个母亲，茉莉已经有好长一段时间没有感受过快乐了。茉莉从室生犀星的话语中得到了温情的关怀，将他的话语藏进了心底那块专门集存快乐的角落，向他告辞了。那一天，犀星望着夫人们那边，嘟囔道：

“不晓得为什么，以前只要到了五月、六月，我总是穷得很哩。”

这番话把大家都逗笑了。难道室生犀星有千里眼，看穿了茉莉被一钱不名的恐惧逼得走投无路，只好把那部“恐怖小说”拿了出来？还是，他看到恰巧在自己昔日拮据的季节来访的茉莉，推测茉莉大抵和他过去落入了同样的窘境？无论如何，他的这段话听在茉莉的耳中，是个幸福的巧合。如今回想

1　森茉莉的长子山田爵，东京大学教授。

起来，“茉莉和极贫”的联想，或许根本不待犀星日后亲眼看见那间陋室，早在这时候就已在他脑海里联结起来了。

这位穿着蓝色和服的名人亲自来到门边送客，这回是站着，再一次直挺挺地躬身施礼。他双手扶膝行礼，那举动散发出明治时代透着菊香的气息。此时，茉莉觉得仿佛看到了那位撰文论及“天皇”的犀星。朝子小姐特地送茉莉到门外的坡下，告知下次来该走哪条近路，接着说道：“期待早日拜读您的新书。”茉莉把朝子小姐的这句话，一样藏进了心底收集快乐的那一隅。朝子小姐既无矫揉作态的端庄，也没有女性常见的讥刺语气，是极少数茉莉喜欢的女子之一。

在拜访了室生犀星之后的两三天，茉莉每一日都过得极具散文氛围。“文库版”这个字眼，在茉莉的脑海里一再浮现。换作以前，她绝不会动这个念头。至少若是两个月前的茉莉，在充满感动的每一天当中，早将“文库版”这件事抛到脑后了。茉莉的日子原本过得如梦似幻，那突如其来的断粮危机，在室生犀星建议重出文库版之后，赫然成为一个具体的事实。在去了室生犀星家的两天后，茉莉带着那份《回忆札记》的文稿，到了筑摩书房。听说筑摩书房的石井先生会把这份手写的初稿帮忙誊写一份，换言之应该同意出版这部作品，但茉莉忽然没来由地担心起对方或许会退稿。在这层隐忧之下，“文库版”这三个字在茉莉的脑海里越发鲜明。去过筑摩书房之后，又隔了两三天，茉莉去新潮社和一位姓谷田的先生会面了。新潮社的大楼气势恢宏，整栋贴满黑亮的石砖。茉莉见到谷田先生以后，立刻开门见山地问了文库版的事。

“随笔比较不受读者瞩目，恐怕还得再想想。要等改天提到会议上讨论，才能评估可行性……”谷田先生这样回答。

不晓得是新潮社陌生的房间和椅子的缘故，还是谷田先生这番话听来没有指望，茉莉开始坐立不安起来。这时，茉莉忽然想到了文库版几乎都是响当当的名家之作，于是问道：

“只有知名的作家才会出文库版吧？比如志贺直哉……”

“是的。”

或许是茉莉多心，谷田先生回答的口吻，仿佛正等着她主动提起。他接着说道：

“近来只将有销路的书发行文库版……您目前正在写什么样的作品呢？”

茉莉讲了交到筑摩书房的那份稿子，但还不知道结果如何。谷田先生问起了内容，茉莉只简短说了是《回忆札记》。

“那么，如果筑摩书房不出版的话，可以给我看吗？不过我没办法向您保证一定会出版。”

茉莉十分沮丧地从椅子上起身，结束了和谷田先生的会谈，在楼梯上和他道别了。还有另一个原因导致茉莉的心情低落。在前去新潮社拜访谷田先生的那天早上，茉莉收到了一张明信片。室生犀星在那张明信片上，写了如下的文字：

“昨天和今天收到了您两封内文相同的来信。想必是您忘记刚才寄了，所以又写了一封。我也常犯这种错误，深有同感。文库版的事我会向谷田提一提。上回见到您的时候，感觉您是位彬彬有礼的人，但来信的事过于多礼，反倒变成礼多人怪喽。”

茉莉从室生犀星家回来以后，立刻致函道谢，但在投进邮筒以后，才赫然想到地址写的是大森区。由于那里不属于大森区，心想万一没能寄达就不好了，于是再次写了一封内容相同的信，并在信末解释了重寄一次的原因。当茉莉看到犀星的回复，当即明白了他没把信看到最后。然而，“反倒变成礼多人怪喽”这段文字，带给茉莉一抹难以形容的哀伤。会否因为连续去了两封信向他感谢提供出版文库版的主意，让他觉得好似被催着去向出版社美言几句？这念头在茉莉的脑中挥之不去，不由得又犯起精神衰弱那莫名的老毛病了。茉莉原先把那张明信片和珍视的诗集与其他来信收在一起，后来觉得有些可厌，便把那张明信片改放到别的地方了。茉莉也把那张明信片拿给爵看了，儿子的看法也一样，只不过这个儿子向来不会反驳别人的看法，因而他的附和，连微量的安心也没能带给茉莉，可以说是属于一种朦胧体的意见，就像裹了糯米纸的砂糖，只能捎来一丝微风般的抚慰。儿子这样的性格，看在茉莉的眼中犹如一只即将展翅飞去的鸟儿，忍不住涌升怜悯之情，也促使茉莉决心只能靠自己活下去；在危机的迫近之下，诱发了茉莉挖出那部“恐怖小说”的动机与结果。在儿子的陪伴下来到风月堂的茉莉，心情虽稍微放松下来，但即便是在这段开心的时光中，室生犀星那历历可数的细小钢笔字，仍像浑身是刺的极小昆虫，甚至连体色也和钢笔的墨色一样，不时跳上茉莉的胸口。

过了一个多月的某一天，茉莉把那张看了难过的明信片抽出来重新读了一次，结果发现它并不是茉莉早先以为的抱怨信，而是一段亲切又有趣的文章。拨云见日的茉莉终于安心下来，环顾身边。对于自己在拜访室生犀星前后的那段时期由于金钱告罄的畏怖，以及把小说公之于世的忐忑不安与濒临崩溃，以至于仿佛搭上了一条坏掉的神经线，陷入精神衰弱的境地，茉莉不禁在心里自嘲了一番。茉莉于是重又把室生犀星的明信片，移回去和其他来信摆在一起了。

以上是关于室生犀星的文章，以及对于这位鲜少见面、只偶尔瞥见几眼的室生犀星的印象。如同前面所述，茉莉是个喜欢欧洲的人，那么，为何这位夏天穿深浅蓝色相间格纹和服、冬天穿黄底条纹八丈绢织和服上披青色外褂、住在纯日式屋宅里的犀星，会在茉莉的眼里留下如此深刻的印象呢？那是因为，犀星拥有如俄罗斯男人般的浓烈色彩；那是因为，他周身具有欧洲的氛围。金泽那昏暗的城下小镇，与灰蓝色的犀川。为什么在那地方成长的犀星，会沾染上俄罗斯的气息呢？据说，俄罗斯帝国这个国家，是个遍地积雪的灰暗国度，茉莉思索着这或许便是原因所在。室生犀星是一位即使用 Saisei Murou（室生犀星的英文拼法）这个名字写作，也非常相称的文学家。室生犀星的身上散发着伏尔加河的颜色。

室生犀星是一位文学家，擅于施抹浓深而晦暗的色彩。

原载于昭和三十五年（1960）四月《新潮》

老书生犀星的“独特美学”

去年夏天，室生犀星在轻井泽忽然轻微发烧，卧床养病，病名是肺炎。事实上，在肺炎的前面应该加上“老年”两个字。然而，不论是病名，或是其他任何事物，我都不想把“老年”二字，套用在犀星身上。因为犀星直到生命结束的那一刻，都不曾是个“老人”。即便不知从何时开始，有颗肿瘤在他的肺里面愈长愈大，不停地折磨他，使他无法再执笔写作，更夺走他赏览事物的欢乐时光，他依然使出浑身的力量，与那颗肿瘤奋战缠斗，一直到那壮烈的最后一场对决，他终于筋疲力尽，将生命交给那颗灰色肿瘤的最后一刻，犀星都不曾当过片刻的“老人”。

由于癌细胞转移到脑部引发了轻微的麻痹症状，导致犀星再也无力握笔。在钢笔从他手中滑落的那个瞬间之前，他勤于笔耕墨耘，不曾停歇。犀星宛如一只嘴喙尖利的秃鹰，暂将黑翅收敛于背上休憩半晌，待得心舒体畅的时候到来，他便张翼展翅，吐出生命，成就了他那伟大而耀眼的事业。室生犀星捎给我的最后一张明信片上是这么写的：

> 小心别着凉了，工作时留意保暖。我也会穿暖些，慢慢写点东西，请别担心。

这最后的一封信，让我心痛不已。

直到生命的终点，犀星的文字仍然充满青春的活力；而他的容貌、模样、步态亦同样散发出青春的活力。他讨厌别人说他老，他厌恶别人说他高龄七十了，可我偏偏不时在他面前脱口说出“老爷爷”这几个字，因为我根本没把犀星当老人看待。但是犀星常在我们提到“老爷爷”这个语词时面露不悦，有时还会抗议。

有一天，我在犀星面前碰巧提及某人，说了一句：“那位应该已经七十岁了吧。”结果犀星半是玩笑地说道：

“别老七十长七十短的呀！”

我心想，惨了，又说错话了。其他人似乎也都有同样的想法。某位负责出版社宣传刊物的女孩也曾告诉过我，她从没把犀星大师当成老爷爷，所以无意间脱口说出这个字眼时，顿时暗自叫糟。

去年五月中旬，犀星即将前往轻井泽的某一天，我一如往常在下午三点左右来到犀星家，呆愣地坐着等候晚餐。朝子小姐起身去厨房张罗晚饭以后，只剩下我一个孤零零地陪坐在犀星的身旁。这虽是幸福的时光，也是最令我无措的时刻。

犀星倏然站起身来，并且说道：

“带你去瞧瞧马込古道吧！”

我忽地想到，该不会是犀星要带我去散步吧？这可是天上掉下来的幸运！但若是我误会了意思而贸然起身，不免有些尴尬，不禁犹疑了片刻，却见犀星已快步走向檐廊，反手把软质腰带扎紧些，正要步下庭院。我赶紧跟着起了身。家里有个叫阿好的女佣，从藏放在檐廊下的木箱里取出了一双木屐摆放整齐。他穿着似乎是黄色八丈绢的双层和服，罩一件常穿的青色外褂，手杖随着身子微微摆动，舒适地趿着屐齿已显磨损的木屐，发出喀啷喀啷的脚步声，率先走了出去。我也跟着随行。此时，我的脑海里浮现一句古意盎然的话，也许是中国的古言——“退避三尺，不踏师影”。从现代的观点来看，这种想法确实过时，可我当时一心遵循那个古时的礼仪。生于明治年间的人，有时不免忽然想起一些过时的规矩。话说回来，这样的礼仪已经融入犀星日常的言行举止里，偶尔才会显现出来，或许当我待在犀星身旁时，不自觉地接受到这种强烈的暗示吧。

我诚惶诚恐略退一两步跟在犀星身旁，亦步亦趋。少了提包拎拿的一双空手，只得轻叠在身前，那模样好比皇室权贵的随从宫女。犀星露出了“为什么要跟在后头走呢?”的不解表情，费劲地频频转头，有一搭没一搭地找我聊谈。

就这样，我走在一条奇妙的路上。日落前白晃晃的阳光，洒满整条路，照亮了我不曾看过的世界。铺在马込小径上的石子，一颗颗都变成我没看过的奇形怪状。我在这片清朗的白亮之中，低头瞧一瞧地上的小石子，又抬眼望一望夹道屋墙里探向路面的绿意。

那股奇妙的感觉，来自犀星带着我，并且是单独带着我一个人，走览马込古道。这条道路，充满了荣耀。况且，沿途还隐藏着犀星文章里的秘密。犀星那双格外炯锐的眼睛，此刻就在我身旁发挥着观察力，使四周的小石子、墙角、绿树，全被施上一层妖魅的氤氲，顿时幻化成奇异的世界，在朦胧之中逐渐浮映出来。我不禁想到，犀星便是在这散步的途中，于路旁的绿荫枝丫间，将《女人》里面的诗作一字一句并排罗列再交错置换，予以解构重又将其组合。于是，我开口问道：

“这附近，一定处处都有老师大作的秘密吧？”

“没吧。”

犀星假装否认，过了一会儿又把手杖高高举起，为我讲解树木的名称等等。

车子不时从对向驶来。这年头的车子，任何一辆看起来仿佛都将碾过孩童或撞飞老人后径自逃逸，令人发指。每当车子驶近时，犀星便会张开持杖的右手还有左手，像只蝙蝠般横挡在我的身边，护着我不被车子撞到。我每每被犀星的这番举动吓得胆战心惊，与此同时，亦感受到犀星彻底排拒“老迈”的念头，极度厌恶被讲老了的心情。我暗忖着不能当面阻止犀星这种举措，只得盘算着万一真有危险时，必须迅即与犀星交换位置以免发生意外，就这样一路留神小心。

犀星既不是“老年人”，更不是“老作家”，而是一位青春的老书生。犀星不仅拒绝被当成“老人”，他也拒绝被尊为文坛的长老与老大师。他没有自家用车，还亲自上鱼铺买鱼，充分展现出身为青春老书生的气魄。昔日贫寒的犀星和声名显赫的犀星，同时并存于他的脑海里。然而，不同于时下盛行的基于虚荣的道德，他不是为了刻意表现给别人看，所以才牢牢记住；而是无法忘却昔日的贫穷，与彼时尚未成名，如同虫蚁般的自己。

不仅如此，失恃的悲戚，亦不曾稍离犀星的心口。那颗心，就像一只贝壳发出寂寞的声音，久久回荡不去。往日的贫困，默默无名、阮囊羞涩、犹如虫蚁般的自己，还有对母亲的缅怀，全都留驻在犀星的心底。他亦将这份关怀，转而投注在他的弟子和来访编辑的身上，甚至是蛇与金鱼的身上。

三月一日，大约在那令人难过的最后一次住院的十天前，我在犀星的书房里。当时约莫接近晚餐的时刻，电灯已经点亮，整个房间笼罩在昏黄的光线中。我原本像只欣喜的小虫子，在犀星明亮的房间里光荣地同享这股光亮。电灯的明亮光线，反射式电炉发出红宝石般的红色光线，以及瓦斯暖炉燃着的橘中透蓝的火焰，交互映照着华丽的和室。然而，就在我听到了犀星的病名是肺癌的刹那，一切从我面前骤然消失，眼里只剩下一个坐在昏黄光线下的犀星。我隐藏起半信半疑的表情，试着装出愉快的模样。某天，在同样昏黄的光线下，嵌有方形窥窗的拉门上，映出了穿着大衣的礼子女士的身影。我立刻瞧见了提在她手上的塑料袋里装着金鱼，明白了她特地为犀星买来了金鱼。

“是红的？还是花斑的？”犀星问道。他的声音干涩。

“红的和花斑的都有。”

“是吗？”

犀星依然坐着不动，没有起身探看。过了片刻，朝子小姐来和我聊谈，谈话间，突然听到了当啷一声，似是犀星撞到了什么的声响，两人立时忧心地看向犀星那边。

什么时候，犀星变得这样的皮包骨了呢？他的背脊和肩头消瘦隆起，只余下独特的阔肩骨架，从腰际以下软垂无力，半转过去的坐姿看似快要拦腰折成两半了。他面朝拉门的玻璃，探看着昏暗的走廊。方才那个声响是当他改换姿势时，身体撞上了某件摆在拉门旁的东西。犀星就这么维持这个姿势好半晌，一动不动。犀星很想瞧一瞧金鱼。他心想，“说是红的和花斑的，不晓得长啥样”。犀星心里念着那两条刚买的金鱼，被装在难以呼吸的透明塑料袋里，黑夜里一路提着回来，再倒进陌生的新家水缸里，不知道过得好不好？是否正活力十足地在水中悠游呢？他方才想的就是这个。一思及此，便再也坐不住，直想立刻探探情况，无奈他连站起身或推开拉门的气力，都没有了。

我望着身穿黑色斜纹哔叽布双层和服，瘫坐着几乎要撞向拉门的犀星背影，看见他对亡母的思念，与他儿时于清贫中成长的体验所形塑出来的“独特美学”，仿佛蜜糖一般，沿着屋檐边一点一滴淌落下来，在犀星的心里蓄积盈溢，而今一泻千里，浩荡壮阔。

我认为，犀星飞身冲向文学，不顾一切地扭绞踹踩，将文学摺倒压制于下，这时的他具有如秃鹰般的锐利强悍；但不写文章时的犀星，对母亲的惦念和对女人的思慕便如糖蜜般，在那深谙“独特美学”的心里不停积淀以至于满盈，这时的他，只是一个悲伤的孤独人而已。

原载于昭和三十七年（1962）五月《群像》

我的三样癖嗜

女人一旦从孩童长为成年人以后（我似乎仍旧停留在幼儿期），除了维持生命必需的食物以外，光是糕饼糖果，满足不了她的欲求，于是出现了嗜尚抽烟喝酒的女人。

以我来说，巧克力最是我的心头好。或许有人狐疑：堂堂一个大人，怎还爱吃巧克力？但不仅在小说里，会出现外国年轻女伶与歌星的专属梳妆室里堆满了玫瑰花与巧克力的场面，在日本，亦总将巧克力和孩童，抑或和孩童没两样的年轻女孩联想在一起。可我认为，巧克力足以和咖啡与烟草并列为古柯碱等级的爱好物，也就是成年人独享的食物。当然，我指的不是那种只有小孩才爱吃的甜丝丝的口味，也不是加入奶油或掺进威士忌糖水的风味，而是既浓又苦的纯巧克力片。

其次是洋酒。乍听之下豪气干云，事实上我只爱浅尝小酌，以及品味那股氛围。我喜欢的酒类包括苦艾酒、茴香酒、格拉夫干葡萄酒（高级餐厅作为烹调用的白葡萄酒。虽然不是最好的上等货，但在我可怜的经济能力买得起的酒品当中，已算是相当美味的葡萄酒）、莱茵酒（德国生产的辛口葡萄酒）、咖啡利口酒、可可利口酒等等，多半是西方女子常喝的酒类。就连威士忌，我也只知道托利斯这种酒，但还蛮喜欢的。以葡萄酒来说，当然就属法国最高级的拉菲酒庄、伊甘酒庄，以及波尔多地区生产的顶级红酒最佳。我虽然也喜欢其他的法国酒，但在日本，实在很难买到拉菲酒庄与伊甘酒庄出产的葡萄酒；即便买得到，也绝非我的财力所能负荷得了，所以我才会只喝日本的酒。这些酒，我至多只斟满利口酒杯一杯，慢啜细饮。

接下来是香烟。我喜欢抽的是菲利普·莫里斯牌的美国香烟。

在这三样东西当中，洋酒和香烟都只是享受它的氛围，因此品尝的分量极少，唯一能尽情享用的只有巧克力而已。我只消喝下一杯利口酒杯分量的洋酒，就会变成和普通人喝了一升清酒那样浑身通红，连肺脏和心脏也像着火般热辣辣的，所以我只能挑个不出门的日子，趁夜里小酌一下。

说来实在遗憾。倘若我能像吃巧克力那般尽情畅饮喜欢的洋酒，或许能在喝苦艾酒时陶醉在玻璃瓶的色彩中，于啜饮英国的苏格兰威士忌时耽读《福尔摩斯》，在小酌波尔多葡萄酒时驰笔写作，也许能写出比现在更棒的小说，并且总是在微醺迷蒙中和编辑晤谈，甚至即便有多么想看的电影正在上映，都不能教我起身出门。

谈到香烟和我的交情，可又比和洋酒的缘分更浅了。若是将我在咖啡厅里其实不大想抽烟，碍于朋友好意劝烟只好接受的支数也算进去，大概每天吸上两三支，换算成每个月约莫三十支。其中，由衷享受的吞云吐雾每个月约有三回，合计六支。这通常是在自己觉得文章写得挺好时，得意地想抽支烟庆祝一下，但鲜少出现这样的时刻。倘若这种千载难逢的机会不巧发生在自己的房里时，可简直从天堂掉下地狱了。因为我的房里只有火柴，没备烟草。假如当时人在咖啡厅里，即可托侍应生买来，从盒里抽出一支后，擦燃火柴。火柴擦燃后得等上一会儿，待磷的气味散去后再点烟，每吸一口都隔上一小段时间，悠然地陶醉在这得意（当然是自恋的）气氛之中。我常看到性急的人才刚点了一支，不消片刻又续上第二支了，实在很难想象那样有何愉悦可言。我其实喜欢拿火红的炭块点烟，用打火机点火会沾上酒精的气味。烧木柴炊饭，取炭火点烟——毕竟我自诩带有那么一点布里亚·萨瓦兰的坚持。不过，老实招认，我的烟龄虽然不短，抽烟的动作仍旧呆蠢滑稽，装不出一派潇洒。不晓得为什么，我常被自己的烟气熏得眼睛发疼，甚至被逼出眼泪来，连点烟的手势也慢钝又奇怪。还有，不但抽烟的动作可笑，而且我也不觉得烟气有多好闻。只是希望在自恋的瞬间，能有缭绕的烟雾伴奏出沉醉的氛围罢了。当别人把烟盒递过来（提到那个烟盒，还真是扎眼。烟草就该装在原本的袋子或盒子里，才显得潇洒。假如我是个年轻美女，把头面涂抹得亮晃晃的，掏出个金光刺眼的烟盒啪嗒一声打开，这一刹那就教人幻灭，一个个追求者想必顿时心碎。在烟盒里塞上满满的香烟固然令人不快，若是递上来的烟盒是以橡皮圈束绑，而且还是条松垮的橡皮圈的话，那可真是不入流了。没人希望和情人相聚时，联想到小孩用橡皮圈套住的袜子。我身上或许具有美食家布里亚·萨瓦兰的一面，但风流浪子卡萨诺瓦的那一面——找不到女性的这种浪荡之徒做比喻，真伤脑筋——只存在于幻想之中。毕竟我本人是个滑稽人物，妄想自己是美女云云，也是枉然。）问道“您抽烟吗？”的时候，我真不晓得该如何回答才好。因为正确的回复是“我不抽烟，但是会抽”或是“我虽抽烟，但是不抽”。尽管我希望能够潇洒地吞吐云雾，可总不能教一个滑稽的家伙只在吸烟时，突然展现出潇洒的一面吧。

提起烟草与潇洒，让我回忆起父亲吸烟卷时的帅气模样。一想到父亲和烟卷，首先浮映在我脑海里的是他那只象牙白的肤色、指甲修剪适中的手。那只手握着德国制的剪刀，剪去哈瓦那烟草的叶尖，接着擦燃火柴（他用的是放在厨房里的火柴，盒上绘有马脸与时钟）。浅红色的火焰缓缓地裹燃着烟草的叶尖。在洗短的雪白衬衫与家居服长裤下露出来的，是淡黄色的美丽手掌与脚尖。五官分明的脸庞，被阳光晒成了浅麦色。全身上下的唯一装饰，唯有拿在他手上的那支焦茶色烟卷而已。每当我一进去房间，那锐利的眼神便会换上柔情无尽的笑意，朝我轻轻地点点头，示意我可以靠近他的身边。我立刻飞扑到父亲的背上，父亲小心不让手上挂着长段灰烬的烟卷晃动，伸出左手将我抱到膝上，接着才将烟卷搁到了烟灰缸的边缘。然后，他会轻拍着我的背，或是让我坐在膝上摇晃。

此时的父亲和他时常讲述的德国小说里的男主角十分神似。那段故事的场景是在一列火车中，有位偕女伴搭车的男子独自暂时离开了座位，片刻过后，他回到座位上，却发现女伴和坐在对面的另一名男子之间的氛围有些暧昧，因而逼问对座的男子是否对自己的女伴做了什么举动。遭受质疑的男子微笑不语，仅扬了扬夹着积有长段灰烬烟卷的右手，当作回应。这便是我对父亲与烟草的绮丽回忆。

法国的酒。让人联想到热带地区可可果实的巧克力。还有令我怀疑是否掺入了微量大麻的菲利普·莫里斯牌美国香烟。除了维持生命的食物以外，这三样是我最喜欢，更是比什么都重要的东西。

原载于昭和三十七年（1962）五月《艺术生活》

吹起道德的流行风

不知道为什么，我们的身旁充斥着讲道德的人们，浑身上下散发出浓烈的道德气息。善人。善行（美谈）。用现代的语言说着宛如浪花小调歌词般的电影对白。像小鸽子般婉约歌唱却透着虚假的女声。乡村音乐的男歌手阐述孝顺的道德式告白。形象端正又诚实的电影明星，由同样诚实又良善的导演证婚。犹如善良的公司职员的演员。像学校教师的落语师。大学教授和文学家宛如浪花小调里描绘的师慈徒恭。还有许多其他的例子。收音机不断发出演唱净琉璃似的女子泣声。从邻屋、从散步途经的家宅、从停驻的出租车中，纷纷传出异样又哀戚的悲叹，不断颤抖，传入我耳中的这些声音既像往昔聆听过的悲剧台词，又像以前耽读的爱情小说的话语。比方像是“千松哪，你的死真伟大！”[1]，又如“武雄，即便吾女浪子已经死去，我依旧是你的岳父！”[2]。这些到底是怎么回事呀？其实，无须细想也能明白，他们把孔子和老子（尽管我不晓得这些人曾经说过哪些话）所提倡的“道”，通过模仿童谣那样一再歌颂，

1　歌舞伎戏码《伽罗先代萩》的知名台词。乳母牺牲自己的孩子千松，保护少主鹤千代躲过了毒杀。

2　德富芦花的代表作《不如归》的名句。此处的“武雄”在原书中为“武男”。本文引自片冈中将在爱女浪子的墓前与女婿武男重逢时说的话。

再将之连接至虚荣心，成了不知所云的幼稚道德。我虽然对此没有研究，但是孔子、老子、基督这些人，说过许多有助于立身处世的金玉良言，使我们日本人的表里内外（包括生活的大河与心灵的大海）全都遵循或是貌似依循这些圣言的指引，除了庸俗的日常生活与社交活动以外，身为人类，在心灵深处必须拥有的“某种思维”，却根本付之阙如。即便是拥有这些的寥寥数人也拼命隐藏，不认为值得自豪（说起来，也算不上是能拿来说嘴的思维）。所以，鼓吹道德至上，其实是极其幼稚而滑稽的举动。

通常我们看到一个人的面孔时，感受到的不是外貌，而是他的内在。如果没有内在，根本连长相也不必瞧了，只消往他脸上贴一张纸，写上姓名即可（别忘了帮他在眼睛的位置上挖个洞）；与其他人交谈时，也仅需说自己今天曾和 × 村 × 造先生碰过面就行了。就因为这样，我才打从心底厌恶到别人家做客。不管是哪一户人家，从主卧室、客厅、摆饰品、花饰、餐食、玄关，乃至于交谈内容和时事见解，全都毫无二致。所以在日本，没有登门造访的必要，与人聊谈也没有益处。只要我称赞几句某位女星将坏女人演得入木三分，对方便会立刻反驳，坚称他喜欢的是擅演正派角色的女星。一切交谈内容均须恪遵不成文的规定，哪怕脱离常轨一分，即刻遭到另眼相看，仿佛我身上长了条尾巴似的。我早已摸透了人们说话的内容，没必要多耗时间交谈。我不得不出门搭电车，否则没法前往位于大森的室生犀星家拜访，也看不到我喜爱的碧姬·芭铎主演的电影，但电车上每个乘客看起来都是一个样。一想到这些人脑袋里全都想着一样的事情，就让我感到乏味极了。当然，即便是相同的话题，由出色的学者说出来的就是会震慑人心，所以我愿意去拜访他们；可即便我突然上门拜访，对方也不晓得我是谁。正因为那些道德是强塞进去的，才会臭不可闻。那种腐臭，比不道德、悖德、堕落等混乱所散发出来的臭味，更加浓呛刺鼻。我厌恶幼稚的道德，我鄙视陈腐的道德。在我旅居巴黎的那段时期，从未嗅闻过那种气味。那里有伟大的宗教散发出来的良善芬芳，也有同样难闻冲鼻的罪愆恶臭。那里的人们不论是施道行德，或是作恶使坏，展现的方式都十分成熟，每一个人亦无时无刻不思索着为自己而活。日本人是为了别人而入学、工作、结婚、选兴趣、挑衣裳。当话题聊谈到，“请问府上的先生是在哪里高就呢?”、“外子担任东京大学的讲师”或是“外子在三井物产（或是旭玻璃）工作”;“令大公子呢?”“小犬今年春天进入东急电铁上班”;“令千金呢?”“小女昨天和第一生命保险公司的陶田先生的二公子订婚了。至于幺儿也托您的福，考上了番町小学，呵呵呵呵……”说到这里，应答的太太犹如晨曦中森林里的小鸟般雀跃，掩不住高声欢笑。日本的太太们为能在客人的面前如此得意畅笑，从长子诞生的那一刻起便不舍昼夜地劳苦努力。从消遣到嗜好，她们都得挑选端得上台面、不怕遭人蔑视的项目，其实一丝乐趣也没有。

自从我离开山田家以后，家母哀怨地说，每逢别人探问，她连半个得以自豪的答案都说不出口。长子固然是东大医学部的教授，可并非家母所生，因此没人问起。一旦家母被问道：茉莉小姐近况如何？她顿时像只泄了气的皮球。原本稳坐东京大学副教授夫人宝座的长女，不晓得到底为了什么理由逃出了夫家，又对别人唤她是离了婚回娘家的女人相当反感，转而投入莫泊桑的怀抱，满脑子装的全是莫泊桑，对自己传神的精妙译文深深陶醉，沾沾自喜以为莫泊桑若用日文写作，必定是如此下笔行文，连张口说话，亦是他的口吻："夜，好黑、好深。啊，我那可怜的心脏……"每一次家母向别人说"茉莉已经离开山田家了"的时候，我若是在场，她总是有些尴尬；而当我听到家母告诉每一个人"她已经离异回娘家了"的时候，也觉得心烦意郁，因而在刚离婚不久那段常被人问起的时间，我在附近租了间房子，一个人搬了出去。家里还有个年方二十三四岁的二女儿仍是待字闺中，在这个时代其实算不上迟婚。我的妹妹和弟弟都在学习油画，光是回答外人"小女小犬已经从美术学校毕业了"还不行，就算补上一句"他们跟随长原孝太郎大师习画"，尽管大师的画艺卓越，却不具高知名度，因此这种回答也不够神气。

在这里想提一下我有点喜欢的碧姬·芭铎。法国新浪潮派电影导演路易·马勒，曾以碧姬·芭铎陷入八角关系的私生活为主题拍了一部电影。在此为不明内情的读者补充说明，其实连路易·马勒导演本人，也在拍摄期间陷入了复杂的八角关系中，演变成九角关系了。在日本，没人会拍摄这样的电影；即便有人拍摄，也无法像巴黎人那般泰然处之，不致引发杂志的大幅报道。我所爱的碧姬·芭铎，她的心脏里流着深爱法国的血液，今天谈爱，明日说情，对情爱腻烦以后便撩起一绺亚麻色的发梢衔着、啃着，那双豹子一般的眼中流露着迷蒙。我仰慕布里亚利，我深爱芭铎。

今天，我依然朝那群将我团团逼围的道德亡灵，慵懒地投去一瞥。

原载于昭和三十七年（1962）四月《新潮》

真奢侈

现在似乎是个“假奢侈”的时代。从电冰箱、冷气机、洗衣机，乃至于刮胡刀、炊饭锅、红茶壶全都电气化，电视机更是家里各个房间都配置一台。人们身上穿的是好几十万元的衣饰，开的是进口高级轿车，养狗只选博美或可卡猎犬，饲猫只挑波斯猫或暹罗猫。这些贵妇人们一定会在家中的某处暴露小气，比方厨房一隅或是橱柜一角。若要问我又没进她们家里瞧过，何以知晓个中内情？只消看看贵妇人们在外面走动的神态、进餐厅以后目中无人的傲气，还有点菜的方式和用餐的动作，一切不言自明。她们刻意提嗓扬声，以向邻座顾客彰显自己的高尚地位和豪奢生活，反倒使得她们的穷酸气表露无遗。假若只将家里的冷气温度调控比户外低个两度左右，不仅可以除湿，亦不致使脚气病和神经痛的宿疾恶化，这样倒还算得上适宜；可偏有人爱把冷气开得极强，简直把人当成牛肉或火腿扔进冰箱里似的，只能说是疯人之举。

真正奢侈的人绝不会故意卖弄，也不会在无力奢侈的人面前展现出来。冒牌贵妇人们的穷酸样，不仅表现在炫耀衣装、夸口丈夫是某某董事长，甚或瞧不起擦身而过的其他女子的举动上，更糟糕的是，她们打从心底将“奢侈”视为鄙事，这种看法占据了她的内在思想。她们看似见识广博，成天挂在嘴上的不是《痴汉艳娃》就是玛丽娜·墨蔻莉，其实肚子里塞满的是八股道德。那些腐烂酸臭的日本德行，宛如末期的癌瘤般狰狞地蠕动着。鄙视奢侈的人，不可能拥有真正的奢侈。倘使怀有这种乖僻自卑的想法，即便身穿金光闪闪的套装、牵着纯种牧羊狗去参加名犬大赛，也没有用处。当一切虚华烟消云散，最后剩下的只有透着穷酸气的贵妇人那颗褪了色的心脏而已。那颗心脏，就在比赛会场的草地上满场乱窜的评审和真假富翁以及狗群之间滚来滚去，在呼啸的风声中发出哀戚的声音。又好比在百货公司里常可见到这样的情景：生长在富裕家庭里的孩子央讨着再吃一份冰激凌，第二份照样吃得盘底朝天，但坐在他旁边的穷人家孩子，却故意佯装阔气地留下一匙没吃完。再譬如光从大门走到玄关就让人腿乏的豪华府邸，雨夜中，门卫锁院门的声响隐约传进客厅里，而扔进壁炉里烧的木柴，是从屋宅后方的森林里砍来的。这种大户人家的男主人，会亲自牵着爱犬出门散步，可脑子里根本没想过自己是这间大宅的主人，更没动过豪奢的念头。这才是真正的奢侈。

真正的贵妇人，不会穿上自己最昂贵的那套和服去逛银座，或者去看戏旅行，也不会不屑地睥睨路上其他女子的衣服。走在银座的街上，对她们来说只是随意的散步，只不过比在家附近散步走得远些罢了。若是这时候，全身上下穿戴着受邀时的隆重装扮，那就叫作“贫穷的奢侈”。助长这股风气的或许还有一些缺乏眼力的商家、侍应生和领班们。他们似乎分辨不出真正和假冒的富贵人家，这才导致那些冒牌货们打扮得益发花枝招展了。

所谓的奢侈，不是指拥有高价的物品，而是拥有奢侈的精神。比起外表的美丽衣装或是搭乘的豪华车子，重要的是穿着衣裳与坐在车里的人，必须真正大气才行。纵使戒指之类的贵重东西掉了或被偷了，也绝不仓皇懊恼，这才是真正奢侈的人。这样的人不是强装镇定，而是从容不迫（也不是因为反正马上就可以新买一只）。当手上戴着昂贵戒指时，把掌心攥得紧紧的，生怕有个闪失，这样也无法让人感到奢侈的气度。

直白地说，奢侈就是拜访他人时，只拎着一小盒高级饼铺的精巧糕点伴手（而不是捧着一大盒鼓鼓囊囊的次级糕饼）；夏天会买很多麻纱材质但价格不贵的和服内衬领巾，只穿一次就丢弃；烹饪时，用上好的清酒炖煮当季盛产的蔬菜。这样才够格。比起模仿邻居驾驶公爵系列的日产汽车去旅行，还不如在家里吃搁入腌黄萝卜的汤泡饭来得奢侈。相较于那些餐馆将食材当成玩物般染色塑形做出的料理，放上腌黄萝卜的汤泡饭不知来得奢侈多少倍，这答案不消请教茶圣千利休即可明白。以前的伊予纹或八百善餐厅，根本不会出现那样的料理。怀着奢侈气度的姑娘，即使身上穿的是挪出部分月薪轻松购买的棉布洋装（买了两三件以便替换）也不显穷酸，反而是漂亮的奢侈。

总而言之，比起坐在竖着光线惨白的荧光灯的庭院里心灵贫乏的少女，在家插缀大把便宜鲜花的快乐少女才是真正奢侈的人！

原载于昭和三十八年（1963）八月《妇人公论》

译后记

灰蒙中的璀璨光芒

吴季伦

一九五八年十月，森茉莉的第二本散文集《跫音》甫出版，日本《新潮》杂志总编辑即嗅出其写作天赋并积极邀稿，其中一九六〇年六月号的一篇《奢侈贫穷》，刊出后立刻惊艳四座，成为森茉莉文学之路上最重要的转折点。

《奢侈贫穷》与其说是一项题材，不如说更像是一种文体。当时的森茉莉正努力寻找写作主题，探索属于自己的叙事声音。比起见面交谈，她喜欢写信与人们交流，在信文里絮叨着身边琐事、梦幻浮想，以及论人评事的锋利见解，对自己贫穷的生活样态不仅未加遮掩，甚至引以为傲，编辑便建议她不如将平日书信里的内容，直接写成文章。由此，森茉莉发展出这种独语式的特殊文体。

我们常在许多文学作品中窥见作家自己的影子，尤其日本文学素有私小说的文风流派，更成为他们理直气壮写自己的理由。《奢侈贫穷》收录了森茉莉五十七岁至六十四岁间，其文体孕育期的重要作品，是我们了解这位作家的最佳切入点。她在一个六张草席大小的房间里，尽情书写自己的美学意识及生活哲学。日本古典文学教授，亦是森茉莉研究家的岛内裕子认为，此类型的小说传承自鸭长明《方丈记》的系谱文脉。镰仓时代的方外之士鸭长明隐居于山间窄庵，述写当世灾厄，抒发无常感慨，描景咏情挥洒自如；而昭和之世的森茉莉同样窝身于大小相去不远的一间陋室，将贫与奢、和与洋予以消融内化，既写实又写意，创造出自成一格的美学讲义。事实上，这种写作的方式对于缺乏社会性的森茉莉再适合不过了。

森茉莉从不讳言自己看不懂深奥的书籍。在她开始执笔时，父亲森鸥外已经离开人世了。不论在翻译或写作上，少了最佳导师的引路，森茉莉唯有靠自己另辟蹊径。从她在文中提及的多部书籍不难发现，父亲的译作成为她接触外国文学的主要来源。此外，当代的日本作家亦给了她丰润的文学滋养，比方曾至美国与法国游学的永井荷风，即是她景仰与仿效的作家。森茉莉的观察力与时间效应呈极矛盾的反比：陈年往事无不历历在目，当下现状却如浮光掠影。她一方面非常实际地借由风趣又傲慢的文笔，把周遭的人事物描绘得淋漓尽致，一方面又非常不实际地躲在自我构筑的玻璃壳里，目光迷离地朝外窥视这个世界。

三岛由纪夫曾多次盛赞森茉莉是文字的艺术家，其使用的独特词汇绝非俯拾皆是，而是“只在森茉莉商店贩卖的文字”，她是“战后文学中最例外的恩典与圣礼，绚烂多彩的雌雄同体，在最有男人风格的古典文章骨干中，蕴含最有女人风韵的奔逸情感……她是充满幽默的素描力与诗的结合”。相差二十二岁的这两位作家彼此欣赏，在性格上亦有不少共同之处，比方浪漫、自恋、喜好奢华、艺术至上主义；但他们也有全然相反的部分：一个求生怕死，另一个恨生求死，其背后分别隐藏着从容的自信和极度的自卑。这或许是生活艰苦的森茉莉能够怡然自乐直至寿满天年，而环境优渥的三岛由纪夫却于英年愤而切腹自尽的关键原因之一。就这层意义来说，在人心浮动、金钱至上的时代里想知道如何拥有丰饶的心灵自由，比起名声响亮的三岛，阅读森茉莉可以给苦闷的现代人带来更多启示与勇气。

最后来说些译者的心路历程。方才提过，本书是森茉莉确立个人独特文体的重要文集，相较于出道之作《父亲的帽子》，其行文用字更是天马行空，句构标点不拘章法，不时穿插许多以日文片假名随意拼音的法文等欧美语言，并侃侃畅谈许多当时的电影界、艺术界与文坛人士，甚至发挥创意逐一起了化名。翻译伊始，曾考虑译注繁多恐将造成阅读障碍，最终仍决定应秉持译者的本分，以提供有兴趣的读者更多资讯。由于译者并非相关领域的专家，虽已尽最大的努力查找检核，如尚有疏漏和谬误，祈请各界不吝指正。与此同时，还要感谢翻译家与作家辜振丰先生在修辞上的灵思启发，以及同为翻译家与作家的邱振瑞先生对译文的大力斧正，使本书能有更精准的呈现。最后，更要感谢出版方在纯文学领域的付出与耕耘，让汉语圈的读者有机会见到这一部在日本耽美文学中具有特别意义的作品。